늦된 아이도 반드시 성장합니다

늦된 아이도 반드시 성장합니다

초판인쇄	2022년 5월 24일
초판발행	2022년 5월 30일
지은이	송희진
발행인	조현수
펴낸곳	도서출판 더로드
기획	조용재
마케팅	최관호, 최문섭
편집	이승득
디자인	토 닥
주소	경기도 고양시 일산동구 백석2동 1301-2 넥스빌오피스텔 704호
전화	031-925-5366~7
팩스	031-925-5368
이메일	provence70@naver.com
등록번호	제2015-000135호
등록	2015년 6월 18일
ISBN	979-11-6338-264-5 03810

정가 15,000원

늦된 아이도
반드시 성장합니다

송희진 지음

도서
출판 더로드
The Road Books

꿈대로 되는 아이와 엄마

내 아이의 등원 길, 등굣길의 들꽃들은 몇 년간 엄마인 나의 눈
물로 키워졌다고 얘기할 수 있을 만큼 늦된 아이 키우며 호되게 마
음고생 좀 했던 엄마다. 정말 뜻하지 않게 늦된 아이를 키우는 엄마
가 되었다. 사실 '육아'라는 롤러코스터, 그 악명 높은 기구에 오르
면서 어떤 준비도 없었다. 더욱이 워킹 맘으로 살면서 늦된 아이를
키우려니, 그 놀이기구는 어지럽고 좌우 분간이 안되어 제대로 눈
을 뜨고 세상을 바라보는 것조차 버겁게 했다.

오로지 아이를 안고 떨어지면 죽을지도 모른다는 생각으로 젖
먹던 힘을 다해 매달렸다. 그렇게 안간힘을 쓰며 죽을 만큼 힘들고
겁도 났던 시간들 속에서 정신을 차려보니 깨닫게 된 것들이 있었
다. 바로 엄마 자신을 잃으면 안된다는 사실. 그때부터 엄마 자신의
삶을 잃지 않고 아이와 함께 성장하기 위해 미친 듯이 읽고, 기록하
며 글을 쓰게 되었다. 그리고 깨달았다. 엄마에게 책 읽기와 글쓰기
는 언제나 힘이 되었다는 사실을. 아이의 삶에 안테나를 세우고 있

던 엄마가 자신의 삶에 몰입하는 훈련을 통해 이제 서로의 세상을 함께 넓혀가고 있음을.

늦된 아이를 키우며 늘 채워지지 않는 무엇 때문에 부족한 엄마라는 기분을 지울 수가 없었다. 한때 세상의 모든 아이들이 내 눈에는 영재에 가까운 뛰어난 아이들로만 보였던 그런 시간들이 있었다. 그 가운데 평범하지 않은 늦된 아이를 키우면서 겪어냈던 아픔과 주변의 시선은 정말 겪어보지 않으면 알 수 없을 것이다. 딱히 장애가 아니기에 사회기관의 도움을 받는 것조차 여의치 않아서, 늦된 아이는 오로지 부모가 감당해야 될 몫이 된다.

나는 아이의 언어발달이 느리다는 사실을 받아들이고 방법을 찾아야 했다. 더 늦기 전에 내 딸아이에게 엄마로서 어떻게 책임과 최선을 다할 것인지 수없이 다짐하고 어떤 결정들을 해야 했다. 엄마도 처음이고, 육아도 처음이고, 모든 것이 처음이어서 매번 무너지고 주저앉는 마음을 일으켜 세우는 일 또한 스스로 감당해야 될 몫이었다. 내 딸아이의 엄마로 사는 것이 내게 두 번째 경험이었으면 좋겠다는 생각을 참 많이 했다. 그럴 수 있다면 더 잘할 수 있을 텐데, 조금 덜 실수하는 엄마가 되었을 텐데 하면서…

어찌 됐든 아이를 위해 나는 한동안 삶의 전부를 갈아 넣는 시간을 보냈다. 그런데 행복하지 않았다. 불안하고 조급한 마음은 더욱 커졌고, 열심히 노력하면서도 부족한 엄마라는 기분, 미안한 엄마라는 죄책감은 여전히 남아 있었다. 아무리 노력을 해도 아이의 성장이 좀처럼 느껴지지 않을 때는 답답한 마음, 억울한 마음이 교차하며 힘들었다. 마음의 여유를 찾아야 했다. 나와 내 아이가 모두 행복할 수 있는 방법을 다시 찾아야 했다. 내가 '누구 엄마요'하고 아이를 자랑삼아 목에 걸고 다닐 것도 아닌데 도대체 무엇을 위해, 무엇 때문에, 누구에게 보여주려고 아이와 내 삶에 기쁜 마음보다 걱정스러운 마음을 더 크게 안고 살아가야 한단 말인가? 이런 의문이 던져지자, 조급한 마음을 내려놓고 내 아이만을 바라보기 시작했다.

그때부터였다. 나는 내 아이를 향한 진짜 가슴속 울림을 들을 수 있었다. '내 아이는 느린 아이, 느린 아이는 잠재력이 큰 아이', '내 아이는 그릇이 큰 아이, 그래서 채울 것이 많아 넘치는데 시간이 필요한 아이', '내 아이는 꿈대로 되는 아이, 그 꿈의 크기가 큰 아이'… 이런 울림들이 가슴속에서 터져 나오기 시작하면서 엄마로서 살아갈 새 힘을 얻게 되었다. '늦된 아이도 반드시 성장한다'는 믿음으로 아이를 바라보며 3년의 시간을 견뎌보니 결국 아이도, 엄마도 훌쩍 자라 있었다. 결국 엄마의 시선이 바뀌고, 엄마의 세상이 넓어지면 아이는 더 넓은 세상을 꿈꾸게 된다는 믿음이 생겼다. 아이의 마음을 읽는 순간, 엄마는 진짜 내 아이만을 위한 육아로 아이와 한 팀이 될 수 있다는 사실을 깨달았다.

나는 그저 평범한 '어른 여자'로 살아왔고, 그렇게 살고 싶었던 사람이었다. 그런데 삶을 아주 심하게 덜컹거리게 하는 '육아'라는 롤러코스터, 그 악명 높은 놀이기구에 겁도 없이 올라타 '엄마 여자'가 되었다. 그리고 그 짜릿함에 놀라 엄청 겁을 먹고 이제서야 잠시 내려왔다. 그동안 너무 꽉 붙들고 있었던 탓에 온몸의 근육이 굳어 있다. 너무 힘들고 어지러워서 속에 있는 것들을 모두 쏟아내야 했다. 한번 이렇게 게워내고 나니 오히려 개운해진다. 이젠 제대로 즐기기 위해 다시 올라타려 한다. 지난 몇 년간 두려워서 고개도 들지 못했고, 눈도 제대로 뜰 수 없었다면, 이번에는 세찬 바람을 맞을지라도 마음껏 고개도 들고, 신나게 비명도 지르고, 손도 높이 들어 흔들며 그 짜릿함을 즐겨보려고 한다.

지나온 시간들을 돌이켜보니, 매 순간이 고비였고 한 고개, 한 고개를 넘을 때마다 숨이 차올라 다음 고개는 보이지도 않았는데, 이렇게 감사가 넘치는 날이 오다니 믿기지 않는다. 나는 여전히 초보 엄마로 지지고 볶으며 아이와 엄마가 함께 성장할 수 있는 방법을 고민하며 노력 중이다. 그렇게 우리의 역사가 될 시간들을 소중히 만들어 볼 생각이다. 느린 아이로 인해 겪어 내는 것만으로도 버거운 그런 일상을 보내고 있는 엄마들에게 나의 이야기가 힘이 되었으면 좋겠다. 육아의 시간 동안 많이 당황하지 않고, 외롭지 않고, 우울하지 않도록, 힘들어 주저앉아 울고 싶어질 때마다 '늦된 아이도 반드시 성장한다'는 사실을 기어코 발견해 내고 마는 엄마가 될 거라고 말해 주고 싶다. 이 책은 한동안 매일 좌절했던 엄마, 매일 아이의 얼굴 표정과 기분을 살피며 아주 가끔 안도했던 엄마, 그런 엄마가 미친 듯이 책을 읽으며 어린 자식과 보낸 시간들을 기록하면서 최선을 다해 보려 했던 이야기를 담았다.

나는 이 책을 통해 마음이 지쳐 평범한 일상이 그립고, 매일 낯설고 매서운 좌절 속에서 허우적대는 엄마들과 함께하고 싶다. 이젠 '어른 여자'이면서 '엄마 여자'로도 멋지게 살아갈 엄마들을 힘껏 응원하는 마음이다. 우리는 여전히 어디 내세울 것 하나 없는 평범한 엄마와 아이의 삶을 살고 있지만, 우리의 이야기가 누군가에게 조금이라도 도움이 되면 좋겠다는 마음이다.

때마다 느껴졌던 감정들, 아이에게 전하지 못한 마음들을 전하고 싶은 마음과 엄마의 삶을 통해 아이의 거울이 되겠노라 약속하기 위해 글을 쓰기 시작했다. 엄마인 나의 육아는 그래서 이제부터 진짜 시작이다. 매일 새로운 마음으로 채워갈 것이다. 그리고 언제나 그랬던 것처럼 수많은 책들과 글쓰기는 늘 엄마의 육아시간에 힘이 될 것이다. 그것들을 거름 삼아 나는 아이에게 남길 가치 있는 유산을 만들어 갈 것이다. 매일 아이에게 가치 있는 유산을 남긴다는 마음으로 읽고 쓰는 일을 멈추지 않으려고 한다. 스스로를 돌보며, 아이를 돌보며 살아가는 것이 얼마나 의미 있는 일인지, 그것이 얼마나 존경받을 일인지 세상의 모든 엄마들과 서로 공감하고, 다독여주고, 응원하며 글을 마치려 한다.

아이를 키우면서 고마운 사람들이 참 많다. 한결같이 아내의 꿈을 응원해 주는 평생의 꿈 친구 남편, 잠든 딸아이의 숨소리조차 사랑스럽다고 말하는 자상한 아빠, 그 사람도 아빠가 처음이기에 나만큼 힘들었을 텐데, 서로의 마음을 위로하고 품기엔 마음의 여유가 없었다. 그래서 더욱 미안하고 고맙다. 존재 자체만으로도 감사한 나의 소중한 보물 딸내미, 건강하게 예쁘게 엄마 곁에 있어주는 것, 그것이 너의 최고의 성장임을 알게 해줘서 고맙고, 엄마로 살아갈 기회를 주어서 정말 고마운 마음이다.

기도로 응원하며 바쁜 언니를 도와 육아를 기꺼이 함께 해준 동생 가족들에게 무한한 감사를 전한다. 워킹 맘으로 아이를 키우며 힘들어하는 딸을 위해 시간과 건강이 허락하실 때마다 애써주시는 친정엄마께도 감사한 마음이다. 무엇보다 아이를 키우는 모든 순간에, 내가 살아 숨 쉬는 모든 순간마다 하나님은 늘 나와 함께하셨다. 짧지만 간절했던 기도에 응답하시며 항상 결과를 책임져 주셨던 하나님께 감사드린다. 이 책으로 받게 될 영광이 있다면 모두 하나님께 돌린다.

2022년 5월, 꿈대로 되는 아이를 키우는 엄마, 송 희 진

Part 1

읽고 쓰며 늦된 아이 키우기

Part 2

실천한 만큼만 엄마다

Part 3

엄마와 아이가 함께 성장하는 시간

Part 4

엄마의 세계를 가꾸기 시작하면
아이의 세상은 더욱 넓어진다

Part 5

엄마로 살면서 책 읽기와 글쓰기는
언제나 힘이 되었다

읽고 쓰며
늦된 아이 키우기

엄마가 저지른 치명적인 실수, '어떻게든 크겠지'

세상에 똑같은 아이는 단 한 명도 없다. 모두 제각기 개성 있는 존재로 살아간다. 아이마다 성향도 다르고, 발달 정도도 다르니 아이들마다 내면을 채워가는 속도와 크기도 분명 다른 것이다. 아이의 타고난 성격이나 처한 환경, 엄마의 교육관이나 육아관, 엄마의 기질에 따라 아이의 성장은 많이 달라질 수 있다. 어느 아이에게나 통용되는 일반적 기준이란 있을 수 없다. 그러나 아이를 키우는 엄마가 놓쳐서는 안되는, 한번 놓치면 그만큼 힘든 시간들을 겪어내야 하는 아이의 발달들도 있다는 것을 뒤늦게 육아서를 읽으면서 알게 되었다.

우리 딸아이는 모든 것이 느렸다. 정말 모든 연령대별로 이루어져야 하는 발달과정들이 짧게는 몇 개월, 길게는 1년 이상 느린 듯 보였다. 그럼에도 무슨 배짱인지 스스로 '느린 엄마'의 길을 걷고 있었다. 재촉한다고 될 일이 아니라고 생각했고, 기저귀 좀 늦게 떼고, 걸음마 좀 늦게 한들 무슨 걱정이냐는 생각. 말이 좀 늦을 때도 그랬고, 아이의 반응이 좀 늦되어도 크게 신경 쓰지 않았다. 오히려 그런 것들에 신경 쓰는 엄마들이 유난스러워 보였고, '조기교육'에 열을 올리는 엄마들을 속으로 비난하는 그런 엄마였다. '어떻게든 크겠지', '때 되면 하겠지'라고 생각하며 지나친 시간들 속에 앞으로 아이가 겪어내야 할 '아픔'의 시간들이 함께 녹여져 있다는 사실을 실감하지 못했다.

분명 엄마인 나에겐 좀 더 민감함이 필요한 부분이 있었고, 적절히 반응해 줘야 했던 노력이 필요한 부분이 있었다. 정말 아이가 늦되는 것에 대한 조금의 민감함만 있었어도 호미로 막을 일을 가래로 막는 상황까지 되지는 않았을 텐데 하는 아쉬움이 남는 부분이 있다. 엄마로서 내가 가장 잘못하고 후회스러운 치명적인 실수는 아이가 '어떻게든 크겠지'하고 생각했던 부분이다. 아이는 저절로 크지 않는다는 것을 빨리 깨닫지 못한 무지함이다. 아이에게 채워줘야 할 것들은 사랑만이 아니었다. 맛있는 건강식, 이유식만이 아니었다. 눈으로 보여주고, 귀로 듣게 하며, 손으로 느끼고, 무엇보다 마음으로 감동할 수 있는 수많은 것들, 몸과 감각기관들을 통해 아이 스스로 표출해 내고, 감정들을 쏟아낼 수 있는 많은 기회들을 제공해 주는 노력을 했어야 했다.

처음 기관에 보냈던 여섯 살, 그때 뒤늦은 깨달음은 엄마를 변화시켰다. 엄마의 삶의 모든 순간들이 소중한 내 아이에게 맞춰지면서 나는 비로소 워킹 맘이라는 이유로 그동안 엄마 손으로 해주지 못했던 많은 것들을 1분 1초를 아껴가며 해주기 시작했다. 그때 나는 엄마로서 잘못 생각했던 부분과 신경 쓰지 못한 부분들을 구분하는 것이 가장 우선이었다. 엄마의 잘못된 육아관과 기준이 아이를 더 힘들게 할 수 있다는 생각을 했기 때문이다. 그리고 천천히 생각을 정리해 보았다. 내 아이의 성격과 발달과정들을 되짚어 보았다. 그리고 나는 참 많은 것을 깨달으며 아파하는 시간들을 한동안 가져야 했다. 육아에 대한 경험도, 지식도, 알려고 하는 마음도, 배우려고 하는 열정도 뒷전이었던 지난 5년이라는 '엄마의 육아' 시간은 참으로 마주하기 부끄러운 시간이었다. 아이가 유치원에 가 있는 시간, 골방에 들어앉아 책을 읽으며 혼자만의 시간을 갖지 않았더라면 나는 인생에 가장 후회스러운 흔적을 아주 굵직하게 남길 뻔했다.

혼자서 책을 읽는 동안 엄마의 지난 육아의 시간 속에서, 그 기억 속에서 내 아이는 다시 태어났다. 그리고 나는 천천히, 아주 느리게 과거의 내 아이와 만나고 있었다. 아이의 낯가림과 내성적인 성격 탓에 아이가 주저했던 것들, 아직 때가 되지 않아서 하지 못하는 것들에 대해서는 무식함을 동원해서라도 가르치려 들었던 수

많은 것들이 떠올랐다. 반드시 아이와 함께해 줬어야 할 것들은 엄마가 힘들어서, 다른데 신경 쓸 일들이 많아서, 여건이 되지 않아서 등 다양한 이유를 대며 그냥 지나쳐 왔던 것들도 수없이 떠올랐다. 그런 기억들을 끄집어내어 내 아이를 바라보고 또 바라보기 시작했다. 그리고 나는 비로소 지금의 내 아이의 모습이 모두 이해가 되었다. 그렇게 바라본 엄마로서의 내 모습은 정말 처참했다. 부끄러웠다. 나는 일하는 엄마라는 핑계로 아이의 감시자 역할을 했을 뿐 아이를 잘 키워보려는 육아 공부는 전혀 하지 않았던 무심한 엄마였다. 내 아이에게 반드시 필요했던 '엄마와의 시간'은 절대적으로 부족했다.

나에겐 일과 육아를 병행하는 일이 참으로 버거웠다. 학원 강사라는 직업 특성상 매일 수업 준비며, 학생 관리며, 늦은 귀가에, 하루 종일 서서 쉼 없이 말을 해야 했다. 그러니 아이와 대화의 시간을 갖고, 몸으로 교감하며 놀아주는 것은 이미 방전된 엄마에겐 늘 큰 숙제처럼 느껴졌고, 마음의 부담이었다. 그렇게 항상 뒷전으로 밀려났던 엄마의 육아 태도가 앞으로 얼마나 힘든 시간들을 감당해 내야 할지는 결국 아이의 느린 언어발달이 그 사실을 알려주었다. 육아서와 육아 관련 전문자료들을 읽어보니 많은 전문가들은 말한다. 아이의 발달 중에서도 그 시기에 발달이 정상적으로 이루어지지 않고 정체되었을 때 문제가 생기는 경우 중 대표적인 경우가 언어발달이라고. 만 3세 전후에 이루어지는 아이의 언어발달은 아이의 성장에 무척 중요해서, 이 시기에 제대로 발달하지 못하면 아이의 언어뿐만 아니라 사회성 발달에까지 연속적으로 문제가 일어날 수 있다고 경고하고 있었다.

시기보다 너무 앞서 가르쳐서 생길 수 있는 정서적, 정신적인 문제도 있지만, 너무 뒤늦은 자극으로 영영 시기를 놓쳐버리는 발달도 있다는 것을 나는 뒤늦게 알게 되었다. '어떻게든 되겠지', '때 되면 하겠지' 했던 엄마의 치명적인 실수로 꼭 그때가 아니면 발달로 이어지지 못하는 자극들을 주지 못했다. 그 덕분에 나는 아이를 지금껏 키우며 가장 후회스러우면서도, 살면서 내게 가장 큰 아픈 경험을 안겨주었던 시간들을 호되게 치러내야 했다. 엄마인 나는 아이에게 세심한 민감성을 가지지 못해 아이가 무언가 힘들어서, 잘되지 않아서 보내오는 많은 신호들을 알아채지 못하고 지나쳤다. 아이가 말이 늦을 수밖에 없는 육아환경에 대해서 미처 신경 쓰지 못했다. 그렇게 내성적이고 소극적인 아이와 성격 급하고 바쁜 엄마 사이에는 일방적인 요구와 지시, 간섭만이 있었을 뿐 아이의 눈높이에 맞춰 아이의 기분을 파악하는 노력은 부족했다는 것을 뒤늦게 깨닫게 되었다. 책은 나에게 많은 것들을 가르쳐주고 깨닫게 하고 있었다. 엄마가 힘을 내 노력하면 좋아질 거라는 희망과 용기와 위로를 전하며 나를 담금질했다.

책을 통해 육아에 대한 공부를 시작하면서 나는 아이의 해결사, 감시자 노릇을 하는 엄마가 아닌 아이의 작은 소리도 크게 듣는 엄마가 될 수 있었다. 아이가 보내는 눈빛이 무엇을 말하려고 하는지 지긋히 바라봐주는 엄마가 되려고 노력 중이다. 아무리 상황이 힘들더라도 아이가 엄마와 함께하려고 한다면 기꺼이 시간을 내려고 한다. 아이의 내면이 단단하고, 아름답게 채워지는 데 엄마의 시간과 노력이 필요하다면, 나는 이제 아이가 커가는 이 시간들을 그냥 흘러가도록 하지 않을 것이다. 완벽한 엄마를 꿈꾸는 것이 아니다. 실수를 했다면 그것을 깨닫고 바로 잡으려는 노력을 하려는 것이다. 아이의 요구에, 아이의 감정에 언제든 반응할 수 있도록 깨어 있으려고 한다. 아이는 결코 저절로 크지 않는다는 것을 알았기 때문이다.

제일 늦게 보내고,
제일 빨리 데려온 엄마의 속사정

　여섯 살이 되면서 유치원에 가게 되었으니, 아이의 적응 문제는 이미 어느 정도 각오하고 있었다. 하지만 아이가 상처로 남을 상황들이 생긴다면 언제든지 유치원 생활을 접을 생각도 함께 가지고 보냈다. 꽤 오랫동안 교육현장에서 아이들을 가르치는 일을 해오면서 느낀 것 중 하나는 아이의 사회성이 중요하긴 하지만, 사회성의 잣대로 아이를 교육해서는 안된다는 생각도 함께 가지고 있었기 때문이다.

　이런 생각을 가지고 있던 엄마는 결국 유치원에 제일 늦게 가고, 제일 빨리 데려오는 아이를 키우는 엄마가 되었다. 그리고 그 선택에 전혀 후회가 없다. 지금 생각해도 정말 잘했다는 생각이 든다. 내 딸아이는 여섯 살, 늦은 나이에 유치원에 처음 보내게 된 것도 모자라 아이의 등원은 4월부터 가능했다. 다리가 부러지는 사고로 미뤄졌다. 3월 한 달 동안 다른 아이들은 이미 적응 기간도 끝났고, 친구관계도 형성된 상태였다. 더욱이 다리까지 완전히 치료되지 않은 상태여서 계속 절뚝거리고 있는 상태, 우리 아이를 바라보는 다른 아이들의 시선이 남다르게 느껴질 정도. 그런 환경 속에서 아이가 겪어내야 할 힘듦을 처음에는 몰랐다. 알았더라면 나는 절대로 기관에 아이를 맡기지 않았을 것이다. 아무리 힘들어도, 아무리 사회성이 부족한 아이가 되더라도 엄마인 나에게 내 아이의 마음에 남을 상처보다 그런 것들이 더 의미 있는 일은 아니었으니까.

아이가 다니게 된 유치원은 초등학교 내 병설유치원이었다. 지원한 사립과 국공립 유치원들 중 추첨으로 가게 된 곳이다. 그전까지 기관에 보내본 경험이 없는 나로서는 아는 것이라곤 유치원마다 차이가 있을 수 있다는 정도였다. 그런데 생각했던 것보다 많이 달랐다. 아이는 유치원에서 점심을 전혀 먹지 않는다고 했다. 아이에게 물으니 급식실이 너무 크고 시끄러워서 무섭다고 했다. 음식은 너무 맵고, 커서 먹을 수가 없다고 했다.

여섯 살 아이가 초등학생들처럼 급식실에서 식사를 하고, 똑같은 메뉴에 식판정리까지 할 거라고는 생각하지 못했던 엄마는 그때서야 처음으로 급식실을 방문해 보았고, 아이 점심메뉴를 체크해 보았다. 정말 넓은 공간에 스테인리스 그릇 소리, 아이들 소리로 굉장히 분주한 곳이었다. 아이가 맵다고 했던 음식들은 육개장 국

물, 김치, 매운 닭강정, 깻잎김치 등 맛깔스럽지만 내 아이가 먹기에는 힘든 음식들. 아이가 점심을 먹지 않으니 오후 시간까지 둘 수가 없어 일찍 데리러 가기 시작했다. 처음 아이가 유치원에 등원할 때는 시간이 필요하다고만 생각했지 아이 입장이 되어 보지 못했다. 급식문제만이 아니라, 자신의 이름 석 자도 모르는 까막눈 아이가 몇 년씩 기관 생활을 거쳐 온 아이들과 한 유치원에서 함께 적응한다는 것은 결코 쉬운 일이 아니었을 텐데… 그땐 정말 아무것도 모르는 엄마였다. 아직도 갈 길이 먼 엄마지만, 보통의 엄마들이 겪지 않았을 육아라는 거친 길을 좀 걸어보고 나니, 아마도 지금이라면 나는 내 아이에게 맞는 보육 중심의 다른 기관이나 당장 그만두는 것을 선택하는 쪽이 백번 옳았을 것이라는 생각이 든다.

그런데 그때는 아는 것이 없으니 무식하기까지 했다. 아이가 처음 유치원에 등원할 때는 시간이 필요하다고만 생각했지 전혀 아이 입장이 되어 보지 못했다. 아무것도 모르고, 세상 눈치 같은 것은 한 번도 본 적이 없는 자연인 같은 내 아이는 새로운 환경이 얼마나 공포스러웠을까? 물론 처음 며칠 동안은 새로운 환경이 마냥 신기하고 즐거웠던 것 같다. 선생님의 통제와 눈치, 친구들의 방어가 무엇인지 몰랐기에 밝은 얼굴로 등원을 했다. 그러나 정말 며칠이었다. 시간이 갈수록 아침마다 은근한 신경전을 벌이는 횟수가 많아졌다. 언어로 자신의 의사표시가 정확하지 않은 아이가 서툴게 내뱉는 한마디, 한마디가 엄마 가슴에 비수처럼 꽂혔고, 유치원에 들어갈 때마다 어느 순간 밝음은 사라지고, '긴장'과 '경직됨'이 느껴지는 아이의 표정과 몸짓에서 마음이 불편해지기 시작했다. 유치원 선생님의 반가운 아침 인사도, 친절하고 상냥한 얼굴 표정에도 아이는 편치 않은 얼굴이었다.

유치원에서 친구들만큼 뭔가를 잘 해내지 못해 늘 '도와줘'라는 말을 해야 하는 아이, 대화가 지속되지 못해 놀이를 이어가거나 주도적으로 활동에 참여하지 못하는 아이라는 것을 스스로 너무 빨리 알아버린 것은 아닌지 걱정이 되었다.

"친구들이 놀아주지 않아."라는 말을 들을 때마다 아이를 위로했지만 가슴이 아팠다. 정말로 내 아이는 어떤 상황에 어떻게 말하고 행동해야 하는지 몰랐다. 가르치지 못한 엄마의 잘못이 크다. 여섯 살 또래 친구들의 인내심 정도를 고려해 보았을 때 내 아이의 언어 속도는 너무 느려 기다려 줄 수 없었고, 발음도 부정확하고, 언어 표현방식도 서툰 아이는 정말로 말로 표현할 수 없어서 행동이 앞서갔다. 그런 경험들이 쌓이면서 아이는 전보다 빠르게 자신감을 잃어갔고, 집에 데려오면 지친 듯 바로 잠이 들었다. 아이는 분명 힘들어하고 있었다. 선생님께는 항상 "조금만 기다려 주세요."라고 말씀드렸지만, 하루에도 수십 번씩 소수 인원의 사립유치원을 생각해 보고, 유치원이 아닌 가정보육도 생각해 보았다. 하지만 일하는 엄마에게는 어떤 결정도 쉽지 않았다.

더 이상 이대로 있을 수는 없는 상황. 엄마는 유치원을 계속 보내는 대신 가장 늦게 등원하고, 가장 빨리 하원하는 방법을 택했다. 무엇보다 내 아이의 감정이 중요하니까. 준비되지 않은 아이의 상태에서 겪어내야 될 일이 아니라면 경험하지 않아도 될, 아니 경험해야 될 일이라고 하더라도 아직 아이의 인지 정도가 상황을 받아들이기에 너무 이르다면, 천천히 가야 한다고 생각한다.

이것은 아이의 나이와는 큰 상관이 없음을 나는 뒤늦게 깨달았다. 좀 느려도 아이는 반드시 성장한다는 사실을 이제는 알았기 때문이다. 그래서 오후에 출근하는 내 스케줄에 맞추어 늦은 아침까지 나는 아이 얼굴을 쓸어주며 침대에서 뒹굴뒹굴 누워있기도 하고, 함께 책도 읽어 주고, 말공부도 하고, 필사도 하고, 강아지와 시간을 보내기도 하면서 아이의 기분을 한껏 끌어올린 후 등원을 시켰다. 일찍 등원해야 친구들과 관계 형성이 빠르고, 적응이 빠를 것이라는 선생님의 충고는 이제 더 이상 귀에 들리지도 않았던 때이다. 처음엔 몇 개월만 이렇게 해보려고 했다. 엄마와 함께 있고 싶어 하는 아이에게 일하는 엄마에 대한 배고픔을 달래주고 싶었다. 함께하는 시간을 늘려주고 싶었을 뿐이다. 사실 그 마음이 제일 컸지만, 점점 이 시간에 아이의 느린 발달 상황에 맞춘 엄마의 '느린 엄마표 시도'들이 조금씩 아이를 변화시키고 있다는 게 느껴지면서 나는 더 많은 것들을 아이와 해보고 싶어졌다.

그때부터 밤을 새워가며 책을 찾아보고, 느린 아이들을 키우는 엄마들의 조언에도 귀 기울이며 내 아이에게 적용할 수 있는 모든 것들을 아이가 눈치채지 못하게 여러모로 시도했다. 그런 내 모습을 바라보며 가족들이 놀랄 정도였고, 그렇게 몇 개월이 지나면서 아이는 지금껏 누구에게도 표현하지 않고, 말하지도 않았던 이야기들을 내게 비밀스럽게 전하기 시작했다.

물어도 대답조차 하지 않아 속을 태웠던 아이가 유치원에서 있었던 일, 친구들의 표정, 선생님의 표정과 언어들을 흉내 내며 내게 짧은 단어들로 툭툭 내뱉는 순간들이 많아지면서 나는 감동했다. 어쩌면 이렇게 오전 2~3시간, 오후 2~3시간을 아이와 보낼 수 있으면, 또래 아이들과의 간격을 훨씬 빨리 좁힐 수 있을 거라는 기대감에 나는 약간 흥분해 있었다. 더 열심히 아이와 놀며 언어가 트일 수 있도록 말공부를 했다. 책을 읽어 주고, 글을 가르쳐 주면서 내 아이의 마음을 어루만지는 것에 중점을 두었다. 그렇게 보낸 8개월. 어느 날 아이가 말공부를 할 때 사용했던 낱말 카드와 문장 카드 등을 가지고 와서 내게 읽어 주기 시작했다. '금세 외웠구나!' 하며 지나치려는데 아기 때 읽어 주었던 책을 가지고 와서 읽기 시작한다. 그때도 아이가 그림을 보며 외워서 읽는다고 생각했다. 그런데 이게 웬일인가? 택배로 배달된 바로 옆에 놓여있던 상자 위의 글씨를 정확하게 읽는 게 아닌가? 그래서 내가 읽고 있던 책의 페이지를 열어 읽어볼 수 있는지 물었더니 아이가 더듬더듬 읽는다. 그동안 반응 없는 아이를 보며 지칠 때가 한두 번이 아니었는데, 인풋이 되고 있었다는 사실에 놀라웠고, 감사했다.

그렇게 아이는 여섯 살 해를 끝내는 겨울방학을 맞이했다. 나는 홀가분한 마음과 감사한 마음으로 울컥했다. 아울러 학교에 들어갈 때까지 남은 1년의 시간을 어떻게 아이와 보내야 할지 조금은 설렘 가득한 조급함으로 마음이 복잡했다. 소근육 발달도 느렸던 아이가 드디어 연필을 잡고 글 쓰는 것에 관심을 보이기 시작했다. 방학 두 달 동안 유치원에 가지 않았다. 그리고 나는 아이에게 성경구절과 동시 등을 써주며 따라 쓰게 해 주었다. 그런 활동과 함께 이야기처럼 꾸며진 논술책과 대화연습용 그림책을 구입해 병행했다. 두 달 동안 아이의 어휘력과 문장력이 훨씬 좋아짐을 느낄 수 있었다. 그렇게 일곱 살 3월, 다시 유치원에 등원. 하지만 나는 여전히 아이와 엄마가 보내는 시간을 동일하게 유지하고 싶어 유치원에 양해를 구했다. 그리고 아이는 글을 알게 되자 책 읽기를 더 좋아하게 되었고, 읽는 책의 양이 부쩍 늘었다.

글쓰기도 병행되어 그림일기 쓰기, 한 줄 독서노트 쓰기까지 해나가면서 많이 성장할 수 있었다. 아직 발음과 사회성이 숙제처럼 남기는 했지만, 일곱 살 유치원 생활은 아이에게도, 엄마인 내게도 가장 즐겁고, 보람 있고 뜻깊은 시간이었다. 연세가 많으신 유치원 선생님은 늘 아이의 발달이 눈에 띄게 빨라지고, 안정되어 가는 모습을 보인다며 엄마인 나를 안심시켜 주셨다. 이미 성인이 된 선생님의 자녀 중에도 말이 늦어서 걱정된 아이가 있었지만, 시간이 걸릴 뿐 아무 문제없었다며 인사를 건네주셨다. 그것만으로도 감사했다. 스무 명이 넘는 아이들을 지도하시는 선생님께 세심한 관심을 기대하는 것은 욕심이라는 것을 안다. 하지만 아이는 정확하게 지금도 얘기한다. "○○ 선생님은 참 좋아. 나를 사랑해 줬어.""어떻게?"라는 엄마의 짓궂은 질문에 항상 "그냥, 나를 사랑해 줬어."라는 대답으로 끝내지만, 엄마는 안다. 아이의 그 짧은 대답에, 아이의 가슴으로 내뱉는 그 말에 얼마나 많은 뜻들이 담겨있는지… 정말 감사할 일이다.

한순간, 한순간이 고비라고 생각했는데, 한 고개, 한 고개를 넘을 때마다 숨이 차올라 다음 고개는 보이지도 않았는데, 나에게도 이렇게 감사가 넘치는 날이 오다니 믿기지 않으면서도 즐기고 있다. 육아는 시간이 약이라는 말도 실감이 되고, 육아는 부모의 관심과 사랑이 만들어 낸다는 사실도 깨달으며, 이제야 아이 키우는 재미와 즐거움과 감사함을 누리고 있다. 실컷 누리며, 지지고 볶으며 아이도 행복하고, 엄마도 행복한 우리의 역사를 만들어 내 볼 생각이다. 오늘 더 많이 사랑하며, 그렇게 아이와 함께 만든 오늘이라는 시간의 역사가 또 지나간다. 이 모든 순간이 소중하고 감사할 따름이다.

아이의 '느림'은
엄마의 '부끄러움'이 아니다

　아이의 '느림'이 불러오는 많은 상황들을 겪어 오면서 나는 강한 엄마, 인내심 있는 엄마가 된다는 것이 얼마나 어려운 일인지 경험해 왔다. 지금 생각해 보니 아이의 발달 정도와 성향을 전혀 알지 못해 저지른 엄마의 만행들이 얼마나 많은지 모른다. 시간을 되돌릴 수만 있다면, 절대로 내 아이에게 가르쳐주되 강요하지 않으며, 기다려주되 비난하지 않는 엄마가 될 텐데 말이다.

　아주 보수적인 가정에서 자란 엄마는 '사람을 가르치는 기본은 인사에서 시작된다'는 생각을 늘 가지고 있었다. 그래서 아이에게 어디를 가든 인사는 꼭 해야 한다고 강조했다. 거기까지만 했어야 했다. 하지만 유난히 부끄러움이 많은 아이는 사람들과 마주치면 눈도 제대로 마주치지 못하고 엄마 뒤로 숨기 바빴다. 엄마인 내가 먼저 큰 소리로 인사하는 모습을 보여줘도 소용이 없었다. 아주 어린 나이도 아닌 유치원 아이가 인사를 안 하니 엄마 마음에 마치 자식을 오냐오냐 떠받들며 잘못 키우는 듯한 생각이 들기도 했었다. 누군가 '기쁨 이는 언제나 아는 척을 해줄까?'라는 말을 했을 때, 나는 아이에게 "엄마가 그렇게 가르쳤어? 어른을 보면 인사를 해야지." 하며 온갖 걱정스러운 말들을 늘어놓으며 때론 독한 말들로 아이를 다그치기도 했었다. '아이가 얼마나 부끄러우면 그럴까?'를 생각하기에는 엄마의 욕심과 자존심이 허락하지 않았다. 아이가 인사를 안 하는 것이 엄마의 '부끄러움'인양 나는 참 열심히 아이와 실랑이를 벌였던 것 같다.

아이는 이후에도 누군가에게 먼저 인사 건네는 것을 어려워했지만, 엄마인 나는 지친 마음 반, 기다리자는 마음 반으로 내려놓았다. 그런데 아이가 초등학교에 들어가 한 학기를 마치고 받아온 선생님의 평가란에 적힌 '아이의 인사성이 매우 바르며…'라는 문구를 발견했을 때 나는 놀라움과 감사함을 동시에 느낄 수 있었다. 아니, 이게 웬일인가? 아이는 서서히 자라고 있었던 것이다. 6세에 도덕성이 발달하지 않으면 문제가 될 것처럼 말하고, 사회성에 문제가 생길 것처럼 말했던 수많은 전문가들의 조언을 믿었던 엄마는 순간 부끄러웠다. 아이에게 가르쳐주되 강요하지는 말았어야 했고, 기다려 주며 비난하지는 말았어야 했는데… 아이의 아웃풋 시기는 모두 다른 것이니까. 그저 부드러운 말로 지나가듯 알려주기만 했더라면 좋았을 걸 하는 아쉬움이 남는다. 아이의 '느림'이 결코 엄마의 '부끄러움'이 아니라는 사실을 왜 그때는 미처 깨닫지 못했을까?

학원에서 아이들을 가르치다 보니 참 다양한 아이들을 만나게 된다. 내가 만난 수많은 아이들 중에는 정말 뛰어나지만 늘 자신감이 부족하고, 작은 일에도 쉽게 위축되는 아이가 있는가 하면, 특별히 잘하는 것이 없는데도 항상 자신감이 넘치는 아이도 있다. 내성적인 성격으로 말수도 적고 친구관계도 좁은 아이지만, 자신의 일에 책임감이 강하고, 자신이 하고 싶은 일이 뚜렷한 아이를 만날 때면 절로 미소가 지어지기도 했다. 성격이 굉장히 활발해서 친구관계가 넓은 듯 보이지만, 결정적인 순간들에는 친구 없이 늘 혼자이고, 그 상황을 잘 견디지 못하는 아이도 보았다. 그런데 그 어떤 모든 경우를 보더라도 가장 안타까운 아이는 늘 다른 아이들의 시선을 의식해서 행동하고, 그 무리에 끼지 못할까 전전긍긍하며 자신을 잃어가는 그런 아이였다. 그리고 대부분의 아이들은 학년이 올라가도 몇몇을 제외하고는 성향 자체가 크게 달라지지 않았다.

나는 이런 모습들을 보면서 아이의 타고난 성향의 문제도 있겠지만, 너무 어린 나이에 경험하게 되는 환경의 영향도 분명 있을 것이라 생각되었다. 그래서 기관에서 사회성 외에 여러 가지 교육활동들이 이루어진다 하더라도 어떤 상황에서든 학령기 전 아이에게 심리적, 정서적 문제가 생긴다면, 그것은 큰 문제를 일으킬 수 있고, 평생 안고 가야 하는 문제가 될 수 있다는 생각을 자주 하게 되었다. 물론 나는 교육학자도 아니고, 유아교육에 대해서도 아는 것이 없지만, 학령기 전에는 가정에서든, 기관에서든 아이의 학습이나 교육적인 부분보다 아이의 발달을 고려한 정서나 심리적인 부분에 더욱 관심을 가져야 한다고 생각해 왔다. 그런데 왜 엄마가 되고 나서 내 아이에게는 이렇게 이해심 없는 바보 같은 엄마가 되었을까? 아이들마다 정말 말 안 듣는 반항기가 있다는 사실도 이미 알고 있었다. 도저히 고집을 꺾을 수 없을 때도 있고, 널뛰는 감정에 어떻게 반응하며 교육해야 할지 막막할 때도 있다는 것을 이미 충분히 경험했다. 그리고 그 시기는 모든 아이가 같지 않다는 사실도. 이 모든 것들을 이미 잘 알고 있다고 잘난 척하던 엄마가 나였다. 그런데도 아이를 유치원에 보내 놓고 나니, 내 아이만 바라보던 때와 달리 다른 아이들과 함께 비교되어서 내 아이가 보이니, 나도 별수 없이 형편없는 삼류 엄마의 모습을 그대로 재연하고 있었다.

아이의 늦됨을 잊은 엄마는 온갖 것들을 아이에게 들이대기 바빴고, 다른 아이들과 발맞추려 온갖 시도들을 머릿속으로 궁리하기 시작했다. 그리고 이 모든 것을 내려놓고 다시 내 아이만을 바라보기까지 인간이 느낄 수 있는 모든 감정들을 겪어본 것 같다. 그래서 마음을 돌려 다시 시작했다. 다시 한 번 아이를 키운다는 생각으로 내 아이의 눈빛, 내 아이의 언어 속도, 내 아이의 마음소리에 귀 기울이려 노력하고 있다. 그리고 점점 진짜 내 아이의 모습이 눈으로 보이고, 들리기 시작했다.

엄마로서 내가 변하기 시작하면서 내가 가르치는 아이들에게도 선생님이나 운영자의 입장이 아닌, 엄마 같은 마음과 시선으로 바라봐질 때가 많아졌다. 엄마들과의 관계에도 변화가 생겼다. 늦된 아이를 키우며 좌충우돌해 보니 엄마의 마음으로 만나는 다른 엄마들의 마음이 좀 더 안타깝게 다가올 때가 많아졌다. 상담을 하며 그들의 마음이 내게 전해질 때는 이미 아프게, 모질게 겪으며 지나온 시간들이 떠올라 울컥할 때도 있다. 학원을 운영하다 보니 참 많은 엄마들을 만나게 된다. 특히 학습 진도가 많이 늦는 저학년 아이들의 엄마들을 만날 때면 그 답답함이 내게 고스란히 전해진다.

"아무리 가르쳐도 한글이 늘지 않아요.", "연산이 안돼서 걱정이에요.", "집에서 이것저것 많이 시켜보는데도 안돼요.", "너무 늦게 시작해서 못 따라가면 어떡하죠?" 이런 걱정스러움에 이어지는 엄마들의 말속에는 다른 아이들보다 내 아이가 못하는 것에 대한 '부끄러움'도 함께 있음이 느껴진다. 하지만 실제로 아이들을 만나보면 아이들은 전혀 부끄러워하지 않는다. 한글은 잘 모르지만 수학을 잘하는 아이도 있고, 수학은 잘하지만 자신의 생각을 말로, 글로 잘 표현하지 못하는 이이도 있다. 여러 번 설명을 해도 항상 엉뚱한 답을 하는 아이가 있는가 하면, 글씨를 또박또박 소리 내어 읽는 것에 어려움이 있는 아이가 일상적인 말을 할 때는 참으로 여러 방면에서 많은 지식들을 쏟아내는 경우도 있다. 그렇게 내 아이를 키우면서, 그리고 다른 많은 저학년 아이들을 만나 오면서 내가 깨달은 것은 아이의 나이가 한 자리일 때는 그 '느림'이 결코 느린 것이 아니라는 사실이다. 조금 느린 듯하지만 엄마의 끊임없는 관심과 응원이 있다면, 아이의 내면에서 아이의 잠재력과 함께 아이의 도덕성도, 사회성도, 학습능력도 함께 자라나고 있는 것이다. 대나무의 죽순이 오랜 기간 성장을 안 하는 듯하지만, 어느 순간 확 자라나는 것처럼 분명 늦게 피는 꽃 같은 아이들이 있다. 가끔 고학년이 된 그 꽃 같은 아이를 바라볼 때, 이미 그 아이의 꽃봉오리 시절을 알고 있는 나로서는 흐뭇한 미소와 놀라움의 미소가 지어질 때가 참으로 많다.

아이의 '느림'은 결코 엄마의 '부끄러움'이 아니다. 그래서 어떤 곱지 않은 시선이 느껴질 때에도, 걱정스럽고 안타까운 마음이 불쑥불쑥 고개를 내밀더라도 늦게 아름다운 꽃으로 피워낼 내 아이의 꽃봉오리를 함부로 만지거나 꺾어버리는 조급한 엄마는 되지 않았으면 좋겠다. 하지만 기억해야 할 것이 있다. 내 아이의 꽃이 아름답게 피어날 수 있도록 엄마로서 해줄 수 있는, 도와줄 수 있는 그 모든 것들은 해주자. 아이에게 햇빛이 되어 주기도 하고, 적당한 물도 주고, 잘 자라도록 아이 내면에 거름이 될 수 있는 것들도 채워주자. 분명 자극은 필요하다. 하지만 그 자극이 늦게 아름답게 피워낼 내 아이의 꽃에 방해가 되는 자극이어서는 안된다. 너무 많은 간섭으로 스스로 자랄 힘을 잃어버리게 해서는 안된다는 것을 깨달았다. 아무리 예쁘고 귀하다 하더라도 어린 꽃봉오리를 너무 많이 만져서도 안된다. 눈으로 바라보고, 입으로 응원하고, 잘 자랄 수 있는 적당한 자리에 머물 수 있도록 도와야 한다. 엄마로서 어린 내 아이를 편견으로 가득한 주변의 시선으로부터 보호하고, 아이의 모든 발달 영역에서 능력이 발현될 수 있을 때까지 기다려 주어야 한다. 아이가 엄마로부터 신뢰와 스스로에 대한 자신감을 얻을 수 있도록 해주는 것이 언제나 우선이어야 한다. 나는 그것을 좀 더 일찍 깨닫지 못한 엄마였다. 지금 옆에 잠든 내 아이의 얼굴을 보며 오늘도 그 미안함을 나직이 전한다. 그리고 잘 자라주고 있음에 감사함을 전한다. 이렇게 건강하게 예쁘게 엄마 곁에서 있어주는 것, 그 자체가 너의 최고의 성장임을 엄마가 몰라서 미안하다고. 결코 너의 즐거운 성장에 방해가 되는 엄마가 되지 않겠노라고. 약속하고 또 다짐해 본다.

내 새끼는
내가 키운다

세상엔 참 대단한 엄마들이 많다. '엄마표'라는 말이 무슨 유행어처럼 다양한 영역에 붙는 것을 보면 입이 다물어지지 않는다. 외국어부터 그리기, 악기, 운동, 놀이 등 그 범위가 어찌나 다양하고 넓은지 상상조차 할 수 없다. 엄마가 되고 아이를 키우면서 어쩌면 엄마가 되지 않았더라면 그동안 꿈꿔보지 못했을 자신의 숨겨진 재능을 발견하는 엄마들도 적지 않다. 아이를 가르치기 위해 아이와 함께 시작해 5개 국어를 하는 엄마, 아이와 놀아주기 위해 다양한 놀이 활동을 하면서 놀이연구가가 된 엄마, 아이의 느린 언어를 돕다가 언어치료사가 된 엄마까지 세상엔 정말 대단하다 못해 경이로운 엄마들이 있었다.

아이를 통해 아이와 함께 자신의 자아실현을 완성해 가는 엄마들을 볼 때마다 부러움과 존경스러움을 감출 수가 없다. 나는 꿈도

꿀 수 없는 일이다. 세상에서 엄마표가 제일 힘들다는 것을 이미 몸소 경험했기 때문이다. 그래도 나름 교육현장에서 다른 집 아이들을 몇십 년씩 가르쳐왔던 엄마가 아닌가? 그런데 내 아이는 달랐다. 나는 내 아이 가르치는 것이 세상에서 제일 어려운 선생님이었다. 어쩜 이리도 힘들까? 인간의 욕구의 최정점인 자아실현 욕구는 엄마라는 이름으로는 이루려고도, 꿈꾸려고도 하지 말아야겠다는 생각이 나의 솔직한 심정이다. 당최 노력의 흔적도, 끝도, 결과물도 내지 못하는 이런 엄마표라면 하지 않는 게 낫다고 생각했다. 워킹맘으로 그나마 없는 시간 쪼개서 시도한 말만 엄마표였던 수많은 것들이 스쳐 지나간다. 늘 꾸준함이 따라주지 않고, 인내심이 따라주지 않는 나의 엄마표는 시간이 없어 제대로 안되고 있다는 합리화로 끝났다. 워킹 맘으로 살지 말아야 할 이유들만 잔뜩 늘어놓고 쌓아가게 했다. 그러나 나는 일을 그만두지 않았다.

일을 쉬어도 내 아이를 엄마표로 도울 수 있는, 완성할 수 있는 영역이 매우 적다는 것을 이미 몇 차례의 흉내 내기 엄마표로 알았고, 그나마도 자신이 없었기 때문이다. 자식이라고는 딸랑 딸아이 하나밖에 없는 나에게 왜 최고로 잘 키워보고 싶은 욕심이 없었겠는가? 정말 엄마표 놀이 책들과 파워블로거 포스팅, 엄마들 카페 등을 검색하며 문방구를 들락거리는 날들이 매일 같이 이어졌다. 하지만 정작 엄마인 내가 종이 접기가 안되고, 그리기가 안되고, 만들기까지 제대로 되지 않으니 짜증이 나기 시작했다. 아주 간단해 보이는 것들도 어렵게 느껴지면서 즐겨지지 않았다. 차라리 시작하지 않았으면 좋았을 결말들로 끝나는 날들이 많아졌다. 안된다고 다그치고, 집중 안 한다고 짜증내고, 재미없다는 아이 말에 놀이 준비하느라 고생한 내 노력의 시간들이 떠올라 눈을 흘기고, 결국 끓어오르는 성질을 잠재우며 모든 놀이 공간을 정리하는 엄마의 모습을 보면서 내 아이는 무슨 생각을 했을까? 매번 엄마표 놀이는 별소득 없이 이렇게 끝나니, '뭔 엄마표 놀이냐' 하는 자포자기 마음으로 아이에게 되묻곤 했다.

"기쁨아, 뭐하고 싶어?" 그러면 여섯 살인 아이는 어김없이 달리고 쫓는 토끼 놀이, 늑대 놀이라고 이름 붙인 놀이들만 외쳤다. 여자아이인데도 다른 여자 형제 없이 남자 사촌오빠들과 가까이 자라서인지 늘 몸으로 하는, 땀을 흘리는 놀이들을 좋아했다. 그림도 그리고, 만들기도 하자고 하면 좋으련만 자신이 꽂힌 한 가지 놀이에만 집중하는 아이가 한심하게 느껴지면서도 결국 아이가 원하는 놀이로 서로의 감정을 풀고, 마무리. 이것이 나의 엄마표 놀이였다.

이것저것 시도해 볼 만한 수많은 육아서와 블로그들의 엄마표 놀이 대신 정신줄 놓고 그저 달리고 쫓는 놀이 같지도 않게 느껴졌던 그 놀이들을 하면서도 엄마인 내 머릿속에서는 말이 늦으니 '역할놀이'를 해볼까? 소근육 발달이 늦으니 손가락 움직임이 많은 놀이로 변형해 볼까? 이런 오만가지 생각들로 머리를 굴리며 놀이에 집중하지 못하고 있었다. 그런 나 자신이 한심하다가도 엄마라서 또 어쩔 수 없다고 스스로를 합리화했다. 놀이만이 아니었다. 나의 엄마표 학습도 수많은 다른 엄마들의 성공스토리와는 너무나도 달랐다. 그것에서 오는 좌절과 실망감도 나에게는 늘 마음의 짐이었다. 엄마인 나에게 지금의 딸아이 모습은 불과 2-3년 전만 해도 상상이 되지 않을 만큼 발전된 모습이지만, 아웃풋이 전혀 이루어지지 않았던 그 시간은 정말 상상할 수 없을 만큼 힘든 시간이었다. 육아는 정말 기다림과 인내의 시간이라더니, 그 말이 맞다. 정말 시간이 약이 되어 주는 수없이 많은 육아 경험의 시간들을 통해 나는 이제 시간의 힘을 믿는다.

내 보물 같은 아이는 너무나도 늦은 아이여서 많은 것을 경험하게 해 주고, 많은 책들을 읽어 줘도 늘 엄마가 방치해서 키운 아이처럼 노력의 표가 나지 않는 아이였다. 육아서나 파워블로거 속 대부분의 아이들은 엄마의 노력이 확실히 표가 나서 어쩌면 그렇게도 똑똑하고, 잘 키웠다는 소리를 들을 만한지… 뭘 가르치고 도와주면 어디 하나라도 남다른 모습을 보여 줄 거라는 엄마의 기대감은 늘 순식간에 무너졌다. 정말 미치고 팔짝 뛸 만큼 답답한 시간이었다. 많은 것들을 기대하는 엄마도 아니고, 아이가 성장하는 단계마다 보여줄 수 있는 최소한의 것들을 기대했던 엄마인데… 아이가 어릴 때는 내 아이와 다른 아이를 동시에 바라보는 일이 심적으로 참으로 힘들었다. 늘 내게 심란한 마음을 가져다주었던, 어딘지 모르게 아픈 마음을 가져다주던 그런 시간이었다. 때론 화가 치밀어 올라 혼자서 속으로 세상의 모든 똑똑한 아이 키우는 엄마들에게 외치기도 했다. "너희들도 나처럼 늦된 아이 한번 키워 봐." 그 엄마들이 무슨 죄란 말인가? 지금 생각해 보면 참 답답했던 모양이다. 말이 늦되어 언어가 아닌 떼로 자신의 의사표시를 하는 아이와 외출할 때면 "애를 도대체 왜 저렇게 키우나." 하는 따가운 시선도 감당해야 했다. 뭔가 다른 시선이 느껴져 아이에게 화라도 낸 날이면 또 미안한 마음에 하루에도 수십 가지의 감정이 교차했다.

"정말 나는 엄마도 아니다, 미친년이다." 생각하며 잠든 아이를 바라보면 가슴에서 흐르는 뜨거운 물줄기가 뺨을 타고 흘러내리는 순간이 한두 번이 아니었다. 그럴 때마다 또다시 무너진 마음을 독하게 추슬렀다. 그런 날이면 엄마표 놀이든, 엄마표 학습이든 '내 새끼는 내 방식대로 키운다'는 각오로 마음부터 챙겼다. 그리고 세상에 성공한 모든 엄마표를 쫓아가려 했던 많은 활동들을 집어치웠다. 아웃풋이 빨리 되지 않는 내 아이와 성질 급한 엄마인 내가 할 수 있는 우리만의 방법을 찾는 것이 더욱 현실적인 대안이 될 것 같았다. 내 눈엔 영재에 가까운 그 블로그 속, 육아책 속 아이들과 내 아이를 비교하며 아웃풋을 끊임없이 기대하는 나 같은 엄마는 절대로 다른 엄마표를 따라 하는 육아는 하지 말아야겠다고 결심했다. 그것이 장거리 마라톤 육아를 즐길 수 있는, 감사할 수 있는 육아법이며, 정신건강에 좋다.

그렇게 아이가 일곱 살 중반을 넘어서면서 나는 모든 것을 내려놓고 잠시 '쉼'을 가졌다. 그리고 다시 엄마로 어떻게 살아가야 할지 고민했다. 내가 "누구 엄마요."하고 아이를 자랑삼아 목에 걸고 다닐 것도 아닌데, 내 아이를 통해 엄마의 자아실현을 꿈꾸는 것도 아닌데, 도대체 무엇을 위해, 무엇 때문에, 누구에게 보여주려고 아이와 내 삶에 걱정스러운 마음을 기쁜 마음보다 더 크게 안고 살아가야 한단 말인가? 왜 늘 흔들리며 소신 있게 아이를 키우지 못하고 있는지 생각하고, 반성하고, 고민하며 내 아이만을 위한 엄마로 살아갈 계획을 하게 되었다. 그때부터 조급하지 않고 내 아이의 속도에 맞는 나만의 엄마표로 조금씩 아이를 도울 수 있는 활동들을 실천할 수 있게 되었다. 한동안은 정말 여기저기 기웃거리지 않기 위해 컴퓨터도 켜지 않았다. 그리고 엄마의 마음은 다시 평온을 찾아가며 단 한 아이, 내 아이만을 바라볼 수 있게 되었다.

내가 인생철학처럼 믿는 한 가지, '이름 앞에 붙이는 닉네임이 사람을 만든다.'는 생각을 하며 내 아이 이름 앞에 〈꿈대로 되는 아이〉라는 닉네임을 떡하니 붙여주었다. 그 순간 내 아이가 다른 아이들처럼 아웃풋이 안되고 느린 진짜 이유를 가슴속 울림으로 들을 수 있었다. "내 아이는 느린 아이, 느린 아이는 잠재력이 큰 아이", "내 아이는 그릇이 큰 아이, 그래서 채울 것이 많아 넘치는데 시간이 필요한 아이", "내 아이는 꿈대로 되는 아이, 그 꿈의 크기가 큰 아이"… 이런 울림들이 가슴에서 터져 나오기 시작하면서 엄마로서 살아갈 새 힘을 얻게 되었다. 다시 리셋된 엄마의 가슴속에 그 울림들을 여러 번 새기며 나는 진짜 내 아이만을 위한 엄마가 되어갈 수 있었다.

사랑할 줄만 알고
가르칠 줄 모르는 엄마

세상의 모든 부모가 그러하듯 나 또한 하나밖에 없는 내 아이를 어떻게 하면 잘 키울 수 있을까? 항상 고민하며 함께 성장해 가고 있다. 때론 평균에도 못 미치는 엄마를 만나 고생하는 것 같은 안쓰러움에 바라보는 것도 미안한 마음이 들어 눈시울이 붉어진다. 그렇게 숨죽여 가슴으로 흘러내린 눈물이 한가득이다. 엄마의 무지함과 잘못된 육아방법이 결국 세상 가운데 서게 된 아이에게 '힘듦'으로 다가오고, 그 아이가 겪게 되는 힘듦은 고스란히 엄마인 나에게 '아픔과 걱정스러움'으로 다가오니, 육아란 세상에서 가장 행복한 일이면서 정말 뜻대로 되지 않는 묘한 일이다.

나는 엄마가 되기 전에도 아이들을 좋아하는 사람이었다. 작은 아이들을 보면 절로 미소가 지어지고, 뭐라도 하나 건네주고 싶고, 말을 걸고 싶을 만큼 행복 호르몬이 마구 뿜어져 나오는 그런 사람이다. 아이들을 가르치는 일을 하면서도 나는 아이들이 참 좋았고, 지치고 기운이 없다가도 아이들을 만나는 순간 힘이 생길 만큼 나에게 에너지를 충전해 주는 시간도 아이들을 만나는 시간이었다. 그런 아이들과 사랑으로 진정한 교감의 시간들을 가지며 따뜻함을 전해 주고, 동기부여를 해 줄 수 있는 멘토가 되어 주고 싶었다. 그래서 엄마들의 기대, 아이들의 기대에 부응하고자 공부만, 성적만 내줘야 하는 입시학원 선생님이 아니라면 얼마나 좋을까? 하는 순간들을 수없이 마주해 왔다. '결과'에만 집중해 '내가 아닌 내 모습'으로 아이들에게 공부를 강요하고, 엄함을 유지하고, 잔소리를 하게 된 날에는 참 마음이 좋지 않았다. 그래서 내 아이에게만큼은 선생님이 아닌 오로지 엄마의 모습으로만 키우고 싶었다.

평생을 함께해야 될 우리 관계가 조금도 낯설지 않고, 세상에서 제일 좋은 친구가 되어 줄 수 있는 친밀함으로 유지되길 바랐다. 그렇게 내가 엄마가 되는 순간, 나는 아이에게 줄 수 있는 나의 모든 사랑을 주기 시작했다. 아플까, 불편할까 노심초사하며 매일 번거롭다 못해 고된 노동이 되는 모든 것들을 마다하지 않았다. 나에게 쉽게 키워도 될 것을 군이 자초하며 키울 건 뭐지? 하는 생각 따위는 없었다. 먹을 것, 입힐 것, 가지고 놀 것들을 영양과 위생과 안전을 하나하나 점검하며 따졌다. 아이의 손에 뭔가가 조금이라도 묻어 있으면 큰일이 나고, 아이 옷도 매번 손빨래로 해야 했으며, 아이 옷이 더럽혀지는 것도 싫고, 입 짧은 아이가 잘 먹지 않는 것도 안쓰러워 밥도 떠먹여 주며 그렇게 키웠다. 키즈카페나 놀이터도 질병의 위험이 있다는 이유로 경계했던 엄마다.

아이 뒤치다꺼리로 다른 모든 생활이 마비가 되는 날에도 나는 그것이 옳다고 생각했다. 아이가 어릴 때부터 혼자서 살아갈 수 있는 자립심을 키워야 한다는 말은 모질게 사랑하는 독하고 야무진 엄마들에게나 해당되는 말이라고 생각했다. 아이가 서너 명씩 되는 다둥이 엄마들의 육아에나 적용되는 말이라고 치부했다. 아낌없이 사랑을 퍼주는 엄마, 내 아이의 눈빛에서 작은 칭얼거림이라도 보이면 금세 마음이 흔들리는, 일관성이라고는 눈곱만큼도 찾아볼 수 없는 엄마, 그것이 내가 40개월 동안 아이를 키운 육아법이다. 워킹맘으로 살며 최선을 다한 듯 보이는 그 육아의 시간 속에는 유감스럽게도 엄마와 아이가 보낸 시간이 아닌, 엄마의 일방적인 시간이 있을 뿐이었다. 우리에겐 상호작용이라는 것이 빠져있었다. 가르칠 것들, 진짜 아이와 교감하는 방법들을 찾는 것에는 뒷전이고, 사랑의 마음만 과했던 엄마다.

그 덕분에 나는 육아, 자녀교육, 양육이라는 미로 속에서 한동안 한없이 헤매며 유난히 나에게만 그 미로가 더 복잡해 보이는 것 같은 이유를 찾아야 했다. 그때부터 '무엇이 문제일까?'라는 말을 수

없이 되새기는 엄마가 되어 있었다. 어찌 됐든 출구를 향해 빠져나가야 하는 엄마 노릇, 멈출 수 없는 엄마 노릇으로 지금도 골머리가 아플 때도 있지만, 나는 내 아이에게 더 뜨거운 사랑을 주기 위해 배우는 엄마가 되기로 했다. 잘 배워 함께 배우는 엄마, 잘 가르쳐 줄 수 있는 엄마가 되기로 했다.

내 삶에, 아이의 삶에 '사랑'이라는 이름의 흔적을 더욱 깊이 남기기 위해 우리만의 '잘 배움'을 실천해 보기로 마음먹었다. 그래서 엄마가 집어든 책들은 어느 순간 육아서와 자녀교육법으로 좁혀졌다. 한동안 같은 분야의 책들에 집중하다 보니 좁디좁은 엄마의 서재 책장은 이미 채워질 대로 채워져 바닥까지 쌓여가기 시작했다. 그리고 책 한 권을 읽고 그 안에서 발견한 우리에게 적용할 수 있는 것들 한두 가지만 실천하기 시작했다. 육아서는 생각보다 도움이 됐다. 하루에도 수십 번씩 오르락내리락하는 변덕스러운 엄마 마음을 경험 있는 다른 엄마들의 글들이 진정시켜 주고 있었다. 때론 공감을 불러일으키며, 때론 두근거림을 감출 수 없도록 위로를 전하며 육아서는 엄마로서 자격미달이라는 내면의 비난을 잠재워주고 있었다.

앎에는 운명을 바꾸는 힘이 있다는데 정말 아이를 키우고, 아이를 사랑하고, 아이를 가르친다는 것이 어떤 것인지 서서히 알아가면서 내 아이의 운명과 엄마인 나의 운명이 바뀌어가는 힘이 생기고 있다는 생각이 들었다. 아이를 낳아 기르기 전, 젊은 날의 인생 초보 엄마는 책으로 위로받고, 책으로 세상을 바라보고, 책으로 살 아갈 방법을 찾아가는 사람이었다. 뒤늦게 진로에 대해 고민하며 책을 펼쳐 허기진 아이가 배를 채우듯 책을 읽어왔던 엄마였다. 그 런데 그런 엄마에게 아직 육아서는 너무 이른 공부였을까? 나는 아 이를 기르면서 육아서를 거의 읽지 않았다. 책대로 아이가 키워질 수 없다는 오만한 생각에서였다.

그저 자연스럽게, 자유롭게 키우자는 생각이었다. 그리고 그것이 얼마나 어리석은 생각이었는지 아이가 여섯 살이 되면서 깨닫기 시 작한 것이다. 육아서를 읽기 시작하면서 세상의 많은 엄마들이 얼 마나 아름답게, 소중하게, 그리고 세상에 도움이 되게 자신의 자녀 들을 사랑하는지 알게 되었다.

그렇게 나 스스로를 돌아보며 책을 읽어나갈 때 그동안 엄마가 알지 못해 챙겨주지 못한 수많은 것들에 마음이 쓰이기 시작했고, 엄마의 '바쁨'과 '잘못된 육아'가 아이의 '아픔'이 될 수 있다는 것을 깨닫기 시작했다. 여섯 해를 내 딸로 살아온 시간 속에서 내 아이가 참으로 외로웠겠다는 생각, 힘들었겠다는 생각, 답답했겠다는 생각 이 들었다. 부모라는, 엄마라는 직함이 부끄럽지 않고, 내 아이가 세 상에 더 잘 설 수 있도록 가르칠 것들은 가르치는 것이 아이를 더욱 뜨겁게 사랑하는 기술을 익히는 것이라는 사실을 책을 통해 알아가고 있다. 그렇게 성장단계에 맞는 사랑을 어떻게 주어야 하는지, 어떻게 교육해야 하는지 배우며 가르치는 엄마가 되어가고 있다. 하지만 엄마인 나에게도, 아이에게도 시간이 필요했다.

느닷없이 변한 엄마의 태도에 아이의 반응은 다양했다. 매일 아침 엄마가 입혀주던 옷은 아이가 스스로 입을 때까지 침대 위에 머물러야 했다. 일부러 거꾸로 입으며 온갖 짜증을 냈고, 스스로 이 닦기조차 하지 않겠다며 칫솔을 물고 있는 아이도 지켜봐야 했다. 워낙 내성적이고 부끄러움이 많아 낯가림이 심하다고 강요하지 않았던 인사교육도 이전과는 달리 부드럽고, 칭찬을 아끼지 않는 방법으로 참 열심히 교육했다. 사용한 물건 정리며, 대소변 처리 등 아주 간단한 것부터 스스로 책 읽기, 숙제하기, 할 일 계획하고 실천하기까지 참으로 힘들게 여기까지 왔다.

달라진 엄마의 태도에 적응하느라 아이도 애를 먹고, 엄마도 도를 닦을 정도의 인내심이 필요했지만 우리는 더 친밀해졌다. 집안 여기저기에 붙어있는 온갖 종류의 스티커판과 과하지 않을 정도로 얻어낸 보상품들이 집안 곳곳에서 눈에 띄는 풍경은 시간이 지날수록 아이의 의존성을 떨쳐내는 유용한 수단들이 되어 주었다. 그것들이 눈에 들어올 때마다 감사함으로 바라봐진다. 그렇게 아이는 조금씩 뭐든 도전하는 아이가 되어가고, 자신이 맡은 일을 끝마칠 때까지 끝까지 해보려는 인내심을 배워가고 있다. 초등학교 1학년

한 학기를 마칠 때 선생님께서 보내주신 '성장 발달 표'에 적힌 두 줄의 문구는 오래도록 나를 감동시켰다. "인사성이 매우 바른 아이입니다.", "처음에는 조금 힘들어하던 활동도 끝까지 스스로 해내는 모습을 볼 수 있으며, 교우관계가 점차 넓어지고 있습니다." 비록 형식적인 내용이라 할지라도 나는 참 감사했다. 1학년 생활을 성공했다는 생각이 들었다.

인사 잘하고. 자기일 잘한다는데 뭐가 걱정이겠는가? 교우관계가 점차 넓어진다니 언젠가는 사회성도 스스로 불편하지 않을 만큼 길러지겠지 생각했다. 이제 어지간한 일로는 끙끙 앓며 걱정하지 않기로 했다. 천지분간 못하던 아이, 매번 엄마 마음을 천 갈래만 갈래 찢어놓던 내 아이, 그런 눈으로 늘 바라보던 엄마의 시선도 이제는 거둬버리기로 했다. 내 아이가 잘해서? 엄마가 대범해져서? 물론 아니다. 여전히 소심하고, 아직도 스스로 지나칠 정도로 아이의 생활에 예민하지만, 아직 내 아이와 나는 배울게 많고, 우리의 방법으로 그것을 즐겁게 배워가고 있다고 믿고 있기 때문이다.

늦된 아이를 키우며 언제나 내 가슴속에 두고 있는 말, '아이의 손 크기가 엄마의 손 크기만큼 자라기 전까지는 언제나 가르칠 수 있는 좋은 때이다.' 아이에게 가르쳐야 될 것들에 이미 너무 늦은 때는 없다고 생각하기로 했다. 그때라도 시작하면 된다고 여유를 가져보기로 했다. 그리고 그것은 정말 효과가 있었다. 다만 우리에게 필요한 것은 우리만의 좋은 방법과 기다림이다. 나지막한 목소리와 미소 띤 얼굴, 끊임없이 반복해 주어야 하는 엄마의 리플레이 기능, 끓어오르는 감정을 가라앉혀 주는 엄마에게만 주어지는 안식처 같은 도구와 시간, 고요한 듯 끊임없이 요동치는 아이의 가슴속 외침에 귀 기울이기, 결국 가르칠 줄 아는 엄마가 되는 것은 사랑만할 줄 아는 엄마를 넘어설 때 가능했다. 그럼에도 결코 멈출 수 없는 엄마 노릇을 위해 오늘도 열심히 배우는 엄마가 된다. 그래서 또책장을 넘기고 있다.

기대에 찬 눈으로
아이를 바라보기 시작했다

자식을 생각하면 걱정부터 앞서는 게 부모다. 그런데 요즘 부모들은 그 걱정도, 염려도 지나칠 때가 많다. 나도 그런 엄마 중 한 사람이었다. 한때는 아이에 대한 염려가 지나쳐 내 아이에게 심각한 문제가 있는 것은 아닌지 가슴을 졸이다가 쓸어내리기를 수차례 겪어야 했다.

아이를 유치원에 보내기 전까지는 그래도 나름 여유 있는 엄마였다. 왜? 비교대상이 많지 않았으니까. "조금 느리면 어때? 때 되면 다 하겠지? 아이의 성향이 좀 다를 뿐이야."라고 생각하며 얼마든지 여유 있는 엄마, 인내심 있는 엄마인 척할 수 있었던 것 같다. 사실 실제로도 그렇게 조급한 마음은 들지 않았다. 하지만 또래 아이들을 스무 명 남짓 모아놓은 유치원에서 내 아이의 모습은 한없이 어리고 부족해 보이는 것이 아닌가? 다른 아이와 비교해 조금만 다른 모습이 보여도 걱정이 앞섰다. 친구들 무리 속에 끼지 못하고 혼자 놀고 있어도 걱정, 그림을 그리거나 종이접기 같은 시간에 제대로 된 작품을 완성하지 못해도 소근육 발달에 문제가 있나 걱정이 되었다. 아이가 체육활동 시간에 매번 꼴찌로 활동을 마칠 때는 태권도라도 시켜야 하나? 별 걱정을 다했던 것 같다. 엄마의 기대에 부응하다 못해 넘치는 아이들을 보면 "도대체 저 아이 엄마는 아이에게 무슨 짓을 한 거야?", "도대체 뭘 먹이고, 어떻게 키웠길래 아이가 못하는 게 없어?" 하는 생각까지 들곤 했다. 아이에 대한 염려가 지나칠 때는 가차 없이 '정서 장애, 발달장애, 학습장애, 행동장애, 경계선 아이, 유사 자폐' 등과 같은 단어들을 머릿속 한가득 채워가며 관련 키워드에 맞춰 증상을 찾아보고, 관련 책들을 읽기도 했다. 세상에 '아스퍼거 증후군'이라는 듣도 보도 못한 책까지 읽고 있는 내 모습을 보면서 나는 스스로에게 '과잉 염려 증후군 엄마'라는 진단을 내리고 엄마가 스스로를 치유할 수 있는 시간을 갖는 것이 아이를 돕는 일이라는 결론을 내렸다.

워낙 내성적이고 부끄러움이 많아서 가족 외엔 누군가에게 잘 다가가지 못하고, 말이 조금 늦은 아이였을 뿐인데 엄마의 염려증이 아이를 장애로 만들 뻔했다. 나는 한때 아이의 발달 상태를 정확히 알기 위해 아이를 데리고 병원과 심리센터, 언어치료 센터까지 방문했다. 그러나 기관마다 모두 결과가 달랐다. 아이의 상태보다는 엄마의 말에 기준을 삼고 상담의 초점을 두기도 했고, "제 아이라면 저는 좀 더 지켜보는 쪽을 택하겠어요."라고 말해 주는 선생님도 계셨고, 때론 아이의 성향상 뭔가 적극적인 방법으로 개입하면 말문을 닫아버릴 수도 있다는 얘기도 들었다.

한 소아과 선생님은 내게 "엄마가 체크하신 사항들로만 보면 아이가 지금 '명' 때리고 있어야 하는 상태인데 전혀 그렇지 않죠?"라고 하시며 내게 "우리 아이는 늦된 아이다."라는 말을 따라 하게 하셔서 진료실에 한순간 폭소가 터져 나오기도 했다. 그런데 한 언어센터에서는 아이의 언어발달 상태나 발음 상태가 또래보다 1년 정도 늦으니 학교에 입학하기 전에 빨리 치료를 해주어야 한다고 말하기도 했었다. 자연스럽게 사회성 발달에도 문제가 생길 수 있다는 조언과 함께. 나는 이 모든 상황을 고려해서 이제 결정을 내려야했다. 정말 걱정이 된다면 엄마의 주관적인 판단보다는 전문가의 조언이 도움이 될 때도 있다. 하지만 경험에서 나온 어설픈 엄마가 한마디 덧붙이자면 '아이는 분명 바라보는 대로 된다'는 사실이다.

엄마가 내 아이를 어떻게 바라보는지에 따라 아이의 모습은 정말 엄마가 향하는 시선으로 많이 닮아가고 있었다. 누군가는 "그렇게 느껴질 뿐이겠지."라고 말할지도 모르겠다. 그러나 느낌만을 가지고 말하는 것이 아니다. 엄마인 내가 내 아이를 바라보는 시선에 따라 정말 아이에게 해줄 수 있는 모든 것들의 기준이 오직 '내 아이'가 되는 경험을 하게 되었다. 더 이상 내 아이가 누군가의 비교 대상이 되지 않았다. 그렇게 되다 보니 단 한 아이, 내 아이만을 위한 방법들을 찾게 되고, 오로지 내 아이의 수준에 맞춘 엄마표 책 읽기, 엄마표 교육, 엄마표 놀이들을 생각해 내게 되었다. 그리고 비로소 나는 그저 대단하게만 보이던 엄마표 주자들의 포스팅들이 더 이상 눈에 들어오거나, 그것들이 나를 위축시키지도 않았다. 엄마들보다 더 대단해 보이던 그 집 아이들의 활동이나 작품들이 부러움의 대상으로 나를 힘들게 하지도 않았다.

언젠가 초조한 모습으로 위태로운 육아를 이어가던 내 모습을 바라보며 친정 엄마는 말씀하셨다. "참, 요새 엄마들은 아는 것이 많아서 진단도 잘 내린다. 우리가 애 키울 때는 공부를 못하면 못하는 대로 다른 잘하는 것이 있겠지 했고, 다른 집 애가 산만하면 좀 부잡스럽다 생각했고, 말도 없고 숫기도 없어서 또래와 어울리지 못하면 속에 영감이 들어앉았구나 생각했지… 그런데 요새 엄마들은 걸핏하면 내 새끼든, 남의 새끼한테든 학습 장애니, 주의력 결핍이라니… 몹쓸 말들을 갖다 붙이더라. 그럼 못써. 어미들이 그렇게 미리 걱정하고 진단 내리고 하니까 요새 멀쩡한 애들을 장애 만드는 거야. 세상이 이렇게 좋아졌고, 애도 한둘밖에 안 낳으니 온갖 정성으로 좋은 것만 먹여 키우는 요새 애들이 우리 때보다 나으면 나았지, 못하겠냐? 굳이 붙이려고 들면 우리가 애들 키울 때 '장

애'가 더 많지 않았겠어? 알고도 모르고도 그냥 지나갔으니까, 새
끼들이 저들 알아서 밥 먹고 살고, 사람 구실할 만큼 컸지. 안 그냐?
어쩌게 저 그 새끼들한테 그런 말을 그냥 막 갖다 붙이냐? 우리들은
많이 못 배웠어도 그런 말은 입 밖에 안 내고 키웠어야. 너는 배울
만큼 배웠고, 엄마보다 똑똑한 게 당최 니 새끼한테 그런 말을 입
밖에 내도 말고, 생각도 말어. 알겠냐?" 한참 야단하시더니 아직도
하실 말씀이 많지만 오늘은 이쯤 해둔다는 듯이 마지막 혼잣말을
나직이 흘리신다.

"걱정이 많아도 탈여."

정말 그렇다. 과잉 염려는 천재를 장애아로 만들 수 있다. 왜냐하
면 부모나 다른 사람들이 그렇게 바라보고, 그렇게 대하기 때문이
다. 조기 진단이 필요한 경우도 분명 있지만, 많은 경우 부모의 과
잉 염려로 더 힘든 아이들이 많은 요즘이다. 절대 과잉 염려는 금물
이다. 세상이 만들어 놓은 기준과 틀에 끼워 맞추다 보면 어느 곳
하나쯤 문제없는 사람이 있을까? 나는 한때 언어발달이 늦은 아이
를 도울 수 있는 방법을 찾기 위해 1년 남짓 관련 책들을 집중적으
로 읽어 내려가면서 그 책 속에서 나의 어린 시절 모습뿐만 아니라
지금의 모습들이 너무 많이 발견되고 나타나서 스스로가 수많은 장
애와 결핍이 있는 인간이라는 사실을 뼈저리게 깨달았다. 어쩜 이
렇게 모든 면에서 기준이 미달되고, 기존의 틀에서 벗어나는지…
그럼에도 불구하고 '어른'이라는 이름으로 내 역할을 해내며 살아

가고 있는 나 스스로가 대견하게 느껴지기까지 했다. 그리고 생각해 보았다. 내가 한때 내 아이를 바라보던 시선으로 똑같이 나를 바라보는 좀 더 예민하고 걱정 많은 부모님을 만났더라면, 나는 과연 지금처럼 자유롭게 생각하고 살아가는 어른이 될 수 있었을까? 많이 배우고, 먹고살기 걱정 없고, 자식이 귀한 집의 그런 딸이었다면, 과연 지금의 나로 살아낼 수 있었을까? 아찔한 순간이 스친다. 그리고 지금껏 내 모습 그대로 바라보며, 어린 시절 내게 부모님께서 늘 해주셨던 말씀, "너는 어디다 내놔도 걱정 없다. 엄마, 아빠는 널 믿어." 그 말씀을 입버릇처럼 해주셨던 부모님이 내게는 계셨다. 그런 부모님 덕분에 나는 오늘도 감사함으로 내 아이의 좋은 엄마를 꿈꿔본다.

세상의 기준으로, 어른들이 만들어 놓은 틀 속에서 사회성이라는 잣대를 들이대며 내 아이를 판단하지 말자. '장애', '문제아'라는 딱지를 내 금쪽같은 자식에게 함부로 붙이지 말자. 멀쩡한 아이의 특별한 개성을 바라볼 수 있는 안목을 키우는 것이 오히려 부모로서의 역할이 아닐까? 한 정신과 의사는 젊은 날 자신이 깊은 생각 없이 내린 자폐증 진단을 받은 아이가 너무나도 멋진 청년이 되어 나타났을 때, 스스로 부끄러웠다는 고백을 하며 "자폐적 증상도 그 아이 나름의 개성이다."라고 말하기도 했다. '이상한 것과 개성을 자신 있게 구별할 수 있는가?'라고 묻는 그는 사실 전문가도 구별하기 어렵다고 말한다. 천재와 정신병은 종이 한 장 차이라고까지 말하는 그를 보면서 나는 참 큰 위로를 받았다. 그의 따끔한 충고로 반성의 시간도 되었고, 가슴속 가득 남겨지는 그 어떤 마음의 기운으로 한동안 감동의 여운까지 느끼며 책장을 덮었던 기억이 난다. 다른 아이들 속에 내 아이가 묻혀 있어 표가 나지 않아야 안심이 되는 부모가 되고 싶은가? 한때 나는 그랬다.

내 아이가 넘치지도, 부족하지도 않고 평범하게, 무난하게 섞이길 바라는 마음이 한가득이었다. 그러나 이제 생각이 많이 달라졌다. 누가 뭐래도 이젠 개성시대가 아닌가? 자기만의 독창적인 생각을 가지고, 호기심 어린 눈빛으로 세상을 바라볼 수 있는 아이는 어쩌면 누구도 갖지 못한 신이 주신 특권을 누릴 수 있는 기회를 거머쥔 아이일지도 모른다. 당신의 아이는 원래 천재였는지도 모른다는 기대에 찬 눈으로 아이를 바라보자. 모두가 주연으로 살아도 부족함이 없는 기회의 세상이 되었다. 1인 미디어, 1인 기업가의 세상에서 내 아이를 들러리로 살아가게 만드는 좁은 시야의 부모는 되지 말아야겠다는 생각이 든다.

천재 물리학자 아인슈타인의 이야기로 마무리를 해볼까 한다. 그는 어린 시절 학습 지진아라는 판정을 받았다. 유난히 호기심 많고 질문이 많은 아이는 놀림의 대상이 되기도 하고, 이상한 시선을 받아야 하는 대상이 되기도 했지만, 그에게는 자신을 기대에 찬 눈빛으로 바라봐주던 어머니, 파울리네가 있었다. 남들과 똑같아서는 큰 사람이 될 수 없다고 말해 주는 어머니의 격려 속에서 비록 16살이 되도록 특수한 재능을 보이지 못하던 그가 독일을 떠나 스위스의 고등학교에 입학하면서부터 상황이 완전히 달라진다. 그곳에서 만난 선생님들은 독일에서와는 달리 그를 기대에 찬 눈으로 바라보기 시작했고, 그는 물리, 화학, 철학 등에서 뛰어난 실력을 보이기 시작했던 것이다. 내 아이가 갈 길, 내 아이가 설 자리는 분명히 따로 있다. 평범함에 묻혀 아이의 특별함을 바라보지 못하는, 기대하지 못하는 엄마가 되지 말아야겠다. 아이를 잘 키우고 싶다는 마음속 우선순위에 기대에 찬 엄마의 눈빛을 제일 우선으로 두어야겠다는 다짐도 함께 해본다. 내 아이는 엄마가 제일 잘 안다는 자신감이 생길 때까지 부모로서 아이를 어떻게 가르치고 인도해야 할지 늘 명심하며, 아이가 세상에 자신의 설 자리를 찾아갈 때까지 힘껏 돕는 엄마가 되고 싶다.

Part 2

실천한 만큼만
엄마다

그래,
이대로만 하자

여섯 살엔 무엇을 하고, 일곱 살 땐 어떠해야 하며, 초등학교에 입학하면 어느 정도의 수준이 되어야 하는지, 그런 기준들이 도대체 뭐가 그리 중요했을까? 한동안 아이를 키우면서 연령대별로 이루어지는 맞춤 교육이나 프로그램들을 접하고 알아보며 나는 입을 다물지 못했다. 다섯 살 때까지 나는 아이에게 어느 것 하나도 시켜본 적이 없었기 때문이다. 그래도 학생들을 가르치는 일을 오랜 시간 해왔던 엄마였는데… 정말 자기 자식 하나 제대로 가르치지 못하면서 어떻게 선생 노릇을 하고 있나 하는 자괴감마저 들 만큼 충격적이었다. 그런 것들에 관심을 두지 않았어도 만약 내 아이가 또래 아이들보다 빠르거나, 모든 발달 영역에서 뒤처지지 않았다면 왜 그런 마음이 들었고, 걱정이었겠는가?

시간을 거슬러 엄마의 지나온 젊은 날의 시간들을 되짚어 보니 못난 엄마는 꿈도 없이 20대를 보내왔다. 30대가 되어서야 비로소 하고 싶은 일을 찾아 엄청 뿌듯해하며 꽤 괜찮은 인생을 살아가고 있다고 스스로 만족해하며 살아가고 있었다. 겨우 이름 석 자 쓸 줄 아는 상태로 초등학교에 입학했고, 중학교 입학을 앞두었을 때는 준비물로 마련한 영어 노트 뒷면에 인쇄된 알파벳으로 영어를 시작했던 엄마였다. 여섯 살이 된 내 아이보다 무엇 하나 빠른 것이 없었다. 그래도 잘 살고 있는데… 왜 내 아이는 스무 명 남짓한 작은 세상에서도 이렇게 힘이 들까?

그때는 또래 아이들과 내 아이를 비교하면 정말 발달지연이나, 경계선 아이가 아니냐는 의심을 받아야 할 만큼 '느린 아이'로 보인다는 사실이 화가 나다가, 미안하다가, 또 엄마의 조급함으로 내려놓지도 못하고, 딱 미치기 직전에 정신줄을 붙드는 날들의 연속이었다. 유치원 선생님은 언어치료나 놀이치료가 도움이 될 거라고 말씀하셨고, 그렇게 방문한 여러 기관들의 전문가들은 모두 제각기 다른 의견들을 주셨다. 도움이 되는 부분도 있었지만, 오히려 더 혼란스러울 때가 많았다.

그래도 무언가 해봐야겠다는 마음, 지푸라기라도 잡는 심정으로 놀이치료를 진행했다. 그리고 3개월 후 나는 마음을 바꾸었다. 선생님들은 너무 좋았지만, 일단 내 아이에게 절대로 상처로 남는 말, 아픔으로 얼룩진 교육은 하지 않기로 마음먹었기 때문이다. 시간이 지나면서 아이는 엄마와 선생님이 나누는 대화, 그리고 그곳의 분위기를 통해 이미 자신의 상황을 스스로 알아가고 있는 듯했다. 이런 사실을 선생님께 솔직히 말씀드렸을 때 선생님은 내게 아이의 내성적인 성격이나, 처음 기관 생활에 대한 낯섦이 적응하는 데 시간이 걸리는 원인인 듯하다고 하시며, 12주 정도의 교육으로 마무리를 하려고 하셨단다. 한편 감사하고, 죄송했다. 그래도 일단 아이가 좋아하지 않으면, 어떤 전문가가 어떤 최고의 설루션을 제공해 준다한들 크게 도움이 되지 않을 거라 생각하고 처음 경험해 본 놀이치료를 중단했다.

이후 일주일에 1시간도 안되는 만남 대신 엄마와 함께하는 놀이들이 그 몇 배가 되는 시간들을 채웠다. 덕분에 엄마는 생활의 모든 것들을 놀이로 만들려는 시도와 엉망이 되어가는 집안 꼴을 참아내야 했지만 너무 행복했다. 이제야 진짜 엄마 노릇을 제대로 해보고 싶어졌다. 『현명한 부모는 아이를 느리게 키운다』에서 소아정신과 신의진 교수는 말한다. "아이마다 발달 정도가 다르다. 모든 아이들에게 통용되는 획일적인 연령별 지침이란 있을 수 없다. 그러므로 섣부르게 '정상인가, 문제가 있는가'라는 잣대를 들이대지 말라." 그리고 덧붙여 말한다. 내 아이에게 문제가 있고 없고를 엄마가 알 수 있는 방법은 'Smiling on happy face', 아이가 행복한 표정, 웃는 얼굴을 전반적으로 많이 유지하고 있으면 그 아이는 문제가 없다는 것. 아이는 계속된 기다림과 자극 속에 어느 순간 확 변하는 계단 형태의 발전을 보이기에, 육아의 끝은 마지막이 되어야만 그 결과를 알 수 있다는 사실을 내게 가르쳐 주었다. 책으로 위로를 받고, 책으로 세상을 바라보기 시작한 엄마는 어느새 책으로 육아를 시작해 가고 있었다. 그런 엄마가 선택한 최고의 놀이 방법은 역시 책이었다. 책 속 등장인물이 되어 역할놀이를 하고, 책 속 등장인물 그리기로 그림놀이를 하고, 책 속에 나오는 장소를 찾아 현장 체험학습을 떠나고, 책 속에 나오는 아름다운 문장과 단어들로 글짓기 놀이를 했다.

이것이 좋은 방법인지, 도움이 되는 방법인지는 엄마인 나에게 중요하지 않았다. 그저 내 아이의 행복한 얼굴을 마주할 수 있다면 그것으로 좋았다. 서툴지만 조금씩 말하기 연습, 읽는 연습이 되는 것은 덤으로 얻어지는 선물 같았다. 하지만 여전히 크게 변화된 모습이 나타나지 않는 오랜 기다림의 시간이 이어졌다. 목이 터져라 읽어 주고, 쉬는 날이면 오로지 '엄마 데이'였던 많은 노력의 시간들이 눈으로 확인되지 않을 때는 마음이 먼저 지쳤다. 아무리 많은 책을 읽어 주고, 수십 번씩 반복해 읽어 줘도 등장인물의 이름이나 일어난 사건들을 전혀 말하지 못하는 아이에게 짜증을 낼 때도 있었다. 그런 날에는 또 마음을 다잡는다. '책 읽기는 내 아이의 내면의 힘을 길러주기 위한 것이지, 지식적인 정보를 쑤셔 넣어주려는 것이 아니다.' 이런 생각이 들 때면 다시 즐거운 책 읽기 놀이를 시작할 수 있었다. 그리고 아이는 엄마와 보내는 그 시간을 정말 좋아했다. 『무지개 물고기』라는 책을 읽고 "엄마, 나 무지개 물고기 그리고 싶어. 반짝반짝." 이렇게 말하는 아이와 커다란 도화지 위에 큰 물고기 한 마리를 그리고 색종이를 잘라 물고기 몸통을 장식해 가는 그 시간이 정말 행복했다. 여러 색깔의 색종이를 알록달록 붙이고, 반짝이 스티커를 붙이며 아이는 말한다. "엄마, 나도 반짝이 스티커 친구들 나눠줄 거야. 유치원 가방에 넣어줘." 나는 놀랐다. 아무것도 모르고 그저 물고기를 따라 그리고 싶어서 한 말인 줄 알았는데, 이미 아이는 책 속 무지개 물고기처럼 자신의 소중한 것을 함께 나눌 때 좋은 친구가 될 수 있다는 사실을 깨닫고 있었다. 엄마가 아이와 보내는 시간들은 그냥 지나치는 시간들이 아니었다. 사랑이 오고가고, 내면의 힘이 길러지며, 사회성을 가르칠 수 있는 최고의 시간이었다. 아이가 엄마와의 책놀이를 통해 내면이 강해짐을 느낄 수 있었다. 세상을 바라보는 눈이 조금씩 열리는 것 같아 행복했다. 아이와 놀아주는 것이 세상 어려웠던 엄마와 느린 아이가 즐길 수 있는 놀잇감은 그렇게 많지 않았다. 거기에 체력까지 저질체력이었으니, 우리가 선택할 수 있는 건 책.

아이와 나는 주야장천 책만 읽기로 결심했다. 이것저것 시도해 보고, 시켜도 보고 했지만 특별히 관심 보이는 것도 없고, 몰입하지도 못하는 아이에게 화를 내거나 잔소리로 이어지는 놀이보다는 엄마가 좋아하고 잘할 수 있는 책놀이가 나에게는 잘 맞았다. 그렇게 목이 터져라 읽어 주면서 어느 순간 엄마인 내가 아이 책에 빠져들어 스스로 즐기고 있는 게 아닌가? 어떤 날에는 성대모사가 지나쳐 아이의 이상한 눈초리를 받아야 했지만, 우리는 그 시간을 즐기고 있었다. 그리고 나 스스로에게도, 내 아이에게도 수없이 얘기했다. "그래, 이대로만 하자. 우리는 조금 느리게 세상을 배워가는 거야." 인생에 수없이 찾아오는 삶의 고비의 순간마다, 인생에 대한 허무함과 마주할 때마다, 수많은 고민과 갈등에 부딪힐 때마다 나는 내 아이가 책과 함께 그 시간들을 지혜롭게 헤쳐 나가길 바란다. 방황하고 좌절하기도 하겠지만, 깊은 사색의 시간을 통해 길을 찾아가는 경험을 했으면 좋겠다. 인생의 많은 시간들을 문제들로, 고민들로 허비하기보다는 자신의 미래 속에 스스로 길을 내며 살아가는 아이, 그 안에서 기쁘게 사는 것이 인생의 최고 목표가 될 수 있다면 바랄 것이 없다. 나이 들면서 얄팍한 지식이나 재주로 살아가기보다는, 안전지대만을 찾아 세상의 큰 속으로 들어가기보다는 책과 함께 고민하며 성숙해지는 사람으로 살아가면 좋겠다.

엄마와 아이가 찾은 책 읽기와 책 놀이를 통해 우리는 최고의 놀이치료 시간을 가졌다. 몸이 지쳐 힘든 날에는 정말 '영혼 없이' 무미건조하게 대충 읽어 주는 날도 있었지만, 그 시간조차도 아이는 좋아했다. 조금 늦은 시기에 미안한 마음을 가득 안고 시작한 이 시간들을 통해 엄마는 마음의 평정을 되찾을 수 있었고, 내 아이는 조금씩 세상 밖으로 행복한 발걸음을 떼고 있으니, 이 얼마나 아름다운 일인가? 예전과 달리 아이 키우는 모든 것이 감사할 따름이다. 초등학교에 입학해 학교생활이 즐겁다고 재잘거리는 아이의 조그마한 입이 이토록 사랑스러울 수가 없다. 그래, 우리 이대로만 하자. 조금 느리게, 하지만 세상 가장 기쁘게!

아이와 놀아주는 것이
가장 힘든 엄마

엄마들이 아이들과 놀아주는 방법은 참으로 다양하다. 워킹 맘인 나는 아이를 기관에 보내는 대신 함께하는 시간을 조금이라도 더 갖기 위해서 다섯 살 때까지 오전 시간을 아이와 보냈다. 그러나 생각해 보니 나에게 4시간 정도 주어지는 그 짧은 시간 동안 나는 오로지 아이에게만 집중할 수 있는 엄마가 아니었다. 미뤄둔 집안일도 해야 했고, 일터에서 해야 될 일들, 마무리되지 못한 일들을 처리하는 시간이기도 했다. 뜻하지 않은 개인적인 일들도 모두 그 시간에 포함되어 있었다. 그렇다 보니 늘 아이와 노는 그 짧은 놀이 시간에도 마음은 분주했고, 머릿속은 온통 딴생각이었다. 같은 공간에만 머물렀을 뿐이다.

아이와의 놀이에 오로지 집중하지 못하는 엄마, 어떻게 놀아주어야 할지 아이와 놀아주기가 가장 힘든 엄마가 나였다. 일과 육아와 살림과 여러 가지 공부까지 하고 있던 나에게는 그저 모든 것이 버거울 뿐이었다. 기껏해야 책 몇 권 읽어 주고, 그림 그리고, 인형 놀이 해주는 정도가 전부였다. 아이가 먹는 것, 입는 것 등 영양과 위생에 관련된 일들에는 예민할 정도로 신경 쓰는 엄마여서 다행히 큰 병 없이, 잔병치레 없이 키워가고 있었지만, 놀아주기에서는 정말 빵점 엄마였다. 결국 TV나 유튜브 등 미디어에 노출되는 시간이 점점 늘어나게 되었다. 그리고 그때는 이것이 불러올 최악의 상황을 아직 예측조차 못하고 있던 때였다.

아이가 다섯 살이 되었을 때 나는 사업을 확장하게 되었고, 아이를 오후 시간부터 돌봐주던 아이의 이모도 내 사업을 도와야 하는 상황이 되었기 때문에 돌봐줄 이모가 퇴근하는 오후 5시까지 일터에서 함께 보내기로 했다. 처음에는 아이를 위한 작은 방을 하나 만들어서 일터에서 아이를 돌볼 수 있다는 것이 좋았다. 같은 공간에 아이가 있으면 마음이 놓일 것 같기도 했고, 더 많은 것들을 해줄 수 있을 것 같았다. 정말 처음엔 그랬다.

그러나 일이 바빠지면서 아이는 거의 방치상태가 되어갔다. 간식을 챙겨주며 잠깐 아이와 함께할 수는 있었지만, 아이의 대부분의 시간은 유튜브 영상을 보여주는 것으로 채워졌다. 그리고 무지했던 엄마는 말이 늦은 아이에게 유튜브의 다양한 교육프로그램이나 영상들이 도움이 될 거라고 생각했다는 점이다. 어른들의 지도 없이 혼자서 2~3시간 동안 미디어에 노출되는 것이 아이에게 얼마나 해로운지에 대한 생각을 전혀 못한 채. 적어도 아이 손에 태블릿을 쥐어 준 그 시간 동안은 집중해서 일할 수 있었다는 이유로. 이것이 내 아이의 언어발달을 더욱 지연시키고, 또래 아이들과 어울려 노는 힘을 잃게 하고 있었다는 사실을 모른 채. '내가 아이를 또 다른 방법으로 학대하고 방치하는 엄마였구나'라는 생각을 뒤늦게 하게 되었다. 정신을 차렸을 땐 이미 아이는 미디어에 중독되어 오로지 그것만 가지고 놀겠다고 고집을 피우기도 했다. 가슴을 치며 스스로를 자책하는 시간이 한동안 계속되었고, 나는 오로지 아이에게 집중할 수 있는 시간을 만들고, 방법을 찾기 시작했다.

아이가 좋아할 만한 놀이, 또래 아이들이 자주 하는 놀이, 엄마와 함께하는 놀이, 아이에게 도움이 될 만한 놀이 등을 검색하고, 관련 책들도 찾아보며 열심을 떨었다. 정말 열심히 노력했다. '태어나 엄마가 처음 되어 보았으니 모르는 게 당연하지'라고 생각하며, 스스로를 자책하던 시간에서 위로하고 격려하는 시간을 가지며 처음부터 아이를 다시 키우자는 각오를 하게 되었다. 그렇게 '잘 노는 아이를 꿈꾸는 엄마 되기'를 목표로 여러 가지 방법을 찾고 실행했다. 그러나 결국 나는 깨닫게 되었다. 내가 아이와 하는 모든 놀이들이 내 어린 시절의 놀이보다 질적으로, 양적으로 나은 것이 없다는 것을. 그래서 아이와 노는 방법을 바꿨다. '엄마의 어린 시절 놀이'로 돌아가자. 그것이 내가 아이와 찾은 내 아이에게 필요한 놀이라는 결론을 내렸다. 그래서 엄마의 어린 시절 놀이를 찾아 나섰다.

그렇게 30년도 넘은 엄마의 어린 시절 놀이를 더듬더듬 기억을 되짚어 찾아내기 시작했다. 그리고 적어 보았다. 술래잡기, 숨바꼭질, 매미 놀이, 사방치기, 소꿉놀이, 고무줄놀이, 공기놀이, 무궁화 꽃이 피었습니다, 노래 부르며 하던 손동작 놀이 등 다양한 놀이들을 가물가물해진 기억 속에서 찾아냈다. 이제 실행. 무조건 놀이터로 향했다. 그러나 웬일인지 놀이터에는 아이들이 없었다. 기껏해야 모래놀이 도구를 가지고 나와 흙장난을 하는 아주 어린아이 외에는 정말 아이들이 없었다.

아이들이 유치원에서 하원하는 시간대에도 여전히 엄마 손을 잡고 나온 2~3명의 아이들 외에 놀이터에는 아이들이 없었다. 그것도 30분 정도의 시간이 지나면 모두들 귀가. '아~ 어쩌나?' 하는 생각과 급한 마음에 아이들이 몰리는 실내 놀이터, 키즈카페 등을 찾아다니며 일주일에 2번, 2시간 정도는 그곳에서 놀게 했다. 위생, 질병 문제 등 여러 가지 이유를 대며 피했던 그곳에서 우리 아이는 엄청 에너지가 넘치는 아이였다. 수줍음이 많고 내성적인 아이는 점점 새로운 얼굴의 친구들과 손도 잡고 다니고, 놀이도 하고, 뛰기도 하면서 활발한 모습이 되어갔다.

어떻게든 아이를 움직이게 하고, 땀 흘리며 놀게 하는 것이 목표였던 엄마에게 나름 만족감을 주었다. 자기중심적인 성향이 강한 또래 아이들이 모여 있으니 신경 쓸 일도 있었지만, 그 속에서 배우는 것도 많았다. 하지만 그것으로는 부족했다. 실내 놀이터에서 노는 것의 기본기와 적응력을 다졌다면, 그 후에는 무조건 야외에서 놀 수 있도록 했다.

일주일에 3일 이상은 무조건 야외활동을 시켜야겠다고 생각하고 집 근처 유원지 공원으로 아이를 데리고 갔다. 그곳에는 아이부터 어른들까지 다양한 연령층의 사람들이 있었고, 어린이 놀이터와 운동 기구들, 산책로, 인라인 스케이트나 자전거를 탈 수 있는 작은 운동장도 있었다. 아이를 키우면서 집 근처에 이렇게 좋은 곳을 두고서도 그동안 마음껏 아이와 놀며 시간을 보내줄 여유가 없이 살아온 시간들이 스쳐 지나갔다. 나는 그곳에서 2~3시간씩 아이와 미친 듯이 잡기 놀이도 하고, 자전거도 가르쳐주고, 인라인 스케이트도 가르치고, 그동안에는 위험하다고 하지 못하게 했던 놀이기구들에도 올라가 보며 정말 신나게 놀았다. 그곳은 집 다음으로 아이와 가장 오랜 시간 머무는 곳이 되었다.

봄에는 벚꽃이 흐드러지게 피어 정말 많은 사람들이 그곳을 찾았고, 아이는 자연스럽게 다양한 연령층의 사람들과 만나며 소통을 했다. 여름에는 방학을 한 친구들, 초등학생 언니, 오빠들을 따라 작은 분수대에서 물놀이도 하고, 가을에는 자전거도 실컷 타고, 단체 줄넘기도 하고, 놀이터에서 매미 놀이, 숨바꼭질도 하며 신나게 놀았다. 겨울에 눈이 오는 날이면 눈싸움도 하고, 썰매도 태웠다. 아이는 이렇게 놀기 시작하면서 점점 미디어에서 멀어져 갔다. 그리고 그때부터 조금씩 집안에서 하는 놀이에도 큰 관심을 보였다.

소근육 발달도 느려 연필이나 색연필을 잡는 것도 힘들다며 투정을 부리던 아이, 선 긋기 놀이조차 하려고 하지 않았던 아이가 그림 그리기를 좋아하게 되었고, 책을 읽어 주면 글자에 관심을 보이기 시작했다. 그래서 나는 조금씩 아이가 보이는 흥미들에 적극적으로 관심을 갖고 함께해 주기 시작했다. 아이를 세심히 돌본다는 것이 어떤 것인지 새삼 알게 되었다.

아이에게 집중하며 아이의 내면을 들여다보기 시작하니 아이에게 무엇을 해주어야 할지 보이기 시작했다. 그렇게 놀면서 아이는 참으로 많은 것들을 배워가기 시작했다. 모든 것이 자기중심적이어서 양보를 몰랐던 아이가, 소유의 개념을 전혀 몰라 남의 것과 자신의 것을 구분하지 못하던 아이가 놀이를 통해 의사소통 능력이 길러지고, 사회성이 길러지기 시작했다. 스스로 그림 하나를 완성해가며 성취감을 맛보게 되었고, 말도 늦고, 발음도 부정확해 고생했던 아이는 어느새 수다쟁이가 되어가고 있었다. 책을 읽어 주려고 해도 별 관심이 없던 아이는 질문을 하기 시작했고, 혼자 앉아 그림

책을 넘기는 모습을 보여주기도 하면서 아이는 서서히 성장하고 있었다. 아이를 키우는 일은 시간의 도움이 반드시 있어야 한다는 생각을 하며 조급한 마음도 조금은 내려놓을 수 있는 여유가 생겼다. 가장 큰 놀라움은 아이가 실컷 놀기 시작하면서 학습능력 속도가 매우 빨라졌다는 것이다. 아이는 짧은 시간 안에 놀이처럼 한글을 뗐고, 3개월이 지나면서 책을 읽기 시작했다. 자음자, 모음자 찾기 놀이, 같은 글자 찾기 놀이, 따라 쓰기(소근육 발달을 위해 성경구절과 동시 따라 쓰기 활동은 빼놓지 않고 함께했다.), 성대모사, 아나운서 되기, 영상 찍기 등 다양한 방법으로 놀이처럼 한글을 뗐다. 하루 2시간 땀흘리며 놀고, 기분 좋은 상태에서 간식을 먹으며 학습놀이가 시작되니 그 속도도 빨랐다.

아이에게 집중하지 못하고 늘 바쁜 엄마였던 예전의 나였다면 아이를 앉혀놓고 온갖 잔소리를 해대며 스트레스 속에서 아이를 가르쳤을 것이다. 정말 생각만으로도 아찔하다. 잘 노는 아이가 학습능력도 좋다는 얘기를 놀이 경험을 통해 이제야 배워가는 엄마가 되었다. 그래서 이미 늦었다고 생각되었던 일들도 기왕 늦은 거 즐기면서, 놀면서 해보자 하는 마음으로 열심을 다해 보는 엄마가 되어 감사하다. 그럼에도 아이와 놀아주는 것은 여전히 쉽지 않다. 아이에게 형제자매를 만들어 주는 것이 더 빠른 방법일지도 모른다고 생각이 들 만큼 '못 노는 엄마'에겐 육아의 많은 부분 중에서 가장 힘든 일 중에 하나가 '아이와 놀아주기'다. 그런 내가 아이와 놀아 보니 알겠다. 아이에게 '놀 줄 아는 힘'이 생긴다는 것은 그 어떤 성장보다 중요하다는 사실을. 아이가 어릴 때는 무조건 다양한 환경에서 잘 놀 수 있도록 환경을 만들어 주는 것이 엄마의 가장 큰 역할이라는 사실을 새삼 깨닫게 된다.

지칠 때까지 놀았던 엄마가
이제 잘 노는 아이를 꿈꾼다

    시내와 멀리 떨어진 시골에서 자란 나의 어린 시절은 물질은 부족했지만, 참으로 마음은 풍요로웠던 시절이었다. 집집마다 서너 명 정도의 형제자매들이 있는 것이 보통이었기 때문에 늘 동네는 아이들로 떠들썩했다. 집에 있다가도 밖에서 아이들 소리만 나면 바로 뛰쳐나가 함께 어울려 놀던 시절이었다. 늘 농사일로 바쁘신 부모님들이 어느 집이나 부재 상태였기 때문에 어느 집 할 것 없이 아이들끼리 이 집 저 집, 동네 여기저기를 어울려 다니며 시간을 때우는 것이 당연하던 때였다. 숙제 외에 따로 공부라는 것을 해본 기억이 많지 않다. 그러나 그런 자유롭고 놀 자리가 항상 마련된 환경 속에서도 나는 '못 노는 아이' 중에 한 명이었다. 내 아이에 대해 알기 위해 심리에 관한 책을 읽으며 알게 되었다. 부모의 어린 시절을 떠올려 보면 아이의 지금 모습이 이해될 수 있다는 내용. 그리고 잠시 내 어린 시절을 떠올려 봤다.

어린 시절 나는 언니, 오빠도 있고, 동생도 있는 환경에서 자랐지만, 유독 혼자 노는 것을 좋아했고, 말도 늦어서 엄마의 속을 적지 않게 태웠던 아이였다. 어쩜 이런 것까지 내 아이는 나를 꼭 닮았다. 또래 아이들이나 동네 언니, 오빠들이 숨바꼭질, 공놀이, 잡기놀이, 고무줄놀이, 사방치기 등을 하며 놀 때에도 나는 늘 집 옆에 있는 작은 농수로에서 엄마, 아빠가 벗어놓은 더러워진 목장갑이나 걸레 등을 빨며 놀고, 뜨개질 실이나 흙장난을 하며 놀았다고 한다. 여린 아이 손으로 하도 빨래를 즐겨서 손끝이 모두 헐어 야단도 치고, 언니 오빠들에게 딸려보네 놀게도 해보고, 여러 시도를 해봤지만 소용이 없었다고 한다. 학교에 입학시켜야 할 시점에는 이름조차 쓸 줄 모르는 상태였고, 의사표현도 정확하게 하지 못하는 아이여서 어떻게 학교에 보낼지 걱정이 태산이었다고 하신다. 그랬던 어린 나에게 변화가 생겼다.

어느 날 매일 같이 농수로에 앉아 빨래를 하던 아이가 물 위로 죽은 강아지가 떠내려오는 것을 보고 얼굴이 하얗게 질려 기겁을 한 모습을 한 채 집으로 뛰어왔단다. 그 이후로 다시는 그곳에 가지 않았다고 한다. 이후 놀 거리가 사라진 아이는 작은 돌멩이 5개로 공기놀이를 하고 있던 동네 친구들과 언니들의 현란한 손동작에 매료되어 매일 혼자서 연습을 했더란다. 작고 둥근 돌을 끊임없이 주어와 가지고 놀기 시작했고, 점점 다른 아이들 속에 들어가 편을 나누어 함께 내기도 하고, 점수를 얻기도 하면서 묘한 경쟁심과 성취감을 맛보더니 자연스럽게 그 아이들과 다른 놀이도 하며 놀더란다. 그렇게 발동이 걸린 나의 놀이는 해가 뉘엿뉘엿 져서 어둑어둑해질 때까지 계속되었고, 결국 엄마가 찾아 나설 때까지 끝나지 않았다고 한다. 밥 먹으라고, 때 되면 들어오라는 엄마의 잔소리가 이어질 정도로 놀고도, 내일 다시 놀 것을 친구들과 굳게 약속까지 하고서야 아쉬운 발걸음을 집으로 옮길 정도의 아이가 되었으니 정말 놀라운 변화였던 것 같다.

학교에서는 글도 몰라 늘 위축되고 야단맞는 아이였고, 부모님께는 늘 기대에 차지 못하는 소극적인 아이였던 내가 이래저래 혼이 나면서도 큰 스트레스 없이 자기 주도적으로 놀 줄 알며, 지금껏 잘 살아가고 있는 어른이 될 수 있었던 건 바로 어린 시절 내 놀이들의 저력 때문이라고 나는 확신한다. 잘 기억나지는 않지만, 기억을 되짚어 나의 초등학교 저학년 시절을 떠올려 보니 학교에선 한 글도 모르는 열등생이었고, 집에서는 중간 아이로 별 존재감도 없었던 아이였다. 그런데 항상 머릿속엔 놀 궁리로 가득했고 혼자든, 여럿이든 언제나 놀 수 있는 환경에서 마음껏 놀 수 있다는 희망은 공부든, 존재감이든 그 어떤 것도 문제가 되지 않도록 하는 나의 치유제였다. 공부를 못해도, 특별한 사랑을 받지 못해도 아무런 문제가 되지 않았던 것이다. 매일 온몸으로, 온 마음으로 마음껏 놀 수 있었으니까. 매일 다른 방법들을 연구하며 놀고, 싸우고 또 화해하고, 또 싸우기를 반복하며 놀면서 화해의 기술도, 맷집도 키워가며 그렇게 자랐다. 요즘은 초등학생들에게도 우울증과 무기력증으로 학습의욕과 사회성이 떨어지는 아이들이 많다고 하는데, 정말 나의 어린 시절은 우울할 틈이 없었다.

　요즘 아이들은 친구들과 어울려 노는 것을 많이 어려워한다고 한다. 함께 있어도 손에는 게임기나 휴대전화를 들고 각자 노는 아이들이 되어버린 요즘, 어울려 살아가는 것이 불편해 혼자 사는 '혼족'이 늘어나는 요즘 세상에서 과연 나는 내 아이를 어떻게 키워주는 엄마가 되어야 할까? 고민이 깊어진다. 그런데 한 가지 분명한 것은 내 아이에게 '놀 권리'와 '놀이 경험'을 빼앗는 엄마가 되지는 말아야겠다는 생각이다. 공부를 강요하는 엄마보다는 아이를 어떻게 하면 잘 노는 아이로 키울 수 있을까를 고민하는 것이 어쩌면 정말 필요한 엄마의 고민이 아닐까 하는 생각까지 들었다.

　물론 나는 현실 엄마이기에, 아직 아이에게 시킬 모든 것들을 제쳐두고 아이의 모든 시간을 놀이에 내어줄 만큼 배짱 좋은 엄마는 되지 못한다. 하지만 노력해 볼 생각이다. 그동안 바쁘다는 이유로 몇 년 동안 마음속에만 두었던 아이와의 시간 보내기를 하나씩 행동으로 옮기면서 엄마인 나도 참 많이 변해 가고 있다. 나는 아이와 놀아주는 것이 가장 힘들었던 엄마였다. 또래보다 늦은 아이에게 무조건 뭐라도 하나 더 가르쳐야 한다는 사명감에 불타 있던 엄마였다. 그런데 '아이의 놀 권리'를 떠올릴 수 있을 만큼의 마음 성장은 분명 가슴 깊은 그곳에 아직도 좋은 추억으로 차곡차곡 쌓였던 엄마의 어린 시절 놀이시간 덕분이다. 그것을 가르쳐준 나의 어린 시절 놀이 시간이 큰 선물처럼 느껴진다. 아이들을 모두 영재로 키운 엄마들의 책을 읽은 적이 있다. 그리고 그 책 속의 엄마들은 모두 하나같이 공통점이 있었다.

정말 학습시간과 놀이시간이 구분되지 않을 만큼 학습과 놀이를 기가 막히게 연결해 주는 활동들을 아이와 공유하고 있었다. 『세 아이 영재로 키운 초간단 놀이육아』, 『엄마 공부가 끝나면 아이 공부는 시작된다』의 저자는 사교육 없이도 행복하고 똑똑한 영재로 자라는 '놀이 비법'을 소개하고 있다. 아이에게 놀이는 삶이자 배움이며 행복이라는 믿음으로 세 아이를 모두 개성 있는 영재로 키울 수 있었던 저자의 비법은 역시 '놀이'였다. 엄마는 그래서 끊임없이 공부해야 한다. 엄마 공부가 끝나야 제대로 된 아이 공부가 시작될 수 있다. 저자는 아이를 키우는 일이 내일 비를 맞지 않으려고 오늘 미리 우산을 쓰고 있을 필요는 없지만, 아이의 잠재력, 내면의 힘을 믿고 아이만의 길을 찾아서 끌어주고 밀어주는 엄마가 되자고 했다. 그 방법에 즐거운 마음으로 하는 '놀이'가 있었음을 기억하려고 한다. 책은 또 나에게 새로운 방향으로, 새로운 생각들을 채워가며 노력하는 엄마가 되게 한다.

글을 마무리하며 문득 기둥에 묶인 채로 자라는 코끼리 이야기가 떠오른다. 어릴 때부터 훈련을 위해 기둥에 묶인 채로 자란 코끼리는 어른이 되어도, 스스로 벗어날 힘이 생겨도 그 기둥을 벗어나지 못한다고 한다. '혹 나는 내 아이를 그렇게 키우고 있는 것은 아닌가?' 생각해 보았다. 그리고 내 아이를 엄마라는, 공부라는 기둥에 묶어둔 채 자라게 해서는 안되겠다는 다짐도 해본다. 결국 언젠가 아이는 엄마 곁을 떠나야 한다. 독립해야 되는 시기에도 멀리 떠나지 못하는 그런 아이로 자라지 않도록 하기 위해서라도 혼자서도 잘 놀 줄 아는 아이, 여럿이도 어울려 놀 줄 아는 아이, 어른이 되면서 자신의 어린 시절 놀이의 저력을 느낄 줄 아는 아이로 자랐으면 좋겠다. 그런 아이를 꿈꾸는 엄마는 오늘도 무얼 하며 놀아볼까, 즐거운 상상놀이에 빠진다.

움직인 만큼만 달라지고
실천한 만큼만 엄마다

내가 어떤 사람인지, 무엇을 잘할 수 있고, 어떤 모습으로 살아가고 싶은지 스스로에게 묻기 시작하면서 책을 읽기 시작했다. 하지만 아무리 읽어도 삶에 변화가 없었다. 나를 둘러싼 세상은 더욱 움직임이 없었다. 처음 책을 읽으면서 꿈꿨던 많은 기대들은 어느 순간 나와는 다른 세상 사람들의 이야기가 된 것처럼 느껴져서 책 읽기가 즐겁지 않을 때도 있었다. 뭔가 되어 있을 줄 알았던 삶에 아무것도 되어 있지 못한 나 자신을 마주하는 일은 생각보다 괴롭고 힘든 일이었다. 삶의 변화를 이끌어 낼 수 있는 책 읽기 방법이 필요했다. 책을 통해 많은 것을 배우고, 깨닫고, 이해하며 공감하고 있었지만, 삶은 달라지지 않았기 때문이다.

이유는 분명하다. 나에겐 '실천'이 없었던 것이다. 많이 읽고, 많이 배우고, 많이 느껴 세상을 아는 것도 중요하지만, 실천이 없는 앎은 곧 사라지고 만다는 사실을 깨달았다. 그래서 책을 통해 배운 것을 내 상황에 맞게 변화를 주며 실천하기 시작하자 조금씩 삶이 달라짐을 느낄 수 있었다. 주제독서, 독서 학기제 등의 이름으로 실천한 책 읽기가 독서의 깊이와 맛을 더해 갔다. 그쯤 육아서를 참 열심히 읽었다. 읽기만 할 때와 책 속의 내용을 아이와 실천할 때는 엄청난 차이가 느껴졌다.

나는 워킹 맘으로 아이를 키우면서 어려움이 많았다. 늦되고, 더딘 아이를 키우려니 더 힘이 들었지만, '때 되면 하겠지' 하는 마음으로 조급함이 없었기에 아이에게 미안함도 없었다. 느긋한 엄마를 만나 아무것도 시키지 않으니, 오히려 내 아이가 행복할 거라는 착각까지 했었다. 그러나 곧 세상 가운데 던져진 아이에게는 엄마의 '무심함'이 '불편함'으로 느끼게 되는 때가 있다는 것을 목격하면서 육아서를 닥치는 대로 읽고, 내 아이에게 도움이 될 것 같은 활동들과 엄마의 언행을 적극적으로 바꿔가기 시작했다. 그 '어색함과 불편함'이 '익숙함과 편안함'으로 다가올 때까지 나는 끊임없이 실천했다. 처음에는 아는 것과 실천 사이의 간격이 좁혀지지 않아 '왜 나는 안될까?, 왜 우리 아이는 안될까?' 수없이 물었다. 그리고 그때마다 내 아이의 성향에 맞도록 수정해 가며 실천했다.

엄마에게 아무리 감동으로 다가오고, 너무나도 이상적으로 다가오는 육아법, 놀이법이라 하더라도 내 아이가 거부하면 반복해 시도하지 않기로 했다. 대신 다양한 변화를 주어 시도해 보기로 했다. 무엇보다 아이와 함께해 주려는 엄마의 마음이 즐거워야 한다. 엄마의 움직임에 어쩔 수 없음이 느껴지면 아이는 곧 눈치를 챈다. 그래서 나는 기왕 아이를 위해 시간과 마음을 내야 한다면, '이 순간을 즐기자'하는 마음으로 '엄마 데이'를 만들어 즐겼다. 때론 아이보다 더 신나게 즐겼다.

그동안 나는 내 아이가 혼자 노는 것을 더 즐기는 아이라고 생각했다. 함께 몰입해 놀아줘 본 기억이 없으니 아이에 대해 아는 것도 없는 엄마였다. 아이에 대해 아무렇게나 단정 짓고, 마음대로 생각했던 엄마였다. 관찰이라는 것, 교감이라는 것이 없었으니 아이에 대한 제대로 된 파악이 됐을 리 없다. 우리 딸아이는 누구보다 함께 노는 것을 좋아하는 아이였다는 사실을 뒤늦게 깨달았다. 이 사실을 깨닫는 순간, 아이의 외로움이 엄마의 가슴속에 쓰나미처럼 밀려와 함께하면서도, 아이의 웃음 속에서도 눈물이 났다.

아이는 점점 무엇이든 엄마와 친구들과 함께하고 싶어 하는 아이로 변해 갔다. 이런 변화는 학습에서도 큰 변화를 보였다. 연필을 잡고 선긋기조차 귀찮아하던 아이를 보면서 학습에 전혀 관심이 없거나, 아직 때가 되지 않았다고 생각했는데, 엄마와의 글자 놀이, 책 놀이 등을 하면서 아이는 어느 순간 한글을 조금씩 읽기 시작했다. 그리고 작고 예쁜 종이만 보면 엄마를 따라 삐뚤빼뚤 서툰 글씨로 편지 쓰기를 하고 싶어 했다. 비록 글씨는 쓰는 것이라기보다는 그리는 수준이었지만, 정말 즐거웠던 시간이었다. 매일 아이가 집 안 곳곳에 붙여주는 러브레터로 웃음꽃이 피기 시작했다. 한번 붙인 종이는 아이의 허락이 있기까지는 절대로 뗄 수 없었다. 덕분에 집안 꼴은 정말 엉망이었지만, 그 메모 하나하나가 눈에 들어올 때마다 입가에 미소가 지어졌으니, 정말 내 인생 최고의 인테리어였다. 그리고 깨달았다. 엄마가 그냥 바라본 내 아이의 모습이 전부가 아니라는 것을. 아이와 시간을 보내며, 아이를 제대로 바라보는 기대에 찬 엄마의 시선과 실천이 아이를 크게 바꿀 수 있다는 사실을. 이것을 깨닫기까지 참 오래 걸렸다.

늘 걱정스러운 눈빛을 느껴야 했던 내 아이의 작은 가슴에는 엄마의 시선으로 인해 늘 자신에 대한 걱정스러움이 차곡차곡 쌓여 점점 자신감을 잃어가고 있었던 건 아니었을까? 하는 생각에 미안한 마음이 든다. 아이의 단점도 장점으로 바라볼 수 있는 사람이 엄마가 되어야 했는데 그렇지 못했다. 항상 바쁜 엄마는 직설적인 어투로, 바로 대답을 들을 수 있는 말투로 말을 건네고, 아이가 말을 걸어올 때에도 듣는 둥 마는 둥, 등을 보이며 대답을 하고, 아이의 행동들에 '안돼', '조심해'라는 부정적이고 걱정스러운 눈빛과 몸짓을 한껏 보내고 있었다. 분명 바뀌지 않으면 안되는 상태였다. 그래서 변화를 위한 처음 시작은, 선배 엄마들은 도대체 어떻게 아이를 대하는지 육아서를 통해 배우는 것이었다. 많은 육아서에서 아이를 대하는 엄마의 눈빛, 몸짓, 말투가 아이에게 큰 영향을 준다는 내용을 접했다. 그런 내용을 접할 때마다 어떻게 실천해야 하는지 꼼꼼하게 메모했다. 그리고 가장 먼저 실천한 것은 어떤 선입견도 없이 아이를 바라보려고 노력하는 것이었다. 그렇게 나는 조금씩 실천하며 바뀌기 시작했다.

아이와 대화할 땐 꼭 아이의 눈을 바라보며 눈높이를 맞추었고, 아이 말이 끝날 때까지 기다렸으며, 솔직한 감정을 말해 준 아이에게 고마움을 표현하는 것까지 실천했다. 평범한 보통의 엄마들에겐 일상이었을 이 어렵지 않을 것 같은 일도 나는 참 쉽지 않은 엄마였다. 이후 좀 더 강도 높은 언어훈련을, 마음수련을 스스로 많이 했던 것 같다. 어색함과 불편함을 참아내며 이제 조금은 익숙해졌다. 어느 날 책 한 권을 집어 들고 생각 없이 읽기 시작하다가 머리를 한 대 맞는 경험을 했던 적이 있다. '옳음', '바름'이라는 엄마만의 기준과 잣대로 아이를 키우다가 정말 놀라운 문구였다.

『엄마가 믿는 만큼 크는 아이』라는 책 속의 저자 기시미 이치로의 말이다. 집중력이 없는 아이는 '산만한 능력'이 있는 아이이고, 싫증을 잘 내는 아이는 '결단력이 있는 아이'란다. 그런 아이는 지루한 강연장을 나오거나, 읽던 책을 덮어버릴 수 있는 용기 있는 아이란다. 아니, 산만한 것도 능력이라니… 엄마인 나로서는 책 속의 이

한 구절이 큰 충격으로 다가왔다. 그 이후 나는 내 아이를 바라보는 시선뿐만 아니라 태도를 다시 한 번 점검하며 철저히 바꿔가기를 실천했다. 어설픈 엄마의 '옳음'과 '바름'을 강요하지 않기로 했다. 말을 잘 못하는 아이는 '생각을 깊이 할 수 있는 능력을 가진 아이', '더딘 아이는 잠재력이 큰 아이'라고 생각하며 아이를 바라보던 방식을 바꾸니 아이도 자신을 바라보는 방식이 바뀌기 시작했다.

늘 자신감이 없던 아이가 "엄마, 틀려도 괜찮지? 또다시 하면 되잖아!", "엄마, 지금은 못하지만 포기하지 않으면 잘할 수 있지?", "엄마, 몰라도 괜찮지? 물어보면 되잖아!" 아이는 스스로 질문하고 스스로 답을 찾아가고 있었다. 그때마다 엄마인 나의 대답은 어느 순간 '그럼', 이 한마디였고, 그렇게 더 이상 긴 설명을 하지 않아도 될 만큼 우리는 변해 가고 있었다.

어떤 어설픈 칭찬도, 섣부른 충고도 하지 않고 그저 책 속의 한 구절을 가슴에 담고 생각날 때마다 실천했을 뿐이다. 아이가 자랄수록 이런 뿌듯함과 감사함을 순간순간 느낄 수 있음에, 이런 감정을 갖게 된 것에 다시 한 번 감사하다. 이미 알고 있지만, 실천이 없는 앎은 아는 것이 아니었다. 엄마가 되기 전에도 아이들을 가르치면서 여러 교육서를 통해 이미 오래전에 이 사실을 깨달았던 엄마였건만, 엄마가 된 세상에서는 왜 깨닫지 못했을까? 바쁨은 핑계일 뿐이다. 세상은 내가 아는 만큼, 배운 만큼 보이고 달라지는 것이

아니라 내가 움직이고 실천한 만큼만 달라진다는 사실을 명심하고
또 명심하자.

아이의 문제 행동이 나타나 불안한 부모들, 발달이 늦은 아이의
부모들은 대부분 자신의 아이에 대해 항상 아프고, 미안한 마음과
함께 어떻게 키워야 할지에 대한 부담을 느끼는 마음 또한 크게 자
리한다. 그래서 아이 얘기만 나와도 목이 메고, 그 걱정스러움이 부
모의 힘듦으로 전해질 때면 어느 순간 감당해야 될 일들이 너무나
도 크게 느껴져 자신의 삶이 사라져 버린 듯한 느낌이 든다. 아이
키우는 것에서 오는 불안은 그렇게 점점 커져간다.

이제 엄마의 마음을 움직일 때마다 '실천하는 엄마만이 진짜 엄
마다'라는 생각으로 해보자. 그때 아이도 변한다. 반드시 변한다. 내
아이를 키우면서, 또 다른 집 아이들을 오랜 시간 가르쳐오면서 나
는 이것을 크게 깨닫고 있다. 언젠가 〈SBS 스페셜 부모 vs 학부모〉
라는 프로그램이 인상적이어서 그 내용을 담은 『부모 vs 학부모』라
는 책을 읽게 되었다. 그 책은 뒤늦게 실천의 중요성을 깨닫고 움직
이기 시작한 엄마인 나에게 이렇게 말한다.

"부모가 스스로 자신의 불안을 다스리는 힘을 길러야 하는 것은
그것이 아이의 자존감에 직접적인 영향을 미치기 때문이다. 아이들
은 부모가 자신을 바라보는 시선과 언행을 통해 자신의 모습을 규
정하고 세상을 바라본다. 부모가 장점을 찾아 칭찬하면 아이는 '내

가 괜찮은 사람인가 보구나'라고 생각하고, 부모가 늘 단점만 지적하면 아이도 '내가 구제불능이구나'라고 생각하기 마련이다. 부모가 '세상은 즐거운 곳이야'라고 하면 호기심으로 세상을 탐색하고, 부모가 '세상은 두려운 곳이니 조심해야 해'라고 하면 아이도 위축되는 것이다. 부모가 상황의 압력에 굴복해서 불안과 걱정으로 아이를 바라보는 한 아이의 자존감은 제대로 성장할 수 없다. 부모의 시선은 아이의 마음에 핵폭탄과 같은 영향력을 가진다는 점을 명심하자." 아이의 자존감, 아이의 삶, 아이의 꿈, 아이의 문제 행동, 이 모든 것에 가장 큰 도움의 역할을 해줄 수 있는 사람은 엄마다. 엄마가 움직이고, 실천한 만큼 아이는 달라진다. 아이에게 무심코 했던 아차 싶은 말이나 행동이 있다면 지금이라도 바꾸는 연습을 해보려고 한다.

책을 읽으며 그 책 속에서 딱 한 가지만이라도 내 삶 속에서 실천할 수 있다면, 그 책은 완벽하게 읽은 것이라는 생각이 든다. 늦된 아이를 키우면서 읽기 시작한 육아서, 부모교육서 등을 통해 나는 좋은 부모가 되려는 꿈을 꾸었던 것 같다. 아니, 아이를 훌륭하게 키워내는 대단한 엄마가 되고자 했던 욕심도 조금은 가지고 있었는지 모르겠다. 하지만 책을 한 권 한 권 읽어 나갈 때마다 나는 엄마의 욕심을 내려놓고, 엄마의 꿈을 위한 책 읽기를 접었다.

대신 오로지 내 아이에게 필요한 내용들을 찾아 엄마가 할 수 있는 꼭 한 가지씩만 실천하자는 다짐을 하기 시작했다. 그렇게 엄마의 실천이 있는 꾸준함만이 내 아이를 성장시킬 수 있다는 믿음으로 3년을 지나왔다. 그리고 이제 알았다. 결국 그 모든 활동들과 시간들은 나와 내 아이가 함께 움직이고 실천한 만큼 우리를 성장시키고 있었다는 사실을. 그렇게 아이는 엄마가 움직인 만큼만 달라지고 실천한 만큼만 달라진다는 사실을 가슴 깊이 느끼는 시간이 되었다.

늦된 아이도
반드시 성장한다

성격도 내성적이고, 발음도 정확하지 않아 또래 친구들이 자신의 말을 잘 알아듣지 못하면서 아이는 더욱 말하는 것을 꺼려했다. 무언가 해야 될 말이 있거나 요청할 것이 있으면 언제나 "엄마가 해.", "엄마가 말해 줘." 하며 내 손을 이끌거나 뒤로 숨었다. 몇 번씩 직접 해보라고 얘기했지만, 쉽게 용기를 내지 못하는 아이를 보면 또 엄마인 나는 답답함과 속상함이 동시에 몰려오다가 때론 화가 나기도 하고, 때론 안타까움에 한없이 아이가 안쓰럽기도 했다. 그럼 나는 늘 "우리 딸이 내성적이어서, 부끄러움을 많이 타서 말을 잘 건네지 못해요."라고 설명하는 날이 많았다.

다른 집 아이들은 하루 종일 종알거리는 소리로 정신이 없다는데, 어찌 된 일인지 우리 아이는 늘 말도 없고 조용하기만 했다. 묻는 말에도 듣는 둥 마는 둥 할 때에는 못마땅하여 화를 내거나 야단을 쳐보기도 했다. 그러나 별 소용이 없었다. 오히려 다그치고, 무서운 얼굴로 변한 엄마의 모습에 울음을 터뜨려 그 상황을 수습하기 바쁘고, 달래느라 진땀을 빼는 날이 많아졌다. 더욱이 오후에 출근해 밤늦은 시간까지 다시 일하는 엄마로 돌아가야 하는 그런 날은 나를 더욱 힘들게 했다. 몇 번이고 아이와 시간을 더 많이 보내주기 위해 일을 그만두어야 하나 고민하고 또 고민하기도 했다.

내성적이고, 말 늦은 아이에게 편하게 말할 대상, 말문을 터줄 누군가가 스물네 시간 붙어서 돌봐줘야 하지 않을까 생각했기 때문이다. 하지만 그것도 형편상 여의치 않았고, 또 한편으로는 육아도, 살림도 알량하게 간신히 해내는 내가 온종일 아이 옆에 붙어 있는다고 해서 아이의 성격이 확~바뀌거나, 늦은 아이의 언어가 확~트이는 일은 없을 것 같았다. 대신 짧은 시간 집중 육아를 계획했다. 아이의 시간을 3시간~4시간 단위로 나누어 엄마가 일하러 간 시간에도 누군가와 대화를 할 수 있도록 말할 대상을 다양하게 했고, 말할 방법들을 다양하게 찾았으며, 의도적으로 그런 환경을 만들기 위해 노력했다. 할머니, 이모, 조카, 놀이터 친구들, 마트나 문구점, 커피숍 사장님들까지 동원하여 아이가 한마디라도, 인사라도 나눌 기회를 만들었다. 또 아이가 말을 할 수밖에 없는 상황들을 계획적으로 연출하기 시작했다. 정말 책이며 역할극, 현장체험, 야외활동 놀이, 문화센터까지 다양하게 시도해 보았다. 그러는 사이 더디지만 아이는 변하기 시작했고, 시간은 내 편이었다.

병아리가 껍데기를 쪼는 것을 '줄'이라고 하고, 어미 닭이 알을 쪼는 것을 '탁'이라고 한단다. 이 두 가지가 동시에 이루어져야 부화가 가능하다고 하여 '줄탁동시'라는 말이 있다. 아이를 키워보고, 가르치는 일을 하다 보니 아이들은 매 순간 부모의 '탁'이 필요할 때 자신의 부리로 껍데기를 두드리는 신호를 보낸다는 것을 알게 되었다. 그와 동시에 그 신호를 제대로 알아듣지 못하는 어른들, 부모들이 너무나도 많다는 사실도 깨닫게 되었다.

나는 아이를 키우며 그 신호를 빨리 알아듣고, 아이가 필요로 하는 것을 도와주고 채워주려는 노력을 했더라면 하는 아쉬움과 뒤늦은 후회가 찾아왔던 적이 한두 번이 아니다. 때론 아이가 하는 거친 말, 거친 행동들이 신호일 수도 있고, 부모의 기대에 못 미치는 이해할 수 없는 행동이나 반응들이 신호일 수도 있다. 그럴 때 늘 바쁘다는 이유로, 방법이 틀렸다는 이유로 감정이 앞서 아이의 신호를 무시해 버릴 때도 있었다.

육아에 대해서 아무것도 모르고, 성격까지 급한 엄마 밑에서 자라는 우리 딸은 빨리 나오지 않는다고 재촉하는 엄마 때문에 자신이 두드린 부분이 아닌 여기저기 얼마나 많은 부분들을 쪼였을까? 그리고 얼마나 많이 아팠을까? 생각해 보니 눈물이 난다. 제대로 자신의 감정을 표현하지도 못할 나이였다. 말로 표현하는 것이 또래보다 늦고 서툴렀던 탓에, 내 아이는 더 많이 아파하고 상처 받았을 것을 생각하니 마음이 무너진다. 이후 나는 기다리지 못해서, 아이를 제대로 도와주지도 못하면서 여리고 여린 딸아이의 보석 같은 알을 손상시킨 대가를 1년 남짓한 시간 동안 톡톡히 치러내야만 했다. 그 시간을 겪으면서 무엇이든 아이의 입장에서, 아이의 속도에 맞춰가는 엄마가 되어가고 있다. 그리고 이 시기에 내가 가장 중요하게 생각했던 부분은 다른 사람들의 시선이나 말 따위에 크게 신경 쓰지 않아야 한다는 것이었다.

'어떻게 아이를 저렇게 키워.' 하는 한심한 시선, '저 엄마 참 힘들겠다.' 하는 안쓰러운 시선, 그 시선에서 좀 더 자유로워지고 감정이 무뎌질 수 있으면 참 편안해진다. 아이에게는 잘못된 것에 대해 분명하게 말해 주되, 감정을 가라앉히고 같은 상황이 되었을 때 어떻게 행동해야 하는지, 어떻게 말해야 하는지 수십 번 반복시키면서 가르쳐주었다.

그럼에도 불구하고 또다시 문제행동이나 늦된 언어로 무너질 때는 여전히 많았지만, 나는 더 이상 또래 아이들과 내 아이의 성장 속도를 같은 눈높이에 두지 않기로 했다. 아동심리학자들은 아이들에게는 결정적 시기가 존재하는 것이 아니라 민감한 시기가 존재한다고 말한다. 이 말이 나에게 한동안 참 위안이 되었던 적이 있었다. 수없이 많은 날들을 워킹 맘으로 살면서 사람들이 말하는 아이의 결정적 시기들을 너무 많이 놓쳐버려서 늘 불안한 마음이 있었기 때문이다. 그래서 준비도 안된 아이를 이것저것 시켜 보고, 억지로 부여잡고 시도해 본 것들이 한두 가지가 아니다. 물론 여러 가지로 지금은 또래 아이들과의 거리를 좁히는 데 도움이 되었지만, 제대로 된 방법이었는지 늘 고민이 많았다.

가끔 아이가 상처 받는 일은 없었는지 아이의 입장이 되어 아이의 마음을 들여다보면서 수정하고 반성하며 여기까지 이끌어 왔다. 그리고 내가 내린 결론은 아이에게 분명 결정적 시기가 있다 하더라도 언제나 되돌릴 수 없을 만큼 너무 늦어버린 때는 없다는 사실. 아이의 결정적 시기, 민감한 시기는 아이마다 다르고, 그 민감한 시기에 내 아이에 대한 세심한 관찰이 중요하다는 사실이다. 너무 멀리 와버린 것 같은 두려움과 걱정스러움 대신 좀 더 적극적인 액션을 취할 수 있다면 아이는 분명 변한다.

엄마가 변화하려는 노력의 시간들, 더디게 더디게 따라와 준 아이의 시간들, 그런 시간들이 차곡차곡 쌓이는 동안 아이는 이제 자신의 말을 막지 좀 말라며, 자기가 말할 때는 끼어들지 말라며 내게 주의까지 주면서 천천히 자신의 생각과 의견을 말하고, 학교에서 있었던 상황들을 설명해 준다. 가끔 무슨 말을 하는지 알아듣지 못하거나 논리적이지도 못하지만, 나는 일단 무엇이든 말하려고 하는 아이가 기특하고 고맙다. 초등학교에 입학할 때만 해도 엄청 걱정이 많았는데, 날마다 결석 없이 학교에 다니는 아이를 보면 기적 같은 생각이 든다. 2개월 정도 학교생활을 끝낸 시점에 학부모 참관수업에 다녀온 날은 감격스러워 아이 아빠와 찍어 온 동영상을 보고 또 보며 얘기를 나누었다.

"어쩜, 우리 딸 모둠활동을 이렇게 잘하지?", "친구들에게 묻기도 하고 받아 적기도 잘하네.", "선생님의 지시사항에 집중해서 듣고 반응하는 것 좀 봐.", "자기 차례가 되니까 쭈뼛거림이나 망설임도 없이 나가서 발표하는 것 좀 봐." 우리 부부의 대화는 밤늦은 시간까지 끝날 줄 몰랐다. 손을 들고 발표하는 아이가 아니면 어떤가?, 꼭 정답을 맞히는 아이가 아니면 어떤가?, 좀 산만해도 친구가 말할 때 들어주며 기다려주고, 선생님의 지시사항에 따를 줄만 알아도 훌륭한 1학년 아닐까? 아마 우리 아이가 자신의 차례가 되어도, 친구가 물어도 한마디도 하지 않고 있었다면, 선생님의 지시사항에 반응하지 않는 아이로 남았다면 얼마나 가슴이 무너졌을까? 아이에게 말할 대상들이 날마다 늘어나고, 말할 환경들이 날마다 주어지는 학교생활을 목격하면서 나는 학교 교육에 믿음이 갔다.

잘 이끌어 주신 첫 학교생활의 담임선생님께도 얼마나 감사했던지, 학교생활의 첫 시작인 1학년 교실 환경에서 친구들과 선생님이 아이의 인생에 얼마나 큰 역할을 하는지 크게 깨닫는 시간이었다. 참관수업이 끝나고 아이가 달려와 내게 안겼을 땐 고마움과 대견

함에 순간 울컥했다. 잠시 후에 딸아이는 한 아이의 손을 이끌며 내게 다가와 "엄마, 나하고 가장 친해진 친구야. 나한테 친절하게 잘해 주는 마음이 보석처럼 예쁜 친구야."라고 말하며 지희라는 친구를 소개한다.

유치원을 졸업할 때까지 친한 친구 한 명 없이 말 잘하고, 야무지고, 똑똑한 친구들 사이에서 늘 혼자였던 아이가 단짝이 생겼다며 엄마에게 자랑하는 모습도 참 고맙고 나를 행복하게 했다. 내 아이와 말할 소중한 대상이 엄마가 없는 공간에 함께해 준다는 사실이 이렇게 고마울 수가 없었다. 그리고 마음속으로 나직이 말했다. "지희야, 고맙다. 귀한 인연으로 어디를 가든 잘되길 늘 널 위해 기도할게." 처음 교실 안에 들어섰을 때 뒤에 서서 함께했던 엄마들의 표정은 참으로 다양했다. 속이 터지겠다는 표정, 아쉬운 표정, 기대에 찬 표정, 걱정스러운 표정. 하지만 참관수업이 끝난 후에는 다소 아쉬운 표정을 한 엄마들은 있었지만 모두들 안심하는 표정에서 나는 읽을 수 있었다. '우리 아이, 괜찮아.' 하는 엄마들의 속마음을. 아이들은 반드시 성장한다.

그날 이후 나는 더욱 확신이 들었다. 내 아이의 민감한 시기에 엄마가 집중할 때 아이는 크게 성장할 수 있다는 사실을. 늦된 아이, 내성적인 아이에게는 단 한 명의 대화 상대가 얼마나 인생에 귀한 선물이며 큰 변화를 가져올 수 있는지를. 그리고 내 아이의 속도와 몰입의 시기는 다른 아이들과 비교될 수 있는 것이 아니라는 생각이 엄마인 내 가슴에 자리 잡았다. 그러자 한결 편안한 마음으로 내 아이의 잠재력을 들여다보는, 기대하는 엄마가 될 수 있었다.

'늦된 아이는 잠재력이 큰 아이다.' 내 아이가 신호를 보낼 때 그 신호를 보내는 방향에서 조용히 엄마의 부리를 가져다 대어 줄 수 있는, 그리고 아이의 속도에 맞춰 즐겁게 화음을 넣듯, 아이의 박자에 반응하는 엄마가 되기로 결심해 본다. 내 아이에게 평생 가장 소중한 친구이며, 내 아이만을 위한 단 한 사람이 꼭 필요하다면, 그건 언제나 엄마인 내가 될 수 있도록 난 움직이는 엄마가 될 것이다. 내 아이가 세상에 나가 새로운 세상에서 자신만의 멋진 영역을 만들어 낼 사람이라는 생각을 하면서 오늘도 아이가 더 성장하는 그런 좋은 날이 됨에 감사하다.

늦된 아이의 문해력,
책 읽기 방법에 달렸다

늦된 아이를 키우다 보니 엄마의 과잉 염려가 아이의 성장에 방해가 될 때를 여러 차례 경험했다. 그중에 하나를 꼽으라면 책 읽기였다. '듣는 독서도 독서다.'라는 믿음이 강했던 엄마는 말로 표현이 어려운 아이를 대신해 어떤 질문이나 독후활동 없이 책만 열심히 읽어 줬다. 독서를 꾸준히, 많이 한 아이들은 글을 읽고 이해하는 문해력이 높아져 학습에 큰 도움이 된다는 이야기를 수없이 들어왔고, 내심 내 아이에게 그것을 기대하면서 말이다.

나 또한 사교육 현장에서 다양한 연령층의 아이들을 만나며 이 부분을 크게 공감하고 있었다. 그래서 다른 것은 몰라도 내 아이에게 책만큼은 정말 많이 읽어 주고, 많이 읽히는 엄마가 되고 싶었다. 밤늦게까지 일하는 엄마였지만, 엄마의 책 읽기도, 아이에게 책 읽어 주기도 게을리하지 않으려고 지금도 노력 중이다. 아이가 아

실천한 만큼만 엄마다   **101**

침에 눈을 뜨면 아이에게 그림책 읽어 주기로 하루를 시작했다. 책을 좋아하는 아이는 아니었지만, 거부감을 보이지 않는 것만으로도 만족하면서 말이다.

아이에게 책 읽기가 즐거운 일이라는 사실을 느끼게 해주고 싶다는 생각 때문에 책을 읽은 후 내용을 묻거나 집중하여 들으라는 잔소리는 꾹꾹 묻어두었다. 아이가 스스로 책을 읽을 수 있는 시기가 되면 충분히 읽기 독립을 즐길 수 있는 시간이 올 거라는 기대 가득으로 말이다. 아이에게 책 읽기 부담을 주지 않기 위해 '엄마가 들려주는 것도 읽는 것이다.'라는 강한 믿음으로 읽어 주는 것에만 집중했다. 말하기를 좋아하는 아이도 아니었기 때문에 더욱 그랬던 것 같다. 아이에게 처음 책을 읽어 줄 때는 끊임없이 확인하고 싶고, 책 이야기를 나누고 싶었다. 하지만 곧 마음을 접었다.

책을 읽으며 대화를 시도하면 귀찮아하는 반응만 보이는 아이를 붙잡고 독후활동을 한다는 것은 상상도 할 수 없는 일이었기 때문이다. 그래도 읽어 주는 것만으로도 아이에게 무언가를 해주고 있다는 엄마 스스로의 만족감에 취했고, 아이를 품에 안고 책을 읽는 동안 서로 교감하며 느끼는 사랑의 감정이 무척 컸기 때문에 그 시간이 어떤 시간보다 행복하고 귀한 시간이었다. 별것 아닌 것 같은 엄마의 책 읽어 주기 덕분에 글자에 익숙해진 아이는 한글을 깨쳐야 할 시기에는 큰 어려움 없이 글을 읽고 쓸 줄 알게 되었다. 그러나 단순히 글자를 읽을 수 있는 능력과 그 의미를 읽을 수 있는 것에는 큰 차이가 있었다. 나는 아이를 초등학교에 입학시킨 후 그 사실을 알았다. 책을 많이 읽어 준 아이는 어휘력도, 독해력도 좋다는데 왜 내 아이는 다를까? 하는 생각이 들 만큼 교과서에 나온 문제를 이해하지 못하는 게 아닌가?

초등학교 입학을 앞둔 겨울 2~3개월 동안 수 개념을 익히고, 논술 문제집을 함께 읽으며 보냈다. 그때까지 학습을 위한 문제집 같은 것은 풀어본 적이 없었다. 그래서인지 옆에서 누군가 도와주지 않으면 혼자서는 문제를 읽고 푸는 것을 매우 어려워했다. 단지 문제를 풀어본 경험이 없어 혼자 해결하지 못한다고만 생각했지, 아이가 문장 이해력, 독해력이 안돼서 그런다는 생각은 하지 못했었다. 교과서를 술술 읽으면서도 그 의미를 파악하지 못하니 수학 익힘 책 속의 스토리텔링식 문제들은 어김없이 틀려왔다. 어찌나 어려워하고 힘들어하는지, 아이는 아침에 등교하여 교실 칠판에 그날 공부할 내용으로 '수학 익힘'이라는 과목이 있으면 들어가지 않겠다고 떼를 쓰기도 했다.

그렇게 4월 한 달을 보냈다. 더하기, 빼기를 모르는 것도 아니고, 수 개념을 이해하지 못하는 것도 아닌데, 아주 단순한 내용조차 식으로 세우지 못하는 아이와 함께 초등학교 1학년 4월을 보내면서 나는 책 읽기 방법에 약간의 변화를 주어야겠다고 생각했다.

엄마가 혼자 읽어 주던 것에서 한 줄씩 읽기, 질문하며 읽기, 소개하며 읽기 등 다양한 방법으로 읽은 후 아나운서가 되어 발표하기, 한 줄 독서록 쓰기(이 방법은 7세 때 시도했다가 아이의 거부감이 있어 잠시 멈췄던 방법이지만 다시 시도했다.), 기억나는 단어 찾기, 책 속 단어로 문장 만들기 게임 등을 시도하며 아이의 이해력은 차츰차츰 나아졌다. 물론 처음부터 아이의 반응이 긍정적이지는 않았다. 질문이 귀찮다며 짜증을 내기도 하고, 마치 공부를 해야 하는 것처럼 학습으로 받아들이기도 했다. 그럴 땐 아이가 좋아하는 끝말잇기나 초성 게임을 하면서 책 속에 나온 어휘들을 살짝 끼어넣는 식으로 놀이를 유도했다.

그때 아이가 모르는 어휘에 대해 "엄마, 그게 뭐야?, 그런 단어가 어디 있어?"라는 반응을 보이면, 엄마인 나는 그 기회를 놓치지 않고 열심히 단어를 설명했다. 그 단어로 간단한 문장도 만들어 적극적으로 대답해 주었다. 아이 스스로 자연스럽게 알아가도록 하는 방법은 늦된 내 아이에게는 늘 커다란 부담처럼 보였다. 그래서 아이와 하는 모든 놀이에는 항상 엄마인 내가 먼저 보여주는 것이 도움이 되었다. 그렇지 않으면 아이는 어떻게 해야 할지 몰라 짜증이 폭발하고, 자신감을 잃어갔다.

옆에서 살짝살짝 힌트를 주거나 엄마가 먼저 보여주는 방법으로 아이와 즐거운 독후활동을 해보려고 정말 많은 시도와 노력을 해보았던 시간들이 있었다. 이후에도 한동안 이런 활동들을 이어갔다.

독서 후 간단한 질문과 대답만으로도 아이는 대화가 이어질 수 있을 만큼 성장해 갔다. 마냥 아이를 어리게만 보았던 엄마, 책을 싫어하게 만드는 행동은 해서는 안된다는 엄마의 과잉 염려가 그동안 아이를 발전된 독서가로 이끌지 못했다는 생각이 들었다.

그것이 오랫동안 듣는 독서를 꾸준히 했음에도 결국 아이의 문해력을 지체시키며, 결국 아이의 성장을 방해했다는 생각을 하니 스스로 한심했다는 반성도 되었다. 그러나 솔직히 그럴 수밖에 없었다고 변명을 하자면, 우리 아이는 워낙 성격이 내성적이고, 자기표현도 서툴고, 말도 늦되고, 발음도 부정확해서 한때 언어치료까지 받았던 아이다. 그런 아이에게 무언가 적극적인 시도를 해봐야 겠다고 생각한다는 것은 소심한 엄마에겐 엄두가 나지 않았다. 엄마의 요구들이, 욕심들이 혹시나 아이의 말문을 닫아버리면 어쩌나, 그러다가 마음의 문까지 닫아버리면 어쩌나 하는 온갖 걱정들이 자리했기 때문이다. 그래서 늘 아이를 세심함을 넘어 지나친 걱정의 눈빛으로 바라보았던 부분도 있었다. 하지만 책 읽기 방법에 변화를 주면서 아이의 더디지만 발전되어 가는 모습을 볼 수 있었다. 그래서 이제는 좀 더 적극적인 엄마 모드로 전환해야겠다 생각했다.

그렇게 늘 아이와 무엇으로 어떤 대화를 하며 놀아줘야 할지가 숙제처럼 고민이었던 엄마에게 책은 아이와 대화를 나누는 최고의 도구가 되어 주었다. 책을 읽은 후 아이와 다양한 방법으로 대화를 나누고, 질문을 하면서 상대방의 이야기에 좀처럼 집중하지 못했던 아이는 다른 사람 이야기에 집중하여 들어주는 능력도 조금씩 생겼다. 매일 아침 일어나 소리 내어 책 한 권 읽기도 거뜬히 해내고 있다. 무엇보다 가장 큰 변화는 수학이 어려워 학교생활이 재미없다는 아이가 수학에 자신감이 생기면서 즐거운 학교생활을 하고 있다. 또 한 가지 다양한 책 읽기 방법을 통한 큰 수확이 있다면, 초등학교 1학년 아이가 엄마가 읽어 주던 논어 책에 관심을 보였다.

책 속 한자를 보며 "이것도 글씨야?"라는 질문으로 호기심을 보이기 시작했다. 그리고 자연스럽게 나는 한자 관련 만화책 몇 권을 함께 읽으며 궁금한 것들에 대해 아이와 얘기를 나누고 질문하는 독서를 할 수 있었다. 아이가 관심을 보이니 책 읽어 주는 맛도 나고, 귀차니즘 엄마는 관련 영상도 찾아보는 적극성도 보이면서, 그 사이 아이는 한국어문회에서 주관하는 5급 한자 능력시험까지 치를 수 있을 만큼의 실력으로 한자를 익혔다. 남들에게는 별것 아니겠지만 어떤 활동이든, 어떤 성장에서든 늘 한 템포씩 늦된 아이를 키우는 내게는 모든 엄마들이 한번쯤 가져본다는 '우리 아이 천재 아니야?' 하는 생각을 처음으로 해보았다.

아이의 능력을 과대평가해서도 안되겠지만, 너무 과소평가해서 그동안 시도해 보지 못한 것들이 너무나도 많았다는 사실을 깨달았다. 그런 엄마가 아이와 책 읽기 방법, 학습 방법을 바꿔 일단 시도해 보고 싶은 활동들을 하나씩 꺼내 아이와 시간을 보내면서 느꼈다. 아무리 늦된 아이라고 할지라도 아이에게 맞는 재미있는 책 읽기 방법, 도움이 되는 책 읽기 방법이 있다는 사실을. 그것을 찾기 위해 엄마가 깊이 고민하고, 적용하고, 다시 시도하기를 반복하다 보면 방법은 꼭 찾아진다는 사실을. 어느새 아이는 훌쩍 자라 엄마가 생각하는 것보다 훨씬 성장해 있을 거라는 사실을.

글자만 읽는 아이가 아닌, 의미를 읽어낼 줄 아는 아이를 기대한다면, 아이의 성향에 따라 방법을 달리하며 내 아이에게 맞는 다양한 책 읽기 방법을 시도해 봐야 한다. 늦된 아이는 좀 더 적극적인 책 읽기 방법이 도움이 되었다. 아이를 키우며 아이를 향한 어떤 기대감이 생길 때마다 그 시작은 언제나 엄마의 판단이 아닌, 아이와 함께 이루어졌다. 엄마의 일방통행은 큰 도움이 되지 못한다. 오히려 서로를 지치게 할 뿐이다. 엄마와 아이가 한 팀이 되어 같은 방향을 바라볼 때 성장과 발전으로 이어지는 재미를 느낄 수 있다.

이런 생각을 하며 되돌아보니 그동안 끝을 보지 못한 수많은 것들에는 언제나 엄마인 나의 '중도 포기'가 있었을 뿐이었다. 어린 내 아이는 한 번도 중도 포기가 없었음을 나는 뒤늦게 비로소 깨달았다. 책 한 권 읽어 주는 것을 숙제처럼 생각하며 재미없는 책 읽기를 해왔던 엄마였다. 빨리 해치우고 싶은 마음, 아이가 힘들어할 거라는 엄마의 과잉 염려, 아이의 짜증을 받아주기에는 너무 지친 엄마의 마음이 먼저였다. 엄마인 나는 좀 더 다양한 방법을 찾아야 함에도 불구하고 그런 노력과 시도를 게을리했던 게 사실이다. 그러니 늦된 아이에게 영혼 없는 엄마의 책 읽기가 얼마나 도움이 되었겠는가? 몇 년을 읽어줬어도 아이의 문해력과는 거리가 먼 그저 글자만 읽는 아이, 의미를 읽어내지 못하는 아이로 남게 한 것은 아닌가 하는 생각이 들었다. 모든 이유들을 제쳐두고서라도 아이와 책 읽기를 하든, 독후활동을 하든 중도 포기의 가장 큰 원인을 찾자면, 아이와의 활동에서는 어김없이 엄마의 감정조절이라는 큰 산이 앞에 놓여 있었고, 또 어김없이 그 앞에서 무너졌던 것이 이유일 것이다. 이제 조금씩 늦된 아이를 바라보는 엄마의 시선을 바꾸고, 책 읽기 방법을 달리하면서 나는 아이에게 글자만 읽는 아이가 아닌 의미를 읽는 아이가 될 수 있도록 키워가려고 노력 중이다.

아직도 갈 길이 멀다. 하지만 조바심은 없다. 내 아이의 속도와 엄마인 내 마음의 속도를 일치시키는 것이 중요하지 다른 무엇이 더 중요하겠는가? 의미를 읽는 책 읽기는 분명 책을 읽어 갈수록 아이의 호기심을 자극할 것이다. 거기에 세월이 더해지면 아이의 지적 호기심에 발동이 걸리기 시작할 것이라고 확신한다. 아이의 학습능력도 뒤처지지 않을 것이라는 믿음이 생기니 더욱 열심히 읽어 주고, 함께 읽으며 생각하고, 책 속의 많은 것들을 같이 나누는 시간을 더 많이 가져야겠다고 다짐하게 된다.

세상에서
정말 기뻐서 하는 희생

아이를 낳고, 아이를 키우면서 알게 되었다. 세상에는 정말 기뻐서 할 수 있는 희생도 있다는 것을. 아마도 엄마가 되고, 부모가 된 사람만이 경험할 수 있는 특권이 아닐까 생각한다. 엄마의 헌신적인 사랑으로 아이의 인생이 결정될 수 있다는 말의 뜻을 조금씩 깨달아가고 있다.

유난히도 내성적이고 까다로운 아이, 말까지 늦되어 가슴 졸이게 했던 아이를 키우면서 나는 어느 순간에든 아이가 세상으로부터, 다른 사람들로부터 상처 받지 않게 하기 위해서는 무엇이든 해야 하는 엄마가 되었다. 그중에 가장 신경 쓴 부분은 사람들의 시선과 생각 없이 내뱉는 말들이었다. 아이가 다섯 살 때까지는 겪지 않아도 될 경험이나, 느끼지 않아도 될 감정들에 부딪힐 필요는 없다고 생각했고, 나는 지금도 그 선택이 옳았다고 생각한다. 주변의 많은 사람들은 엄마인 나에게 다른 아이들과 어울릴 수 있는 기회를 주지 않아 아이의 언어도, 사회성도 늦어진다고 얘기했지만 나는 생각이 달랐다. 만약 아이가 그런 기회를 원했다면 나도 언제든 그렇게 했을 것이다. 하지만 아이는 몇 번을 물어도 그런 환경을 원하지 않았고, 오히려 낯선 환경에 놓인 몇 시간으로도 많이 피곤해했다. 사정이 이렇다 보니 나는 내 아이의 성향을 잘 알고 있고 전적으로 사랑을 보여주는 사람들과의 만남이나 돌봄에 우선했다.

여섯 살에 처음 유치원이라는 곳에 갔을 때 예상대로 어려움이 있었지만, 여전히 아이를 보호하지 않으면 안된다는 생각이 강했다. 하지만 어느 곳에든 아이를 맡겨본 엄마들은 알 것이다. 불만이 있어도, 하고 싶은 말이 목구멍까지 차올라도 엄마이기에 자존심 따위는 내려놓아야 한다는 것을. 나는 아이의 성장 속도, 적응 속도에 맞추어 진심을 다해 부탁한다는 말을 수없이 했다.

집중력도 떨어지고, 언어도 늦고, 단체 생활도 처음 해보는 아이가 규칙을 잘 따를 수 있다는 것이 오히려 잘못된 생각 아닌가? 하지만 어쩌겠는가? 아이를 맡겨두었으니 선생님께 미움을 사면 어쩌나, 친구들에게 따돌림이라도 당하면 어쩌나, 어릴 때 받은 상처들은 고스란히 아이의 가슴에 씨앗으로 남아 언제든 그 흔적이 드러난다는데… 나는 엄마이기에 내가 할 수 있는 무엇이든 했고, 참아낼 수 없는 감정 따위는 없다고 생각했다.

"자식 키우는 엄마가 참고, 머리를 숙이며 겸손한 것은 엄마의 당당한 모습이다.", "교만하고 잘난 체 하는 엄마는 열등의식으로 똘똘 뭉친 엄마다." 마음속으로 이런 말들을 주문처럼 되뇌며 자존심을 내려놓기 시작했다. 그리고 이런 모든 시간들을 나는 참 잘 견뎌내고 있었다. 아이를 보내야 할지, 말아야 할지 수없이 갈등하면서도 등원을 시켰다. 내 아이가 겪는 힘듦이 고스란히 느껴지고, 아이를 바라볼 때마다 느껴지는 안쓰러움이 마음을 아프게도 했다가 무겁게 짓누르기도 했지만, 나는 엄마로서 감당해야 할 희생을 기꺼이 받아들였다. 말로 다 못할 마음고생도, 눈물도 있었지만, 살면서 내가 얻은 가장 큰 행복이 무엇인지 누군가 묻는다면 나는 자신 있게 말할 수 있다. 내 아이와 엄마인 내가 함께 서로의 몫을 담당하며 지나온, 힘들었지만 귀하고 감사한 8년의 시간이었다고. 그렇게 나는 엄마로 살면서 세상에는 정말 아름답고, 기뻐서 하는 희생도 있다는 것을 처음 배워가고 있다.

아이가 더 어렸을 때는 미처 몰랐다. 엄마 손을 많이 필요로 했지만, 보채고 매달리다가도 일하는 엄마의 상황을 스스로 받아들인 듯, 엄마가 가고 나면 잘 논다는 얘기에 어느 정도 마음을 놓고 일을 할 수 있었다. 그러나 내 아이 같은 성향의 아이에게 그 시간은 얼마나 힘든 시간인지, 엄마에겐 또 얼마나 많은 후회들을 만들 수 있는 시간이었는지 나는 아이가 커가면서 알게 되었다. 내성적이고 수줍음이 많은 데다가 늦되기까지 하는 아이에게는 스스로 적응해 갈 수 있는 기회보다는, 모든 것을 받아주고 맞춰주기만 하는 양육자보다는 더 적극적인 양육방법이 필요했다. 함께 소통하며 배울 것들, 느껴야 할 것들을 적극적으로 가르쳐주며 끊임없이 대화를 나눌 수 있는 상대가 필요했음을 뒤늦게 알았다. 그것은 엄마밖에 할 수 없는 일이었다. 더욱이 외동으로 크는 아이였기 때문에 엄마가 늘 곁에서 함께하고 있다는, 사랑하고 있다는 마음의 안정을 주어야 했다. 그것은 애착의 문제가 아니라 채워지지 않은 욕구의 문제였다. 아이가 늦되다는 사실은 참으로 엄마에게 많은 것을 깨닫고 공부하게 한다.

지금 생각해 보면 나는 내 아이에게 '엄마 품에 안겨서 클 권리'를 주지 못한 엄마였다. 일하는 엄마여도 얼마든지 아이와의 시간을 만들 수 있었을 텐데, 나는 그런 노력이 부족했던 엄마였다. 그래서 아이는 늘 엄마를 고파했고, 자신의 의사표시를 어느 정도 할 수 있게 되었을 때는 얌전히 있을 테니 엄마의 일터로 데리고 가달라고 사정까지 하기 시작했다. 그리고 나는 어려운 결정을 내렸다. 아이가 원할 때는 언제든지 아이를 데리고 출근을 했다. 일하는 시간을 줄여 아이와 함께했다.

이것도 엄마인 내가 개인사업을 하기에 가능한 일이라고 생각하니 감사했다. 그러면서 직장 맘들의 마음고생과 경력 단절 엄마들의 속사정을 비로소 충분히 이해하고, 백번 공감할 수 있게 되었다.

새로운 사업장을 오픈할 때 나는 아이가 머물 난방이 되는 작은 공간을 만들어 두는 것을 우선으로 했다. 하지만 엄마가 일하는 시간 동안 아이를 방치하는 것 같아 여러모로 신경이 쓰였다. 아이를 돌봐주던 아이의 이모가 퇴근하는 시간에 맞춰 아이를 보내고, 아이가 저녁을 해결할 그 시간 동안 빨리 일을 마치고 들어갔다. 하지만 아이는 늘 곁에 있는 엄마가 좋은지 초등학생이 된 지금도 일주일에 2~3일은 엄마와 함께 일터에 함께 머물며 늦은 시간 귀가를 원한다. 혼자 놀다 지쳐 잠든 아이의 모습이 안쓰러울 때도 있지만, 아이는 전보다 훨씬 안정적이고, 밝아졌다.

그 옛날 늘 농사일로 바쁘신 내 어머니가 들판과 멀리 떨어진 시골집에 아이들만 둘 수 없어 볏 짚단을 쌓아 우리 어린 형제들을 그 안에 두고 일을 하셨단다. 그 말씀이 떠오를 때마다 내가 느끼는 그 감정, 그 고맙고 따뜻한 감정을 먼 훗날 내 아이가 느끼고 떠올릴 수 있다면, 지금의 어린 자신을 데리고 조금은 불편한 환경이지만 함께하려고 했던, 돌봐주고 싶었던 엄마의 마음을 조금은 이해해 주지 않을까?

아이를 일터로 데리고 출근하기까지 많은 생각과 용기가 필요했다. 그리고 눈치를 봐야 하는 여러 상황들과 마주할 때마다 무슨 큰 죄라도 저지른 것처럼 운영자로서 기가 죽고 할 말을 할 수 없을 때도 있었다. 부모님들이 상담을 오시거나, 학생들의 공부에 조금이라도 방해가 된다 싶으면 나는 언제나 가시방석이었다. 하지만 아이 앞에서는 그런 내색을 하지 말았어야 했다. 아이도 가끔 눈치가 보였던지 "엄마, 이제 내가 조용히 할게."라고 말을 할 때면 우리는 서로를 꼭 껴안았다. 그리고 나는 불편한 마음을 가라앉히고 나직이 얘기했다. "괜찮아, 엄마가 마음 한번 숙이면 될 일이야. 널 위한 일이라면 무얼 못하겠어. 넌 엄마에게 세상에서 가장 소중한 존재이고, 있는 그대로의 널 정말 사랑해. 그리고 언제나 엄마는 네 편이야. 맨날 조용히 하라고 해서 미안해. 엄마한테 미안한 마음 갖지 않아도 돼." 앞으로도 아이가 어느 정도 클 때까지는 수없이 겪어내야 할 과정들을 매일매일 경험하고 있지만, 그럼에도 나는 지금 너무 행복하다.

이 글을 쓰는 내내 부모님이 떠올랐다. 지금은 세상을 떠나신 내 아버지는 너무도 가난한 살림에 농사일로 우리 4남매를 키우시면서도 늘 내게 이렇게 말씀하셨다. "아빠가 머슴을 살아서라도 너들 하고 싶은 것은 시켜 줄 테니, 뭐든지 미리 포기하지 말고 아빠한테 얘기를 혀." 어떤 희생도 나를 위해 각오가 되어 있다는 아버지의 그 말씀이 지금껏 살면서 어느 순간에도, 아무리 힘든 어떤 위기의 상황에서도 나를 포기하지 않고 버티게 했다.

아버지의 그 말씀은 내가 원하는 것은 무엇이든지 할 수 있고, 누리며 살 수 있다는 믿음으로 살아가게 했다. 그처럼 내 아이에게

나도 그런 엄마가 되고 싶다. 엄마가 되어 아이 때문에 힘든 순간마다 이미 세상을 떠나신 아버지께서 해주신 그 말씀이 내가 기댈 수 있는 보루인 것처럼, 내 아이에게 엄마인 내가 마지막 보루가 되어 힘들고 지칠 때마다 찾아와 위로를 받을 수 있었으면 좋겠다. 어떤 잘못을 해도, 어떤 문제가 생기더라도, 어떤 고난이 있을지라도 엄마는 모두 품어줄 거라는 그런 마음이 내 아이 가슴속에 심어지면 좋겠다. 세상에서 정말 기쁜 희생을 경험할 수 있게 해주는 내 아이. 지금 내 곁에 잠든 아이에게 한없이 고맙다.

Part 3

엄마와 아이가
함께 성장하는 시간

아이가 원하는 엄마의 유효기간이 고작 10년

어느 날 초등학교 4학년 아이가 굉장히 불만스러운 표정으로 엄마의 전화를 끊는 것을 보았다. 이유는 친구들과 놀고 싶은데 엄마가 모처럼 직장을 쉬는 날이니 학원 앞으로 데리러 오겠다고 하신 것. 아이에게는 학원 수업이 끝나면 부모님이 퇴근하여 돌아오실 때까지 그 짧은 시간이 친구들과 놀 수 있는 가장 즐거운 시간이었던 것 같다. 그런데 엄마가 데리러 오겠다고 하니 짜증이 난다고 했다. 그 모습을 보면서 참 많은 생각이 들었다. '이제 4학년인데 벌써 엄마보다 친구가 더 좋구나.' 그렇다면 아이가 부모를 찾는 유효기간은 고작 10년 남짓. 순간 마음이 쓸쓸해졌다.

부모 입장에서는 결혼해서 아이 낳아 기르는 그 10년이라는 시간이 사실 가장 행복하면서도 정신없는 시간들이 아닌가? 주택 대출금도 갚아 나가야 하고, 직장 내에서도 승진 등을 위해 한참 바쁘게 일해야 하는 시기가 아닌가? 부모에게도 오로지 아이에게만 집중하고 있을 수 없는 시기가 또 이때다. 그런데 아이 입장에서 보면 세상에서 엄마, 아빠가 제일 좋을 때이고, 또 가장 필요한 때이기도 하다. 일하러 가는 엄마, 아빠에게 매달려 따라가겠다고 울어대는 아이에게 금방 오겠다는 거짓말을 하고서야 출근할 수 있는 때도 바로 이 시기뿐이지 않은가?

그럼 아이는 온종일 울음과 짜증으로 엄마를 기다린다. 돌봐주시는 분들이 아무리 사랑을 주셔도 아이에게는 오로지 엄마, 아빠뿐이다. 그런데 아이에겐 정작 자신이 함께 놀고 싶었던 부모를 애타게 필요로 할 때에는 함께 놀아줄 수 없었던 부모, 이제는 함께 놀고 싶은 대상이 바뀌었는데 어떻게 엄마와 시간을 보낼 수 있겠는가? 오히려 방해가 된다며 짜증을 내지 않으면 다행이다. 나도 결혼하기 전부터 지금까지 한 번도 일을 쉬어본 적이 없는 워킹 맘이다. 오히려 결혼해서 아이를 낳아 키우기 시작했던 5년이라는 시간이 나에게 가장 바쁜 시기였다.

30대 중반에 첫 아이를 낳았고, 그동안 하던 일의 경력을 발판 삼아 사업을 시작한 시기이기도 했기에 주말도 없이 일을 했다. 달력에 빨간 날조차 명절을 제외하고는 거의 대부분 일을 했다. 누가 시켜서 하는 일도 아니고, 어느 누구의 도움도 없이 여기까지 왔는데 실패하면 안된다는 오로지 그 생각뿐이었다. 사업을 시작하면서 생긴 부채도 이런 마음에 더해져 더욱 나를 압박했다. 빨리 자리를 잡으면 아이와 더 많은 시간 놀아주고, 함께해 줄 수 있다는 생각에 엄마로서의 역할을 충실히 해주지 못했다.

　엄마가 함께 있어 주기만 해도 신나 했던 아이를 떼놓고 출근할 때면 아이는 어김없이 울어댔고, 밤늦은 시간이 되어서야 퇴근하는 엄마를 기다리며 아이는 늘 눈물자국을 남기며 잠들어 있었다. 해가 질 무렵이면 엄마를 찾으며 2시간씩 울어대는 아이 때문에 돌봐주시는 이모나 할머니는 아이를 업고 아파트 주변을 서성이다 아이가 잠들면 들어가시곤 했다. 그 사이 엄마 목소리라도 들려줘야겠다며 몇 통씩 전화를 받아야 하는 날이면 일을 그만두어야 할지, 어찌해야 할지 수없이 갈등하며 지금 여기까지 왔다.

　어쩌다 일찍 퇴근해서 오면 아이는 나를 향해 달려와 계속 놀아달라고 떼를 썼다. 하루 종일 일로 지쳐있어 피곤한 몸이지만 아이와 놀아주기 위해 잠시 다른 일들을 멈춘다. 엄마와 놀 수 있는 그 짧은 시간을 부여잡고라도 있는 듯 아이는 잠을 자야 되는 시간을 훌쩍 넘겨 잠을 이겨내면서까지 놀아달라고 한다. 그런 아이를 억지로 재우고 나서야 늦은 저녁을 먹었던 날들이 스친다.

　엄마가 간절했을 그 시기에 내 아이는 얼마나 엄마에 대한 그리움을 하루하루 어린 가슴에 쌓아가고 있었을까 생각하니 또 가슴에 눈물이 맺힌다. 엄마 품에 안겨 엄마의 심장소리를 편하게 마음껏 들려주지 못한 것이 어찌나 후회스러운지 모른다. 아이는 수없이 내게 엄마가 필요하다는 신호를 참으로 다양한 방법을 동원하여 보내고 있었다. 하지만 엄마는 그 신호를 모두 받아줄 수 없었고, 때론 무시할 수밖에 없었다. '엄마랑 놀고 싶어.' '엄마랑 함께 있고 싶어'라는 그 소리 없는 아우성을 무시한 대가로 나는 한동안 언어발달이 늦어진 아이의 엄마로 혹독한 시간을 보내야만 했었다.

그때를 생각하면 아이에게 얼마나 미안한지 시간을 되돌려 내 딸아이의 세 살 나이로 돌아가 다시 키우고 싶은 마음이다. 그럴 수 있다면 세상에서 가장 안정된 환경 속에서 가장 즐겁게 놀아주는 추억을 가득 선물하는 엄마가 되고 싶다. 지금의 미안하고 미안한 이 마음을 꾹꾹 눌러 담아 온 마음과 시간을 아이를 위해 몇 배로 갚아주고 싶은 마음이다. 부모의 유효기간이 이렇게 짧다는 것을 진작 알았더라면 나는 더 좋은 엄마가 되는 일에 집중하려고 했을 것이다. 경력단절까지 각오하며 아이를 돌보는 이 땅의 엄마들이 나는 세상에서 가장 존경스럽다. 솔직한 마음이다.

적어도 세 살까지 엄마의 얼굴을 실컷 보며 부모의 보살핌으로 안정된 환경에서 자란 아이는 학습과 인성 발달에 좋은 전두엽이 활성화된다고 한다. 이미 그 시기를 지나 뒤늦게 책을 통해 육아의 고수들로 가득한 세상의 많은 엄마들의 경험담을 들으며 '엄마 노릇'이 어떤 것인지 배워가는 나로서는 안타까울 뿐이다. 하지만 얼마나 다행인가? 아이가 부모를 찾는 부모의 유효기간이 아이 나이 열 살 남짓 정도, 초등학교 정도까지라면, 나에게 주어진 시간이 아직 남아 있다는 사실이. 마음이 급해진다. 아이와 쌓을 수 있는 추억의 시간들이 오늘도 이렇게 흘러가고 있으니. 아이와 함께 놀 수 있는 시간, 아이가 엄마와 놀아 줄 마음의 시간이 얼마 남지 않은 것 같아 하루하루가 아깝다. 어린 시절 부모님과 좋은 추억이 많은 아이들은 훗날 힘든 일, 나쁜 일을 경험할 때에도 그 시간들을 잘 극복해 낸다고 한다. 그 아이 내면에 그런 상황들을 이겨낼 수 있는 힘을 부모와의 추억 속에서 이미 키워내고 있었기 때문일 것이다. 또 어린 시절 부모와 시간을 자주 보낸 아이들은 성장을 해도 부모와 친구처럼 좋은 관계를 유지한다니, 아이가 부모를 필요로 할 때 마음껏, 온 힘을 다해 시간과 마음을 내어주어야 할 것 같다.

나는 아이가 이제 초등학교에 입학했지만, 여전히 일을 하고 있다. 당장이라도 그만두어야지 생각했던 적이 한두 번이 아니었지만, 여전히 워킹 맘이다. 하지만 예전과 상황은 달라졌다. 내 삶의 모든 중심, 우선순위는 언제나 '내 딸아이'다. 아이의 시간에 맞춰 등하교를 시키기 위해 일하는 시간을 조절했다. 아이가 엄마를 필요로 하는 시간에는 나를 대신하여 일해 줄 사람들을 구했고, 살림은 정말 알량할 정도로 하고 있다. 청소며 빨래, 반찬 만들기는 최소한으로 횟수를 줄여나가고 있다. 덕분에 수입은 줄고 지출은 늘었지만, 아이와 함께할 수 있는 시간이 엄청 늘었다. 일하는 동안 짬짬이 육아를 할 수 있는 시간이 주어지면 오로지 아이에게만 집중한다. 적어도 아이가 엄마의 손길을 필요로 하고 찾는 시기까지 나는 계속 이렇게 할 생각이다. 하나밖에 없는 아이를 키우는 '엄마'라는 이름으로 살 수 있는 기간이 평생이라고 생각했을 때에는 감히 그려지지도 않았던 모습이다. 하지만 아이가 엄마를 찾는 기간에도 유효기간이 있었다는 생각이 마음에 자리하자, 육아에 대한 나의 모든 생각과 행동들에 변화를 감행할 수 있었다.

책을 읽고, 글을 쓰고, 자기 계발을 위한 개인적인 일들을 한동안 할 수 없었지만, 이제 요령껏 짧은 시간, 주어진 자투리 시간들을 이용해서 나를 위해 사용하는 노하우도 터득해 가고 있다. 놀라운 것은 오히려 시간이 많을 때보다 주어진 시간이 짧은 그 시간에 훨씬 몰입하여 무언가를 해내는 습관이 만들어지고 있다는 사실이다. 바쁜 엄마들에게 주어지는 덤이라는 생각이 든다. 아이의 손을 잡고 아침마다 등교를 시키는 그 길이, 그 시간이 이렇게 행복할 수가 없다. 아이의 하교 시간에 맞춰 기다리는 그 시간도 설렌다. 학교 앞 문방구에 들러 뽑기도 하고, 불량식품도 사 먹고, 아이와 아이스크림 하나 쪽쪽 빨며 돌아오는 그 짧은 시간도 끝내준다. 이렇게 아이 키우는 재미에 빠져 있는 요즘, 육아는 체질이 아니라고 생각했던 과거의 시간들이 떠오를 때가 있다. 그땐 입가에 쑥스럼 가득한 미소가 지어진다.

어느 날 아이가 "엄마, 이제 뭐든지 혼자 할 수 있어요."라고 말하는 날이 오면 나는 어떤 기분이 들까? 아이와 함께 보고 싶은 영화가 생겼을 때 친구들과 함께 보기로 약속한 아이를 어떤 기분으로 마주하고 있을까? 어느 순간에든 아이의 성장에 감사하고 기뻐해야겠지만, 왠지 외로워질 것 같은 이 마음은 오로지 엄마 몫이겠지. 아이의 손을 너무 빨리 놓지 않는 엄마가 되고 싶다. 그 시간 동안 엄마로서 해줄 수 있는 많은 것들을 해주고 싶다. 엄마와의 따뜻한 시간, 추억들이 아이가 성장하며 마주할 힘든 시간들 속에서 힘이 되는 도구가 되었으면 좋겠다. 아이의 마음을 지켜주는 안전장치가 되었으면 좋겠다. 내 아이가 엄마의 손을 너무 빨리 놓지 않았으면 좋겠다는 생각은 작은 바람이 된다.

이길 줄만 알고
질 줄 모르는 아이로 키워서는 안된다

오랫동안 아이들을 가르치는 일을 해오면서 학부모님들로부터 내가 가장 많이 들었던 부탁의 말이 무엇이었나 생각해 보았다. 바로 "칭찬 좀 많이 해주세요.", "우리 아이는 칭찬받으면 더 잘하려고 해요."라는 말이다. 아이가 잘못한 상황으로 연락을 드려도 "혼 좀 내주세요.", "따끔하게 얘기 좀 해주세요."라고 말씀하시는 학부모님은 요즘 거의 없다.

솔직히 가르치는 선생님 입장에서는 학부모님이 어떤 식으로 말씀을 하셔도 한쪽으로 치우친 교육은 이루어지지 않는다. 칭찬이 필요한 부분은 강조해서 얘기해 주고, 잘못한 부분에 대해서는 정확히 그 사실을 알려주려고 한다. 어떤 경우에도 감정에 치우치지 않는 대화가 이끌어지면, 경험상 대부분의 아이들은 잘 알아듣는다. 그리고 그런 아이들을 볼 때면 기특함에 한번 안아주고 싶은 생각이 든다. 내 아이가 잘못한 상황에서도 목소리를 높이며 아이를 감싸려는 어른들보다 낫다는 생각이 든다.

한번은 잠깐 자리를 비운 사이에 남자아이 두 명이 주먹이 오고 가는 작은 몸싸움이 벌어졌다. 주변의 아이들은 워낙 순식간에 일어난 일이어서 말릴 틈도 없었고, 다행히 이제 막 시작될 때 내 눈에 띄어 큰 싸움으로 이어지지는 않았다.

얘기를 들어 보니 한 아이가 계속 듣기 싫다고 말을 해도 먼저 때린 아이는 집요하게 그 아이의 별명을 부르며 놀리더란다. 그래서 별명을 부르는 아이에게 자신이 그 친구 대신 그만하라는 말을 했을 뿐인데, 갑자기 별명을 부르던 아이가 멱살을 잡으며 "무슨 상관이야, 나서지 마라."하며 얼굴을 때렸다는 것이다. 그래서 맞은 아이도 참지 못해 싸우게 되었다는 것이다.

두 아이의 이야기를 충분히 듣고 사실관계를 파악한 다음, 아이들끼리 서로 이야기를 나눌 수 있도록 시간을 주었다. 그리고 그 아이들을 다시 만났을 때 기분 좋은 화해가 이루어졌을 거라는 내 기대는 무너졌다. 친구를 도우려고 했던 아이는 자신이 한쪽 편만 들어 상대 아이의 기분이 나빴을 것 같아 오히려 미안하다는 사과를 먼저 건넸다고 한다. 그런데 친구를 놀리고, 먼저 폭력을 썼던 아이는 내게 당당하게 자신은 잘못한 것이 없어 사과할 수 없다는 것이다. 먼저 친구를 놀린 것도, 폭력을 사용한 것도 자신이 먼저였는데 사과할 수 없다니… 나는 말문이 막혔다. 하지만 나를 더욱 당황스럽게 만든 건 아이들이 돌아간 후 걸려온 먼저 폭력을 사용한 아이 엄마의 전화였다. 조금은 격앙된 목소리의 전화 속 말씀의 요지는 아이들이 크면서 서로 놀리기도 하고, 싸우기도 하는 건데, 사과를 하라고 해서 사춘기 아들이 화가 난 채 집에 왔다는 것.

그 어머니는 내게 아이와 다시 얘기를 나눠 아이의 상한 마음을 달래주길 부탁하셨다. 그리고 역시 장점을 찾아 칭찬을 많이 해주었으면 좋겠다는 부탁도 빠뜨리지 않고 전화를 끊으셨다. 나도 아이 키우는 부모이기에 마음이 상한 아이로 인해 엄마의 기분이 언짢은 것은 충분히 이해할 수 있었지만, 왠지 마음이 편치는 않았다.

가끔은 학부모님들의 일방적인 요구사항을 받아들이는 것이 힘들 때가 있다. 오히려 아이들과 대화를 나누며 감정을 교류할 때 어른들보다 낫다는 생각도 들고, 문제 해결도 빠른 경우가 있다. 이럴 땐 자식을 사랑하는 것에 요구되는 정도와 원칙을 지키지 못하고, 잘못된 방법으로 아이를 사랑하고 있는 쪽은 부모들이 아닐까? 하는 생각을 하게 된다.

온몸이 부서지는 한이 있더라도 내 아이만큼은 고생시키지 않고, 마음 상하지 않도록 귀하게 키우고 싶은 마음이 어느 부모인들 없겠는가? 더욱이 요즘 세상은 아이의 자존감을 키워주는 것이 모든 육아의 화두가 되고 있다. 자존감에 무엇보다 중요한 것이 '칭찬교육'이다. 아이는 칭찬과 격려 속에서 키워야 한다고들 말한다. 나도 이 말에 크게 공감하며 아이를 키웠다.

아이가 어릴 때는 격하게 오버하며 칭찬했고, 아주 작은 것에도 크게 칭찬했다. 4남매 중 셋째로 자라면서 늘 칭찬에 목말랐던 나의 어린 시절을 생각하며, 내 아이에게만큼은 아낌없이 칭찬해 주는 좋은 엄마가 되고 싶었다.

아이를 키우면서 칭찬 교육이 얼마나 중요한지에 대해 귀가 따갑도록 들어왔고, 그것이 아이의 자존감과 긍정적인 성격 형성에 미치는 영향에 대해서도 충분히 들어왔다. 그런데 어느 순간 잘못된 칭찬, 나쁜 칭찬도 있다는 사실을 서서히 알게 되었다. 칭찬에만 익숙해진 아이들이 이겨내야 할 또 다른 과제들이 있다는 사실, 그 사실을 알게 되면서 나는 참 많은 생각을 하게 되었다. 늘 칭찬만 받으며 자라온 아이가 좌절과 실망, 때론 누군가의 비난에 대해 잘 견뎌낼 수 있는 단단한 마음을 기를 수 있을까? 어느 날 세상에 자신보다 나은 사람이 없다고, 자신이 최고라고 알고 있던 생각이 착각이었고, 부모의 잘못된 칭찬으로 작은 시련조차 어떻게 견뎌내야 할지 모를 만큼 나약한 존재로 성장한 스스로의 모습을 깨닫게 되었을 때, 부모에 대한 배신감이 들지는 않을까? 부모가 자신에게 보여준, 부모가 만들어 준 자존감이 부모와 함께하는 세상에서만 통했다는 사실은 아이가 초등학교에만 들어가도 알게 된다. 아이는 부모의 세상과 학교의 세상, 그리고 학교가 아닌 공동체 세상 사이의 괴리를 금세 눈치채게 될 것이다. 심한 경우 '적응 장애'까지 보일 수 있다.

나는 아이와 새로운 놀이를 하거나 게임을 할 때 대부분 아이보다 약한 인물을 담당했고, 져주려고 했다. 조금만 잘해도 칭찬을 아끼지 않았다. 아이가 놀이에 흥미를 갖게 하고, 좀 더 긴 시간 집중하여 할 수 있도록 유도하고 싶은 이유에서였다. 그런데 어느 순간 매번 아이는 이기려고만 하는 것이다. 어쩌다 한 번 엄마가 이기면 "다시 해.", "한 번만 기회를 줘.", "이거 아니야." 하면서 화를 내기도 하고 억지를 쓰기 시작했다.

결국 즐거운 마음으로 시작한 놀이는 짜증으로 마무리되고, 아이를 훈육하는 시간이 되는 상황으로 몇 차례 이어지면서 나는 아이에게 질 줄도 알아야 한다는 사실을 가르쳐줘야겠다고 마음먹었다. 지는 것이 나쁜 것이 아니라는 사실, 졌을 때 어떻게 행동하는 것이 정말 예쁜 모습인지 보여주기 시작했다. 자신이 원했던 상황이 아니거나 실패했을 때 어떤 마음을 가져야 하며, 자신이 잘못된 행동을 했을 땐 어떤 태도와 말투가 오해를 풀 수 있는지 끊임없이 설명했다. 사실 아이가 초등학생인 지금도 횟수가 줄었을 뿐, 여전히 되풀이하고 있다.

가장 중요한 것은 자신이 마주한 그런 상황에서 어떤 마음으로 대하는지에 따라 얼마나 그 상황이 달라질 수 있는지 설명했다. 아직 아이가 어렸지만 알아듣든, 못 알아듣든 위인전이나 동화책을 활용해 그런 상황을 간접 경험할 수 있게 해주었다. 서서히 아이는 영혼 없이, 옳고 그름의 판단 없이 무조건 봐주고 칭찬해 주던, 오버하며 반응해 주던 엄마를 잊어갔다. 듣기 좋은 말만 해주던 엄마, 놀이시간이 즐거워서 끝나지 않아 곤란한 상황이 되지는 않을까 안절부절 못하던 엄마, 그런 마음 약한 모습을 매번 들켜버렸던 엄마 대신 좀 더 단호한 엄마 곁에서 오히려 안정되어 가는 모습이었다. 양보도 할 줄 알고, 나눌 줄도 알며, 질 줄도 아는 아이로 조금씩 마음을 열어갔다.

아이는 부모가 함께하지 않는 세상에서 수없이 많은 좌절과 직면해야 한다. 그런 세상에 엄마 없이 홀로 놓인 아이를 상상해 보면 마음이 어떨지 수백 번 상상했다. 피할 수 있다면 내 아이에게만큼은 결코 그런 세상도, 그런 상황도 없었으면 좋겠다. 하지만 그럴 수는 없다. 이제 제대로 된 가르침만이 아이를 온전히 살아갈 수 있도록 할 수 있다는 생각을 하니 칭찬에도 방법이 달라지고, 한결 엄마 마음도 편안해진다. 질 줄 알고, 넘어질 줄 알며, 좌절할 수도 있고, 실패할 줄도 아는 아이가 정말 세상을 이길 수 있는 아이로 성장할 수 있다는 믿음이 엄마 마음속에 들어와 자리했다.

그 순간 아이의 아픔이나 잠깐의 실망이 더 이상 엄마에게 큰 상처로 남지는 않았다. 세상에 이기기만 하는 사람이 어디 있겠는가? 하지만 이런 생각을 하면서도 소심한 엄마는 아직도 아이의 눈물에, 아이의 풀 죽은 모습에 마음이 편치는 않다. 무턱대고 아이에게 가르치려 하는 '실패 교육', '좌절 교육'이 내 아이를 잘못되게 하면 어떡하지? 아이 가슴에 상처로 남으면 어떡하나? 이러다가 아이와 사이가 멀어져서 거리감이 생기면 어떡하지? 참 많은 고민에 고민을 거듭하며 과연 내가 엄마로서 잘하고 있는지, 나의 칭찬 방법과 훈육 방법을 찬찬히 되짚어보는 시간을 많이 가졌다. '일곱 살 아이에게 꼭 이렇게까지 해야 하나?' 하는 생각이 들 때도 있었다. 그러나 이제 아이는 학교 생활을 해야 한다. 아이가 마주할 환경은 결코 선생님도, 친구들도, 학교도, 엄마처럼, 집처럼 자신의 모든 것들을 이해심 있게 받아주지는 않을 거라는 사실을 가르쳐야 했다. 그리고 그 작은 세상에 놓인 초등학생이 된 지금의 내 아이를 바라보면, 이런 시도가 더 늦었더라면 어쩔 뻔했나 하는 생각이 든다.

이 글을 쓰면서 참 많은 생각과 깨달음을 준 책이 있다. 『유대인 엄마의 힘』이라는 책이다. 참 의미 있게 읽었다. 유대인 부모는 아이를 위해 없는 시련도 만들어 내며 좌절 교육을 시킨다고 한다. 그 정도의 엄마는 되지 못한다 하더라도 최소한 아이에게 분별없는 칭찬을 하거나, 근거 없는 자존감을 키워주는 엄마는 되지 말아야겠다고 생각했다.

이길 줄만 알고 질 줄 모르는 사람은 성공하면 뿌듯해 하지만,

실패하면 회복하기 어려울 정도로 절망에 빠져 허우적댄다고 한다. 이에 대해 교육 심리학자들은 성공하는 데 지능 지수가 미치는 영향은 20%에 불과하며, 나머지 80%는 역경지수와 감성지수에 달렸다고 단언한다.

아이가 열등감은 극복하고, 역경을 이겨낼 수 있는 힘을 키우기를 바란다면 이길 줄도 알고, 질 줄도 아는 아이로 키워야 한다. 실패했을 때, 좌절했을 때 담담히 맞설 수 있는 힘, 다시 일어나 시작할 수 있는 힘은 어릴 때 많이 넘어져 보고, 잘 넘어져 본 경험이 만들어 내지 않을까? 더 나아가 멋지게 질 줄 아는 방법까지 배울 수 있도록 가르쳐 주는 엄마, 그 안에서 같이 배우고 성장하는 엄마가 되고 싶다.

헤어짐을 목적으로 하는 자식에 대한 엄마의 사랑

탯줄을 자르는 순간 아이는 엄마로부터 독립된 인간이 된다. 그것은 엄마와 아이의 사랑과 정을 끊는 일이 아니라 아이에 대한 진짜 사랑을 보여주며, 뜨거운 보살핌이 시작되는 출발을 알리는 시작이다. 아이가 자랄 때도 마찬가지다. 한 인간으로 독립된 존재가 되어 세상 속으로 나아갈 수 있도록 부모는 아이의 손을 적당한 시기마다 놓아주어야 한다. 아이를 키우는 모든 과정과 순간들이 어쩌면 이런 날을 위한 준비의 시간이 아닐까?

그런데 나를 포함한 세상의 많은 부모들은 아이를 끊임없이 통제하고 자신의 울타리 안에 가두어 두려고 한다. '쥐면 꺼질까 불면 날아갈까', 이런 마음으로 애지중지 키우게 된다. 머릿속으로는 독립적으로 자립심을 길러주며 키워야 한다는 것을 잘 알고 있지만, 세상이 무서워서, 아직 너무 어려서, 겪지 않아도 될 일들을 겪을까 봐, 부모인 나보다 더 좋은 조건과 환경을 만들어 주기 위해서 등 참으로 여러 가지 이유들로 겨우 놓으려 했던 아이의 손을 다시 꽉 잡게 된다. 그렇게 아이에 대한 엄마의 걱정과 사랑이라는 이름으로 위장된 수없이 많은 감정의 끈들을 적절히 조절하지 못할 때가 많다. 아이는 독립적인 존재로서 독립된 삶을 살아갈 권리가 있음을 알지만, 아이가 자기만의 색깔로 자신의 세상을 만들어 갈 기회를 주어야 함을 잘 알지만, 그것을 빼앗고 있다는 생각을 미처 하지 못할 때가 많다. 아니, 애써 외면할 때가 많다.

자식에 대한 부모의 걱정이 마치 세상 모든 부모들의 숙명이라도 되는 듯 정말 내려놓을 수도, 내려놓아지지도 않는다. '내 아이에게 어떤 문제라도 생기면 어쩌나' 하는 걱정된 마음에 발을 동동 거리고 가슴을 졸이게 된다.

아이 스스로 해결할 수 있도록 지켜보는 것이, 일정한 거리를 두고 바라봐주는 것이 아이를 위해 좋다는 것을, 아이에게 도움이 된다는 것을 알면서도 참으로 쉽지 않다. 나는 더욱 그랬던 것 같다. 그래도 아이가 어릴 때는 다른 사람의 시선이나, 가슴속 동요 정도는 어느 정도 무시할 수 있었다.

"내 새끼는 내가 알아서 키운다." 하는 배짱 두둑해 보이는, 마치 대단한 소신을 지키며 교육하는 교육철학이라도 있는 듯, 무한한 사랑을 퍼줄 수 있었다. 그러나 아이가 자라 세상과 마주해야 하는 시기가 다가오자, 아이를 부여잡고 있던 엄마의 손을, 엄마의 손을 놓치지 않으려는 아이의 손을 어떻게 떼어내어야 할지가 또 다른 과제였다. 그리고 그 과제가 어찌나 어렵던지, 얼마나 가슴을 아프게 하던지 웃는 날보다 울어야 하는 날들이 더 많았다. 그동안 엄마가 붙잡고 제때, 제대로 된 방법으로 놓아주지 못해 옴짝달싹 못했을 아이를 생각하니 가슴이 아팠다. 그것으로 인해 아이가 치러내야 하는 대가도 있음을 뒤늦게 깨달았다.

처음 유치원에서 적응 문제로 고생하는 아이를 바라보는 것은 가슴이 미어지는 고통이었다. 양보와 배려, 규칙, 정확한 의사전달과 감정 전달 훈련 등이 주된 교육이며, 놀이 활동으로 이어지는 그곳에서 마냥 자유로웠던 아이는 규칙과 통제에 많이 힘들어했다. 온갖 방법을 동원하여 기분 좋은 아침을 만들어 등원시켜도 아이는 늘 어두운 표정, 지친 얼굴로 엄마를 맞이했다. 한동안 아이의 유치원 적응이 나에겐 큰 숙제였고, 아픔이었고, 가르침과 기다림의 시간이었다.

자식의 마음에 먹구름이 끼면 부모의 마음에는 소나기가 내린다는 말이 정말 맞는 말이었다. 아이의 하루 생활, 기분에 따라 아이의 마음에 먹구름이 잔뜩 낀 날에는 엄마 마음엔 소나기가 내리고, 햇볕이 쨍쨍 내리쬐는 날에는 엄마 마음에도 세상 가장 아름다운 무지개를 얻어놓은 것처럼 따뜻한 봄날이 되었다. 하루에도 몇 번씩 가슴으로 겪어내야 하는 변화무쌍한 마음의 날씨는 엄마와 아이를 그렇게 성장시키고 있었다. 스스로 일어나서 옷을 챙겨 입고, 아무리 시간이 많이 걸려도 혼자서 밥을 먹고, 양치를 하고, 벗어놓은 옷 정리와 신발정리 등을 시작으로 아이가 스스로 할 수 있는 일들을 하도록 했다. 혼자서 할 수 있도록 연습해야 엄마가 없는 곳에서도 잘할 수 있다고 다독이며 아이의 홀로서기를 준비했다. 이때 지켰던 두 가지는 아이와 규칙을 함께 정할 것, 정한 규칙을 어겼을 땐 절대로 타협하지 않는 것이었다.

아이는 새로운 규칙 속에서 처음에는 많이 힘들어하고 혼란스러워했지만, 시간이 흐를수록 오히려 편안해졌다. 더 많은 기회들을 가질 수 있게 되어 아이 스스로 자유롭고 만족해하는 것이 보였다. 일주일 동안 잘 지켜졌을 때 오는 보상과 성취감만으로도 아이는 크게 성장해 가는 모습이었다. 오히려 지나친 사랑은 아이를 나약하게 만들고 있었다.

수많은 육아서들은 언제나 아이에게 엄마가 함께하고 있음을 보여주며, 부모의 따뜻한 배려와 믿음이면 충분하다고 말한다. 읽으면서 나는 늘 이런 말들에 크게 공감했지만, 내 아이에게 나는 과연 그런 부모가 될 수 있을까? 생각할 때면 늘 자신이 없었다. '아이가 높이 날 수 있도록 엄마라는 새장에 가둬두어서는 안된다.', '부모가 아이 앞에 펼쳐진 온갖 풍랑을 막아 줄 수는 없다.', '호랑이로 낳아서 개로 키우지 않으려면 아이의 손을 놓아라.' 육아서를 통해 이런 말들을 수없이 보고 듣지만 엄마 마음은 또 갈대처럼 흔들린다. 그럼에도 불구하고 이제 엄마인 나는 스스로에게 다짐한다. "자식은 헤어짐을 목적으로 하는 부모의 사랑 속에서 더 아름답게 성장할 수 있다."라고. "엄마라는 울타리를 벗어났을 때 가장 반짝이는 별이 될 수 있다."라고. 그렇게 시간이 흘러 아이가 초등학생이 되었다. 하지만 나는 여전히 아이의 준비물부터 숙제, 가방정리, 씻고, 먹고, 입는 모든 것들에 잔소리를 하고 있는 엄마다. 아직도 아이의 뒤꽁무니를 졸졸 따라다니는 엄마다. 외동인 아이 하나를 준비시켜 등교하게 하는 아침이 왜 이렇게 분주한지… 아이가 빠져나간 집안은 거의 전쟁터를 방불케 한다.

아이가 벗어 놓은 옷부터 빠져나간 이브자리까지 정리를 하고 나면(나름 아이가 정리를 했다지만 엄마 눈에는 성에 차지 않는다. 늘 엄마는 이게 문제다.), 아이가 돌아와 먹을 간식과 하교 후 아이와 함께할 활동들을 또 점검하고 출근 준비까지 해야 되니 마음은 이미 내 마음이 아니다. 정신도 이미 내 정신줄이 아니다. 집안일뿐만 아니라 일터에서 끝내지 못한 밀린 일들까지 들고 온 날에는 정말 할 일이 태산인데, 아직도 아이에게 자신의 일을 온전히 넘기지 못하고, 엄마의 성에 차지 않아 대신 해주는 일들이 가득하다.

매번 '스스로 할 수 있도록 해야지…' 하면서도 여전히 손이 많이 가는 듯한 아이를 키우는 성질 급한 엄마는 또 엄마 손을 대고

만다. 마음과 몸이 따로 움직인다. 매일 이런 일상의 반복 속에서, 그럼에도 불구하고 아이의 손을 조금씩 놓으려는 엄마의 속마음 덕분인지 변화의 조짐이랄까, 아이의 독립적인 모습이 보이는 부분들이 적지 않게 발견될 때가 있다. 식사가 끝나면 스스로 자신의 빈그릇을 싱크대에 올려놓고, 세탁기에서 빨래가 나오면 함께 빨래를 널고, 건조되면 빨래 개기도 곧 잘 거든다. 마트 심부름도 척척 해내고, 자신이 해야 될 일들의 계획표를 보면서 끝내지 못한 것들은 늦더라도 마무리를 하려는 모습이 제법 초등학생 같아 보여 흐뭇할 때가 있다. 이런 모습들을 볼 때마다 엄마인 나는 또다시 마음을 다잡게 된다. 아이는 스스로 잘할 수 있는 일들이 많아질수록 더 자신감 있는 아이로 성장할 수 있다는 사실. 그 사실을 다시금 깨달을 때마다 매번 무너졌다, 세워졌다를 반복하는 엄마 마음에 언젠가는 헤어질 내 아이의 모습이 떠올라 정신이 번쩍 든다. 아이에게는 한없이 마음이 약해지는 엄마인 내 모습을 보면서 또 형편없는 초보 엄마 티를 팍팍 내지만, 어찌 됐든 '아이의 독립심 길러 주기'는 멈추지 않고 있다.

다른 집 아이들에게는 너무 쉬워서 아무것도 아닌 듯한 일들도 처음 아이를 키우는 나에게는 언제나 큰 결심과 실천이 있어야만 가능한 일들이 많았다. 다른 어떤 일보다 육아는 특히 그랬다. 문제마다 큰 산처럼 느껴졌다. 어찌 내게는 이렇게 물 흐르듯 쉽게 쉽게 흘러가는 일들이 하나도 없는지 오히려 신기했다. 그리 대단한 육아를 하는 것도, 그리 특별한 육아를 하는 것도 아닌데, 늦된 아이와 초보 엄마의 육아는 늘 탈이 많았다. 느긋한 엄마가 되라는 주위의 충고에 나는 늘 속으로 외쳤다.

"느긋한 엄마요? 맞아요. 성격 급한 엄마 성질대로 생활교육을 시켰더라면, 교육에 있어서만큼은 한 치의 양보도 없는 입시학원 원장인 엄마의 성질대로 시켰더라면 제 아이는 세 살에 어디에 내놔도 살아갈 아이로 자랐을 겁니다. 영어를 줄줄 읽고, 연산을 척척 해내는 아이가 되었을지도 모릅니다. 하지만 육아에 있어서만큼은 느긋하다 못해 게을렀던 엄마였습니다. 아이가 여섯 살이 될 때까지 오로지 뛰어놀게 하고, 보고 싶다는 어린이 영화들 실컷 보게 하고, 동화책만 주야장천 읽어 주었던 아이로 키운 엄마입니다. 아이가 좋아하지 않아 그 흔한 색칠놀이 책 한 권도 시켜보지 못했고, 기저귀 떼기조차도 40개월이 넘어 뗄 만큼 뭘 재촉하지도 않았고, 너무 가르치지 않고, 시키지 않아 문제 된 엄마입니다. 지금도 또래보다 많이 늦는 아이인데, 얼마나 더 느긋해야 될까요?"

이렇게 혼자서 나직이 외치면서 마음속 다른 한구석엔 아이의 자기 주도적인 삶, 아이의 독립심 길러 주기를 큰 숙제처럼 안고 있는 엄마였다. 지금도 다잡고 다잡은 엄마 마음이 흔들리지 않도록 늘 마음을 정돈하며 아이의 습관 만들기에 힘을 쓰고 있는 엄마다.

덕분에 늘 "엄마가 해줘.", "엄마랑 같이 할래.", "엄마랑 있을 거야."
를 입에 달고 살았던 아이는 아무리 말해도 안되는 것은 안된다며
매몰찬 엄마의 모습을 몇 개월 경험하고 나더니, 자신을 스스로 챙
길 줄 아는 아이가 되어가고 있다. 학교에서 친구들에게도 너무 의
지하는 아이가 아닌, 자신도 누군가를 도울 줄 알고, 챙길 줄 아는
아이가 되어가고 있다.

　엄마가 강하게 마음먹으면 아이도 강인하게 자신의 삶을 꾸려나
간다. 독한 마음까지는 가슴이 아파서 무너질 때가 많았지만, 강하
고 단단한 마음은 아이와 엄마의 삶에 활력을 주었다. 부모가 아이
에게 주는 가장 무서운 선물이 '과잉보호'라고 하지 않는가? 아이에
게 자립심을 선물하는 엄마가 되기 위해, 헤어짐을 위해 나는 오늘
도 내 품에 아이가 머무는 이 시간, 내 아이에게 준비해 줄 수 있는
선물을 어떤 것으로 마련할까 고민하는 엄마가 된다. 오늘도 엄마
가 줄 수 있는 최고의 선물로 아이와 함께 성장하고, 함께 노력하는
우리의 성장일지를 채워가고 있다. 이런 생각을 떠올릴 때마다 참
감사한 육아의 시간이 된다.

아이가 좋아하는 일이
아이의 재능이다

　나는 서른이 넘도록 나의 재능이 무엇인지 찾지 못했다. 정말 좋아하고, 잘할 수 있는 일이 무엇인지도 몰랐다. 살면서 나 자신에 대해 알아가는 교육을 받아본 기억도 없다. 초등교육부터 대학원 교육까지 20년 가까이 가방끈을 늘려가며 학교에 다녔건만, 한 번도 내게 무엇을 좋아하고, 잘할 수 있는지 묻는 교과목은 없었다. 그것을 찾기 위한 교육이나 활동들도 없었다. 그저 공부와 성적에만 초점이 맞춰진 교육을 받았을 뿐이다.

　'나'라는 사람에 대해 생각하고, 무엇을 좋아하는지에 관심을 두는 그런 교육환경이나 가정환경도 아니었다. 그리고 그냥 그렇게 무엇을 좋아하고, 무엇을 잘할 수 있는지에 대한 스스로의 물음도 없이 스무 살이 되고, 서른 해를 넘기는 나이가 되었다. 그래도 문제 될 것 없다고 느낄 만큼 잘 살고 있었다면 괜찮았을 것이다. 그러나 나는 어느 순간 나 한 사람조차 스스로 감당하기 어려운 사람이 되어 있었다.

안정된 마땅한 직업도, 꿈도 없이 그렇게 뒤늦은 진로에 대한 고민이 시작되었다. 20대 후반의 내 모습은 평생 일용직으로 살아야 할 것 같은 두려움까지 안겨주며 버겁고 당혹스러운 마음으로 나와 마주하게 했다. 남들보다 우월한 위치에서 누구나 부러워하는 일을 꿈꾼 것도 아닌데, 스스로 남들보다 열등하다는 생각이 들기 시작하고서야 책을 읽으며 나를 찾아 나섰다. 뭐 대단한 사람이 되고자 하는 마음이 있었던 건 아니지만, 적어도 지금껏 나를 가장 사랑해 주시며, 믿어주셨던 부모님의 자랑스러운 딸이 되고 싶었다.

나를 바라보는 부모님의 시선이 안타까움으로 변하기 전에 어떤 노력이라도 해야 될 필요를 느꼈던 것 같다. 그리고 나는 죽을 때까지 곁에 두며 가지고 놀고 싶은 나의 마지막 장난감, 책을 찾아냈고, 눈을 감는 순간까지 하고 싶은 놀이, 글쓰기를 만났다. 우리 집에서 나의 최고의 놀이터는 가장 작고, 온갖 물건들이 놓인 골방 같은 서재다. 하지만 그곳은 세상 어떤 놀이공원보다 멋진 상상의 나래를 펼칠 수 있는 최고의 놀이터이다.

글을 잘 쓴다고 생각해 본 적이 없으니 특별한 재능이라고 말할 수는 없지만, 좋아하는 일이 재능이 될 수 있다면 적어도 나는 그것을 발견한 것 같다. 그래서 끊임없이 스스로에게 기회를 주는 삶을 살아가고 있다. 이른 아침 2시간의 책 읽기와 글쓰기로 매일 가장 눈이 빛나고 가슴 뛰는 흥분으로 나를 만난다. 그렇다고 삶이 크게 변하거나 풍요로워진 것은 아니지만, 감사할 일들이 조금씩 늘고, 마음이 충만해지는 삶을 살아내고 있다.

이런 경험 때문인지 나는 엄마가 되면서 내 아이만큼은 좀 더 빨리 재능을 찾아주고 싶은 욕심이 생긴다. 세상의 모든 아이는 천재로 태어난다고 한다. 저마다 특출한 재능을 타고나기에 그 많은 재능 중에서 최고의 것을 찾도록 도와주는 것이 부모의 큰 역할이다. 많은 육아서는 아이의 재능을 찾아 키워주라고 말하고 있다. 아이에게 이것저것 간섭하며 뒤꽁무니를 따라다니면서 무언가를 시키고 강요하라는 얘기가 아니다. 그저 아이에게 다양한 기회를 주고, 내 아이가 무엇에 관심을 보이며, 어떤 것에 흥분하며 떠들어대는지 면밀히 관찰하여 부모가 반응해 주라는 것이다. 하지만 이것이 얼마나 어려운 일인지 부모라면 알 것이다.

아직 아이가 어려서 재능이라고 생각되는 어떤 모습을 찾아볼 수 없는 나로서는 그저 기다리는 시간들로 채워지고 있지만, 아이가 커갈수록 엄마의 마음은 초조해진다. 그런 마음을 들키지 않으려고 태연한 듯하지만, 어느 순간 또 아이 앞에 이것저것 기회를 준답시고 펼쳐놓는 엄마가 된다. 그것들 속으로 아이를 억지로 밀어넣고 있다는 생각이 들 때면, 도대체 어느 선까지 개입해 주는 것이 부모의 역할인지 궁금할 때가 한두 번이 아니다. 정말 속 시원한 처방을 누군가가 내려주었으면 하는 바람이 생긴다. 마냥 기다릴 수도 없고, 그렇다고 엄마의 욕심대로 이끌 수도 없으니 답답할 때가 많다. 하지만 아이가 어릴 때는 좀처럼 보이지 않던 재능들이 뒤늦게 피어나는 경우도 있고, 지나친 간섭이나 무관심으로 아예 피지도 못한 채 시들어 버리는 경우도 있다는 것을 생각하며 조급한 마음을 달래 본다. 그래서 아이가 어릴 때는 아이가 좋아하고, 원하는 것들에 마음껏 최대한 노출될 수 있는 기회를 주어야겠다고 생각했다. 때론 아이가 버겁다고 느낄 수도 있고, 전혀 관심을 보이지 않는 영역도 있을 수 있으며, 흥미와 관심을 보였지만 시간이 흐를수록 어려워하거나 시큰둥해지는 것들도 있을 수 있다. 다 잘할 순 없으니까. 그럴 땐 강요보다는 기다림이 우선이다.

나는 아이가 피아노에 관심을 보여 일주일에 한 번 놀이처럼 배울 수 있는 기회를 주었다. 하지만 시간이 흐를수록 아이는 재미없다는 얘기를 자주 했고, 피아노 대신 우쿨렐레를 해볼 기회도 주었지만 아이는 배우고 싶지 않다고 했다. 그래서 아이가 원할 땐 언제든지 다시 할 수 있다는 얘기를 해주고 멈췄다. 그런데 아이가 관심을 보여 시작한 한자는 1년이 넘도록 지속하고 있다. 중간중간 급수시험에 응시하며 성취감을 느끼더니 5급까지 한자를 익혔다. 초등학교 1학년 아이가 4급까지 계속 얘기하는 걸 보면 기특해진다. 그런데 어느 날 친구가 방과 후 수업으로 중국어를 하는데 자신도 해보고 싶다는 얘기를 꺼내서 아이에게 또 기회를 주려고 한다. 엄마가 간절히 바라는 악기교육은 아니지만, 아이가 좋아하는 것에 우선순위를 두고 있다. 재능은 분명 타고나는 부분도 크다. 나는 아이들을 가르치면서 공부도 재능이라는 생각을 수없이 해왔다. 노력만으로 안되는 아이들을 만나기도 했고, 어릴 때 부모의 남다른 교육방법 덕분에 시간이 갈수록 빛을 내는 아이도 있었으며, 아이 스스로 배우는 것을 좋아하고 욕심이 있어서 뭐든 시키지 않아도 스스로 계획하고 즐기는 아이도 보아왔다. 그런데 이 모든 아이들이 나에게 보여준 모습들은 어떤 경우든 타고난 것만으로는 안된다는 사실이다. 재능을 발견해 키워가는 아이들의 부모들은 대부분 끊임없이 자신의 아이들을 잘 관찰한 후 직접 경험해 볼 수 있는 많은 기회들을 만들어 주고 있었다.

또한 다양한 책들을 통해 아이들에게 간접경험도 충분히 제공해왔다는 것을 알 수 있었다. 결국 아이의 재능을 찾아주는 데는 부모의 역할이 크고 중요하다는 생각이 들었다. 공부와 성적만을 위한 교육은 그저 평균적인 아이로 키워낼 뿐이다. 모든 과목을 잘하는 아이보다 특별히 잘하는 과목이 눈에 띄는 아이는 오히려 잠재 가능성이 높은 영역을 찾아내기가 더욱 쉽다. 부모의 선입견, 비교하려는 마음, 욕심만 버리면 아이의 남다른 부분이 서서히 눈에 보이기 시작할 것이다. 정말 아이가 좋아하는 것조차 없다면 싫어하지 않는 일에 새로움을 더하면 된다. 싫어하는데 꼭 시키고 싶다면 그것에 좋아함을 더해 보자.

우리 아이는 정말 그림 그리는 것을 좋아하지 않았다. 온갖 종류의 미술도구들과 색칠공부 책들을 앞에 두어도 관심이 없었다. 그런데 아이가 최근 푹 빠져서 보던 유튜브 속 캐릭터들을 활용해 관심을 이끌어 냈다.

엄마 눈엔 온통 귀신 캐릭터들이 등장하는 그 영상이 맘에 들지는 않았지만, 아이와 함께 해당 캐릭터 색칠놀이 책을 구입해서 색칠놀이를 하고, 영상을 보며 따라 그리기도 하고, 도안을 출력해 색칠한 후 가위질을 하는 등 아주 다양한 놀이를 즐겼다.

캐릭터를 코팅해 인형극 놀이도 하고, 함께 주제곡도 부르며 푹 빠져보기도 했다. 이후 아이는 한동안 만화 캐릭터 그리기에 빠져 있었고, 나름 이런 덕질을 통해 좋아하지도, 흥미도 없었던 그리기에 관심을 보였다. 결국 '시간여행'이라는 주제로 시행된 도내 그리기 대회에 자신도 참여하고 싶다는 의사까지 밝혀 엄마인 나를 놀라게 했다. 주제에 맞게 평소 그리던 만화 속 귀신 캐릭터와 함께 우주 놀이터에서 함께 놀고 있는 자신의 모습을 그려 제출했다.

결과에 상관없이 아이가 싫어하던 것에 좋아하는 요소를 추가하니 또 다른 기회를 만들어 줄 수 있었다. 지금은 해당 캐릭터를 이용한 학습서들로 사자성어, 속담 익히기, 수수께끼 놀이는 물론 글쓰기까지 시도하고 있다. 아이가 무엇을 좋아하는지 발견했다면 이제 훈련하고 지속하기만 하면 된다. 싫어했던 일이지만 좋아하는 일들을 포함시켜 흥미를 이끌어 내었다면, 그래서 새롭게 좋아할 수 있는 영역이 개발되었다면 이제 부모의 열렬한 지지와 후원만이 남았다. 이것이 맞는 방법인지는 모르겠지만, 적어도 아이가 할 수 있는 영역들을 넓혀주고, 적어도 자신이 무얼 못한다는 생각은 가지지 않도록 도울 수는 있었다. 그리고 기대해 본다. 수많은 자기계발서에서 말하듯, 좋아하는 것이 재능이 된다면 아이가 더 많은 것들을 좋아해 다양한 재능으로 키워주기를… 그것을 위해 아이가 좋아할 만한 경험들을 많이 가질 수 있도록 기회를 주며 노력하는 엄마가 되어야겠다고 다짐해 본다.

아이가 좋아하는 일은 그 아이 안에 그것을 재능으로 키워낼 수 있는 잠재력이 숨어있다는 뜻이다. 작은 노력으로도 남들보다 앞설 수 있다는 뜻이다. 꼭 직업과 연관 짓고, 밥벌이 도구와 연관 지어저 하고 싶은 일을 막아서는 안될 일이다. 결국 부모가 바라는 것은 아이의 행복이지 않은가?

내 아이가 무엇을 하고 있을 때 가장 행복할 수 있을지를 생각해 보자. 싫은 일을 억지로 하면서 살면 아무리 돈을 많이 벌고 성공했다 하더라도 후회가 남는다. 결국 엄마가 그랬던 것처럼, 뒤늦은 나이에 진로를 고민하느라 혹독한 시간의 대가를 내 아이만큼은 치르지 않았으면 좋겠다. 그러기 위해 엄마의 가슴이 시키는 일이 아닌,

세상의 눈치가 시키는 일이 아닌, 아이의 가슴을 뛰게 하는 좋아하는 일을 찾아주고자 노력하는 엄마이고 싶다.

좋아하는 것에 초점을 맞추고 잘한다는 칭찬을 아끼지 않으며, 부족한 부분을 함께 채워가는 엄마, 엄마의 선택보다 아이가 선택할 수 있는 기회와 환경을 만들어 줄 수 있는 그런 엄마가 되기 위해 오늘도 엄마인 나는 내 아이가 필(feel)이 꽂힌 일이 어떤 것인지 세심하게 관찰하고 있다. 오로지 내 아이의 행복을 위해!

엄마와 아이가
함께 만든 루틴

엄마도 처음인데 늦된 아이를 키우려니 참으로 버거웠다. 언어가 늦된 아이는 더욱 신경 쓸 것들이 많았다. 그렇다 보니 자연스레 유난스럽고 예민한 엄마가 되어가고 있었다. 아이의 마음과 욕구를 읽어내기 위해 또래 엄마들보다 더 촉을 세워야 했다. 특히 사람들이 많고, 아이들이 많은 공간에서는 아이에게 눈을 떼지 못할 정도였다. 혹시라도 곤란한 상황이 되면 의사표현이 자유롭지 못한 아이의 대변인 역할까지 해야 했기 때문이다.

단 몇 시간 놀이터에서 놀고 오는데도 너무 아이에게 집중한 나머지 두통이 생기는 날도 있었다. 말 늦은 아이의 어설픈 표현과 울음과 떼쓰기 속에서 엄마의 온 감각기관을 동원해 아이의 욕구를 추측해 내는 일은 정말 만만치 않은 일이다. 그런데 생각해 보니 제대로 의사표현을 할 수 없는 아이도 자신의 욕구를, 마음을 엄마에게 전하기 위해 자신의 모든 감각들을 총동원하는 모습이 보였다.

어느 순간 그 모습을 마음으로 읽게 되었고, 그런 아이가 한없이 안쓰럽기 시작했다. 또래 아이들처럼 한마디면 될 것을, 진땀을 흘리며 혹시라도 엄마가 화를 낼까? 불안한 눈빛까지 보내며 말을 건네 올 때는 마음이 너무 아팠다. 그렇게 어눌한 말 때문에 스스로도 진을 빼고, 엄마도 진이 빠진 날의 외출은 마음이 더 힘든 날이 되었다. 그렇게 집에 돌아오면 나와 아이는 침묵이라는 가장 빛나는 언어로 서로를 꼭 껴안았다. 그리고 음악을 듣기도 하고, 서로의 몸을 마사지해 주기도 하면서 가장 따뜻하고 가치 있는 사랑의 눈빛을, 사랑의 몸짓을 나누다 잠이 들곤 했다.

잠이 깨어 옆에 잠들어 있는 아이를 바라볼 때는 그냥 눈물이 나는 날도 많았다. 그런 아이를 돕기 위해서라도 엄마는 좀 더 강해져야 했다. 아이를 향한 마음은 더욱 뜨겁게, 아이에게 내뱉는 말과 눈빛은 세상 가장 따뜻하게, 하지만 아이를 돕고자 하는, 변화시키고자 하는 엄마의 마음은 더욱 강하고 독해져야 했다.

나는 아이를 성장시킬 수 있는 방법들을 하나씩 찾아가고, 그것을 우리의 하루에 적용하면서 자연스럽게 아이와 함께 만들어지는 루틴들이 생겼다. 엄마의 루틴, 아이의 루틴, 그리고 우리가 함께하는 루틴들이 생겨나면서 서로 더 많이 성장하고 있음을 실감하는 날들이 많았다. 오래간만에 아이를 만난 지인들이나 가족들은 모두들 딸아이의 변화를 한눈에 알아보기 시작했다. 클수록 좋아지는

데, 엄마가 그동안 걱정이 많았다며 시간의 힘으로 딸아이의 언어 발달과 모습이 자연스레 좋아진 것으로 생각했다. 그저 웃음으로 넘겼지만, 아이와 나는 알고 있다. 자연스러운 시간의 힘과 우리만의 피나는 노력이 더해져 우리는 조용히 성장하고 있었음을… 그리고 그 성장 뒤에는 엄마와 아이가 함께 성장하도록 했던 힘, '루틴의 힘'이 있었음을… 매일매일 작은 성공 벽돌을 하나씩 쌓아가는 '루틴의 힘'은 대단했다.

나는 '아침 독서'를 통해 이미 그것을 알고 있었지만, 아이와 함께하는 엄마와 아이의 루틴은 또 다른 결과물들을 낼 수 있다는 사실을 깨닫게 되면서 더욱 힘을 썼다. 물론 의사표현, 감정표현이 안 되는 아이와 이것저것 시도하려니 아이와 실랑이를 벌이는 날도 있고, 꾸준함이 따라주지 못한 일들도 있고, 슬럼프가 찾아와 발목을 붙들 때도 있었지만, 우리는 지금껏 잘해 오고 있다. 엄마만 지치지 않으면 된다. 엄마의 감정만 오락가락하지 않으면 된다. 그러면 아이는 어느 정도 잘 따라온다.

만약 아이가 따라주지 않는다면 그것들에는 참 많은 이유가 있었음을 나는 뒤늦게 깨달았다. 그중 가장 큰 이유는 역시 아이의 의사와 상관없는 엄마의 강요나 설득 때문이었다. 아무리 엄마의 성에 차지 않는 것들이라도 아이가 공감할 수 있도록 아이의 의견을 들으며 조율하려는 지혜가 필요함을 깨달았다. 엄마의 요령이 절실히 필요한 작업이 바로 엄마와 아이가 함께 만드는 루틴이다.

루틴의 힘은 수많은 성공한 사람들의 일상에서도 많이 엿볼 수 있다. 자신만의 루틴을 가지고 있는 사람들은 자신의 삶에 주도적이다. 무엇을 해야 할지 고민하고 망설이는 시간에 자신이 원하는 일들을 하나씩 완성해 가는 사람들이다.

루틴 그 자체가 주는 힘을 이미 경험한 사람들은 그것을 믿는 힘이 대단하다. 작가 무라카미 하루키는 달리기를 하는 작가로 유명하다. 그는 새벽 5시부터 오전 10시까지는 글을 쓰고, 낮 시간은 날마다 10킬로미터를 달리는 루틴을 가지고 있다. 자신만의 규칙적인 루틴 덕분에 그는 하루를 알차게 채웠고, 훌륭한 작품들을 남기고 있는지도 모른다. 뭐든 작심삼일에 끝이 났던 나에게도 몇 가지 루틴이 만들어지면서 삶의 변화를 경험했고, 워킹 맘으로 살림과 육아에서도 루틴의 힘은 엄마의 에너지를 덜어주는 고마운 힘이 되었다.

이른 아침시간에 눈을 뜨자마자 짧은 기도를 하고, 쌀을 씻어 밥을 올리고, 아이가 먹을 아침식사와 과일을 간단히 준비하고, 책 읽기를 시작한다. 1시간~2시간가량 독서와 글쓰기가 끝나면 20분 정도 간단한 스트레칭을 한 다음 아이를 깨우고, 입을 옷과 아침에 볼 수 있는 영상이나 책을 챙겨주고 씻으러 들어간다. 아이에게 아침식사를 차려주고, 아이가 밥 먹는 동안 아이 옆에 앉아 화장을 하며 간단한 얘기를 나눈다. 모든 준비가 끝나면 아이를 등교시키고,

오전 시간에 처리해야 될 업무나 하고 싶은 엄마만의 시간과 활동들을 한다. 그리고 점심을 먹고 출근을 한다. 아이가 초등학교에 들어가면서부터 거의 변화가 없는 나의 오전 일상이다. 아이가 등교하고 특별한 일이 없는 오전에는 주 2~3회 한 시간가량 걷기를 하기도 했다. 그래서 한동안 아침운동이 루틴이 되어 늦된 아이를 키우는 엄마, 워킹 맘으로 살면서 챙기지 못한 나 자신에 대한 부정적인 감정들을 쫓아낼 수 있는 힘을 얻기도 했다.

아침 독서와 글쓰기가 루틴이 되면서는 내면이 단단해지는 내공을 갖게 되는 것 같다. 읽는 책의 분야가 넓혀지고, 관심분야가 생기고, 배우고 싶은 것들을 배워가고, 글쓰기 훈련을 하면서 멋진 인생 적금통장에 작은 성공의 기쁨을 아침마다 적립하는 기분이다. 아침 몇 시간에 이루어지는 그 일들을 통해서 육아에 지치고, 일에지쳐 사사건건 신경질로 짜증을 내며 뾰족했던 날들을 과감히 정리할 수 있었다.

요즘은 뭔가 시도해 보고 싶고, 집중해서 끝내 보고 싶은 일들이생기면 일단 하루의 루틴이 될 수 있도록 시간을 계획한다. 내가 그동안 독서를 할 때 사용했던 독서 학기제처럼 특정 기간을 정해 두고 그 일에 대한 결과물을 가지려 시도한다. 예를 들면, 12주 50권읽기 인증, 12주 영어회화 100개 대화문 암기, 하루 30분 8주 한 시간 걷기 운동 완성 등 나름의 기한과 할 일을 정해 실천하고 있다. 물론 모든 것을 완벽히 끝내지 못할 때도 많지만, 적어도 멈추지 않고 움직이고 시도하는 나를 만나는 것만으로도 뿌듯하다. 아이와도 마찬가지다. 보통의 엄마들보다 나는 아이와 해야 될 일들이 많았다. 때가 되면 자연스럽게 이루어지는 성장과 발달이 더딘 아이를 키우려니 생각지도 못한 활동들과 남다른 육아를 위한 설루션들이 정말 많이 필요하고 이루어져야 했다. 그래서 아이와 함께하는 짧은 오후 시간, 퇴근 후 시간, 주말 시간들을 때마다 다양한 활동들로 채우며 우리만의 루틴을 만들어 지내왔다. 우리는 그것을 '최선 마라톤'이라고 부른다. 그렇게 아이와 시도하고 완성해 가는 것들이 시간이 갈수록 점점 쌓여가기 시작했고, 이제는 아이도 자연스러운 습관이 되어가고 있다.

이동하는 차 안에서조차도 아이는 자연스레 한자카드를 꺼내고, 나는 영어 동요나 한국어 동요, 오디오북 등을 틀어 놓게 된다. 아이의 발음 교정과 언어를 위해 시작했던 활동이었는데, 어느새 습관처럼 이루어지고 있다. 잠들기 전에 동화책 2권 읽기, 하루에 영어단어 5개 알려주기, 영어동화책 2권 읽어 주기, 주제 글쓰기, 소리 내어 짧은 글 낭독하며 말하기 연습하기, 한자 5개씩 익히기, 쉬운 논술 책으로 생각하는 훈련과 어휘력 익히기, 중국어 동요까지 정말 다양한 것들을 요일별로 바꿔가며 아이와 엄마의 요일별 루틴을 만들어 왔다.

아이와 함께 무언가를 지속하기 위해서는 엄마의 치밀함과 인내심이 좀 더 필요하다. 가끔 실천하지 못한 날들을 돌아보면 예외 없이 엄마의 게으름이나 바쁨이 있었을 뿐이었다. 나는 아이와 엄마가 함께 만드는 루틴에는 반드시 아이의 의사를 가장 먼저 생각하려고 노력했다. 오늘 해야 될 양을 채우는 것이 우선이지, 질을 높이려고 아이를 다그치는 일도 하지 않았다. 그래서 엄마의 질문이나 테스트 확인 같은 것은 거의 이루어지지 않았다. 단 10분도 걸리지 않는 작은 활동들도 많았지만, 아이가 약속한 양만 채우면 일단 크게 칭찬했고, 아이가 해야 될 일의 목록의 마지막에는 항상 '실컷 놀기'를 추가시켜 주었다.

어쩌면 아이는 그 마지막 항목을 향해 자신에게 주어진 일들을 했는지도 모른다. 그래서 가끔은 너무 대충 하는 게 보이기도 했지만, 어찌 되었든 어린아이에게는 작은 성취감을 맛보는 경험이 더 중요하다고 생각했기 때문에 칭찬을 아끼지 않았다. 엄마가 처음 책을 읽을 때 그 내용을 이해하지 못해도, 독서량을 채우며 독서습관을 만든 것처럼, 내 아이도 분명 그럴 것이다. 자신이 완성해 가는 하루의 루틴 속에서 느끼는 성취감으로 조금씩 성장해 갈 것이라고 확신한다. 내 아이가 스스로 매일 적립해 가는 작은 성공의 기쁨으로 나는 더 많은 것들을 꿈꾸는 아이가 될 거라 믿는다.

누군가는 말할지도 모른다. 그런 루틴 속에서 살면 아이가 너무 숨 막히지 않겠냐고? 그것은 아이와 함께하는 엄마의 자세나 방법에 따라 달라질 수 있다고 생각한다. 아이를 엄마의 욕심으로 몰아붙이고, 평가하고, 판단하고, 지적한다면 숨이 막힐 수도 있다. 하지만 다그침 없이, 재촉하지 않고 아이가 주어진 것들을 해낼 때마다 엄마가 보내주는 자랑스러운 눈빛, 따뜻한 응원과 칭찬이 있다면 아이는 오히려 '자기 통제력'을 키우고, '자기 주도력'을 키우면서 성장할 수 있다. 하루 종일 집에서 무엇을 해야 할지 몰라 방황하는 아이들, 마땅히 할 것이 없어서 습관처럼 휴대전화를 들여다보고 있는 아이들, 그렇게 무계획적으로 방치된 아이들이 오히려 더 숨이 막힐지도 모른다. 부모의 무관심과 방치, 방관으로 생기는 아이의 불안과 외로움, 슬픔, 공허함은 어디서, 어떻게 채워지겠는가? 아이에게 자유를 허락하는 것과 부모의 무관심을 착각해서는 안된다. 나도 아이가 다섯 살이 되고서야 그것을 깨달았다.

아무 생각 없이, 왜 휴대전화를 몇 시간씩 붙들고 있는지 자신도 모른 채, 흐릿해진 지친 눈으로 앉아있는 내 아이를 내 눈으로 확인하고 가슴으로 바라본 날, 나는 밤새 울었다. 그리고 그 시간들을 다시 되돌릴 수만 있으면 얼마나 좋을까? 수없이 생각했다. 바쁘다는 이유로, 육아에 지쳤다는 이유로 쉬는 날이면 종일 TV 앞에 어린아이를 앉혀두곤 했다. 수시로 작은 아이의 손에 휴대전화를 쥐어 주기도 했다. 지금 생각해도 아찔하다. 조금 더 늦게 정신을 차렸다면 나는 돌이킬 수 없을지도 모를 만큼 미디어에 중독된 아이를 키우는 엄마가 되었을 것이다.

스스로 계획표를 실천하며 직접 기록하는 '자기 돌봄'과 '자기 돌아봄'이 되는 아이들은 그 안에서 편안함을 느끼는 경험을 하게 되고, 성취감과 함께 찾아오는 휴식 속에서 진정한 자유로움을 경험하게 될 것이라 생각한다. 맞벌이가 많은 요즘 세상에 소리라도 꽥 질러주는 엄마의 관심이 오히려 아이에게는 정서적인 안정을 느끼게 해주지 않을까? 매일 이루어지는 루틴 속에서, 눈에 보이는 몇 가지 규칙 속에서, 정해진 타임테이블 속에서 아이는 숨이 막히는 것이 아니라 숨통이 트이는 경험을 할지도 모른다.

엄마의 관심과 통제가 사랑인지, 권위적인 엄마의 욕심인지, 엄마의 마음을 아이만큼 잘 느끼고, 아이만큼 정확하게 아는 사람도 없을 테니 말이다. 몇 시간째 글쓰기에 집중하고 있는 엄마에게 슬쩍 고개를 돌린다. 그리고 그 시간 동안 게임과 유튜브에 빠져있던 아이는 내게 다가와 묻는다.

"엄마, 이제 나도 책 좀 읽어볼까?" 아이의 그 질문 속에서 나는 여러 가지 마음을 느끼게 된다. "엄마, 나에게 관심 좀 가져주세요.", "엄마, 내가 게임을 너무 많이 한 것 같아요." 이런 마음이지 않았을까? 아이는 스스로 안다. 자신이 어떤 타이밍에 멈춰야 하는지…
하지만 어떤 루틴도 가져보지 못한 아이, 제대로 된 통제를 받아보
지 못한 아이는 스스로 멈춰야 하는 때를 알지 못한다. 아이에게 통
제가 없다면 불안한 마음이 자리하기도 하고, 관심받고 싶어 하는
욕구도 더욱 커질 수 있다. 그래서 아이에게 자신만의 루틴을 완성
해 가고, 때가 되면 스스로 만들 수 있도록 엄마는 도와주어야 한
다. 그것이 엄마와 아이가 함께 성장하고 서로의 삶을 응원해 가는
멋진 루틴이다.

학년이 바뀌면 곧 소멸될 관계,
그 불안의 모임에서

아이가 여섯 살이 되어 초등학교 병설유치원에 가게 되었다. 그리고 생애 처음으로 '엄마들 모임'이라는 아주 낯설지만, 무척 궁금했던 그 모임에 가게 되었다. 처음이라는 설렘으로 기다리며, 엄마들 모임에 입고 갈 마땅한 옷을 고르는 일부터 고민이 되었다.

차려입지 않은 듯 세련되어야 하고, 과하지 않은 듯 액세서리도 세팅해야 한다. 그렇게 나간 엄마들 모임. 아이 이름이 호칭이 되어 대화가 시작되니 서로 친해지려는 엄마들의 수다는 거의 방언이 터진 듯했다. 선생님 이야기부터 교육정보까지. 두 시간 정도 앉아 있었던 그 첫 모임에서 기억에 남는 대화는 하나도 없고, 진이 빠졌다. 그런데 함께한 엄마들은 모두 지친 기색 없이 활기가 있고 어딘가 대화를 이끌어 가는 것이 노련해 보였다.

나를 제외한 모든 엄마들은 이미 초등학교에 다니는 큰 아이들이 있었기에 이런 모임이 처음이 아니었던 것이다. 그렇게 영혼 없는 리액션과 기억도 나지 않는 시시콜콜한 이야기들을 나누고, 어느 정도 누구 엄마라는 존재감을 드러내고 모임은 끝났다.

하지만 진짜 모임은 그때부터 시작이었다. 엄마가 되고, 학부모가 된 이상, 모임은 결코 한 번으로 끝나지 않았다. 서로의 연락처를 주고받았으니 몇몇 엄마들끼리 소모임이 만들어졌다. 아이가 초등학생이 되면서부터는 적어도 1년에 2~3번은 공식적인 반 모임도 생겼다. 나는 혹시나 내가 모르는 아이의 학교생활과 학급 생활이 궁금해서 나가게 되는 엄마들 소모임도 갖게 되었다. 그리고 지금껏 엄마들 모임에 참여해 마음이 심하게 상해본 경험은 없었다.

하지만 작은 오해들로, 서로의 험담으로, 아이들간의 부딪힘으로 엄마들 모임에서 상처 받는 엄마들은 종종 봐왔다. 그런 일로 내게 상담을 요청한 엄마도 있었고, 아이가 이미 고학년이 되었지만, 저학년 때 감정이 상한 엄마와 원수처럼 지내는 엄마도 있었다.

입시학원을 운영하면서 다양한 엄마들을 만나기도 하고, 다양한 이야기들을 듣기도 하지만, 이런 인간적인 관계는 나에게도 너무 어렵기에 큰 도움이 되어드리지는 못한다. 다만 열심히 들어주고, 내가 건넬 수 있는 최고의 마음 위로를 건네드리려고 한다. 그 이상 도움을 드릴 수 없는 것이 솔직한 심정이다. 아이와 얽힌 관계는 엄마 자신의 문제만이 아니기에, 그 복잡하고 힘든 마음이 어떨지 충분히 이해가 간다. 그리고 생각해 보았다. 과연 아이로 인해 만들어지게 되는 엄마 모임, 반 모임에서 마음이 상했다면 어떻게 해야 할까?

방법은 하나다. 엄마의 생각을, 마음을 고쳐먹는 것. 절대 그 누군가는 변하지 않는다. 그러니 이렇게 생각해 보자. 내 아이가 성장할 때마다, 반이 바뀔 때마다 소멸될 관계를 일시적으로 유지하기 위해 어떤 마음의 자세가 필요할까? 그렇게 맺게 되는 최소한의 인간관계에 자신의 감정선을 어디까지 둘 것인지, 그 유효기간은 얼마로 할 것인지 미리 생각해 보는 것이다.

마음이 맞지 않고, 불편함에도 불구하고 분명 감당해야 할 아주 길지 않은 시간이 필요하긴 하다. 하지만 그 관계 속에 너무 오래 묻혀 있지는 말아야 한다. 아이는 2학년 2반, 3학년 3반이 되었는데, 엄마는 여전히 1학년 1반에 머물며 그때 상했던 감정을 스스로 되살리며 관계의 어려움 속에서 지낼 수는 없지 않은가? 학급수가 많은 학교라면 더 빠른 속도로 소멸될 관계다. 엄마들 반 모임, 그 불안의 모임 때문에 쓸데없는 감정 낭비, 시간 낭비는 하지 말아야겠다. 마음이 불편하면 안 나가면 그만이다.

'카더라' 정보 없이도 내 아이는 잘 큰다. 아이와 같은 반이어서 엄마들끼리 친구가 되는 건 아이가 어려서 스스로 자신에게 어울리는 친구 개념을 갖지 못했을 때, 그때로 족하다. 초등학교 2학년만 되어도 엄마들끼리 친하다고 해서 아이들이 서로 어울리는 것도 아니고, 아이는 이제 스스로 자신의 마음에 맞는 친구 찾기를 시작한다. 아이에게도 자신만의 친구 개념이 생기는 것이다. 그래서 엄마는 아이가 초등학생이 되어 학년이 올라가면서부터는 조금은 여유 있고 느슨하게 관계를 갖는 것도 괜찮다고 생각된다.

내 아이가 학교에서 소중한 친구로 우정을 쌓는 친구가 몇몇 있다면, 학교 공식적인 행사에 부모가 참여할 때 그 아이의 엄마들과 인사를 건네 보자. 연락처도 공유할 수 있다면 가끔 아이들이 학교가 아닌 공간에서 놀 수 있도록 기회를 주는 정도면 충분하다. 나는 늦된 아이를 학교에 보내다 보니 마음속에는 혹시라도 의사전달 과정에서 아이가 빠뜨리거나, 친구와의 소통에서 문제가 생겼을 때 도움 받을 수 있는 친구가 있었으면 했다. 아니, 절실했었다.

실제로 그런 도움을 줄 친구 한두 명 정도의 엄마와 연락처를 교환하니, 아이의 학교생활이 궁금하거나 아이의 학교생활에 약간의 삐걱거림이 생겼을 때, 또 아이가 준비할 준비물들을 놓쳤을 때 도움을 청할 수 있어 힘이 되었다. 반 모든 친구 엄마들과 소통할 필요도 없고, 매번 모임에 참석해야 될 이유는 더더욱 없다. 길어야 1년이면 공유가치가 없어질 정보들을 놓칠까 봐 걱정되어 불편함을 감수하면서까지, 시간을 쪼개면서까지 참석해야 될 학부모 모임은 없다. 스스로 외로워지고, 마음이 상하고 위축되어 불편해지는 모임이라면 나가지 않는 것이 낫다.

그러나 마음이 잘 맞고, 서로의 인생관이나 아이에 대한 비슷한 교육관을 가진 엄마들의 모임이라면 괜찮다. 함께하고 뒤돌아섰을 때 즐거움이 남거나 무슨 말을 하고 와도 불안하지 않으며, 때론 나에게 롤모델이 되어 주는 엄마들이 있는 모임이라면 그런 모임은 환영이다. 나에게도 그런 모임이 있다.

아이가 여섯 살 때 만난 유치원 엄마들 모임이다. 벌써 햇수로 3년을 넘게 얼굴을 보고 있다. 해가 갈수록 편한 친구가 되어 함께 악기도 배우는 엄마들도 있고, 한 달에 한 번 정기적인 모임도 갖고 있다. 아이들과 엄마들이 단체로 모여 하루를 보내기도 하고, 우리들만의 운동회를 가지기도 했다. 이제 여행도 계획할 만큼 친분이 두텁다. 최소한 몇 년은 함께할 수 있는 꽤 긴 유효기간이 보장되는 엄마모임이다.

엄마인 나도, 내 아이도 그리고 그들도 함께 울고 웃으며 성장하는 엄마모임이 되어가고 있다. 결코 지극히 사적인 영역들을 침범하지 않으면서 적정한 안전거리를 두되, 결코 따뜻한 마음의 거리를 접을 수 없는 모임이 되어가고 있다. 어떤 인간관계든 그렇겠지만, 누구 한 사람만의 노력으로는 결코 될 수 없다. 늘 솔선수범해 모임을 진행하는 사람이 있는가 하면, 자신의 주머니를 기꺼이 털어 커피 한 잔이라도 대접하고자 하는 마음이 있기에 가능하다. 작지만 모임에 나올 때 양말 한 켤레라도, 마스크 한 장이라도, 시골에서 올라온 농산물이며 집에서 직접 만든 누룽지에, 꽈배기 같은 간식까지 들고 나오려는 그들의 마음을 만날 때마다 나는 가슴이 뭉클하다.

한번은 이런 일도 있었다. 어느 가을날 날씨가 너무 좋아서 아이들과 밖에서 한 번 놀자는 누군가의 제의에 우리만의 '가을운동회'가 개최되었다. 공원 운동장에 도착했을 때 나는 너무 놀랐다. 회비 2만 원으로 준비했다고 하기에는 너무 엄청난 스케일이었다. 엄마 9명, 아이 20명으로 구성된 모임 자체가 만만치 않은데, 한 엄마는 아르바이트를 했다며 피자를 주문해 왔고, 어떤 엄마는 큰 귤 박스를 들고 왔으며, 가게를 운영하는 엄마들은 자신의 가게에서 아이들 먹을 것, 아이들 선물까지 준비해 왔다.

놀라운 것은 작은 운동회 상품으로 나눠주고 싶다며 집에 가지고 있던 각종 그릇세트들을 들고 나온 엄마도 있었다. 집집마다 아이들 놀이도구들까지 바리바리. 10월이었으니 아이들 핼러윈 파티를 위한 선물들이 우승 상품으로 준비되었고, 회비로 마련된 음식들과 간식들은 하루 종일 먹고도 남았다. 집에 돌아올 땐 양손 가득한 선물 보따리를 끙끙거리며 가져올 정도였다. 나는 그날 좋은 사람들의 모임이 기적의 마음을 만들 수 있다는 생각이 들었다. 그래서 그들에게 나도 좋은 사람이 되어 주고 싶다는 소망을 갖게 되었다. 그들에게 도움이 되는 사람이 되고 싶어졌다. 아이를 위한 일이라 생각했지만, 엄마들 각자의 노력은 결국 엄마들도 성장시키고 있었다. 지금도 만남을 유지하며 나보다 나이도 어린 엄마들의 마음 씀씀이에 어찌나 부끄러울 때가 많은지, 얼마나 감사할 때가 많은지… 돌아와 쉼 없이 남편에게 자랑했다.

그렇다면 아이를 키우면서 한 번쯤은 경험할 수 있는 엄마모임, 어떻게 지속 여부를 판단할 수 있을까? 이미 답은 나왔다. 엄마가 즐겁게 나가야 할 모임과 절대로 가지 말아야 할 모임은 정해졌다. 나에게 그 기준은 집으로 돌아왔을 때 그곳에서 받은 좋은 에너지 덕분에 힘이 나는 것이다. 에너지를 넘치도록 충전하고 온 기분이 든다면 오케이다. 엄마인 나 자신도 기분 좋고, 이유 없이 함께 살고 있는 남편에게도 한없이 고맙고, 내 아이가 너무 사랑스러워서 더 많이 사랑을 퍼부어 주고 싶은 그런 사람들과 함께한 모임. 그 모임은 틀림없다. 그들과 함께한 시간은 엄마 자신을 좀 더 성장시키는 시간이 되었음이 확실하니까.

자신에게서 좋은 것들을 찾아 이끌어 주고, 부족한 부분은 채워 주려는 격려와 위로가 한가득인 그런 모임이었을 테니까. 아무 말

대잔치 같은 엄마들의 수다 속에서도 분명 배울 것들이 많이 있고, 스스로 고민했던 부분들에 실마리를 찾을 때가 있다. 그런 모임에서 엄마는 성장할 수 있다. 하지만 집으로 돌아왔을 때 남편에게 눈을 흘기고, 존재 자체만으로도 귀한 내 새끼를 앉혀 놓고 먹히지도 않을 훈계나 잔소리를 늘어놓고 있다면, 이제 그 모임은 발길을 끊어야 한다. 또 언제나 이것을 가장 잘 알고 있는 사람은 '엄마 자신'이다. 그럼에도 이끌리듯 스스로 나가는 아무 모임에서 아무에게나 짓밟힌 그 감정의 쓰레기를 집으로 돌아와 내 귀한 사람들에게 버리는 엄마가 되어서야 되겠는가? 나도 수십 번 경험한 일이다. 이제는 즐거움을 주고, 에너지를 주는 그런 자리에서 나 또한 누군가에게 그런 역할을 해줄 수 있는 성숙한 엄마, 언니, 친구가 되어 주려고 한다. 늘 마음처럼 쉽지만은 않지만, 노력 중이다.

어떤 성격의 모임이든 결국 자신의 노력 없이 지속되는 관계는 유지하기 힘든 법이니까. 지금껏 경험한 학급 모임, 반 모임, 엄마들 소모임들을 모두 생각해 보았을 때 곧 소멸될 모임이라면 그 불안의 모임에서 자유로워지길 바란다. 만약 유효기간이 길어질 것 같은 모임이라면 함께 성장할 수 있는 모임이 되도록 자신부터 노력하면 된다. 이것이 슬기로운 엄마모임을 유지하는 방법이라고 생각한다. "당신을 만나는 모든 사람이 당신과 헤어질 때는 더 나아지고 더 행복해질 수 있도록 하라."는 테레사 수녀의 한마디를 가슴속에 담아본다.

엄마가 노력하는 동안
아이도 자기 세계를 넓혀간다

엄마가 되고 나니 생각하는 것, 바라보는 것, 나를 둘러싼 모든 것들이 점차적으로 변해 가고 있다. 육아로 인해 아무리 많은 것들이 변해 가더라도 엄마 스스로를 지켜낼 수 있는 한 가지 질문, '어떻게 살아갈 것인가?'라는 질문은 놓치지 않고 살아가는 엄마가 되었어야 했다. 하지만 엄마가 되면서 나는 '어떻게 살아갈 것인가?'라는 스스로를 위한 질문보다는 '어떻게 키울 것인가?'라는 질문 속에 파묻혀 살아온 것 같다. 삶의 모든 영역이 오로지 아이를 위한, 아이에 의한 삶으로 옮겨지고 있는 나를 발견했을 때는 더 이상 엄마 스스로를 성장시키려는 노력과 투자는 멈춰진 상태였다. 다시 가장 중요한 질문으로 돌아가야 했다.

'어떻게 키워야 할까?'를 고민하기 전에 '어떻게 살아야 할까?'를 먼저 고민하는 엄마가 되어야겠다고 결심했다. 그런 결심이 서자,

아이를 위해 무엇을 해줄지에 대한 생각들로 꽉 차 있던 머릿속에 드디어 엄마인 나를 위한 계획들이 하나씩 만들어지기 시작했다. 그리 거창한 것들도 아니었다. 마음만 있으면 잠깐이라도 언제든 시간을 낼 수 있는 것들부터 계획했다. 일주일에 하루, 한두 시간, 3개월이면 과정이 이수되는 것들까지 그동안 정말 하고 싶은 것들도, 배우고 싶은 것들도 참으로 많이 떠올랐다.

어떻게 참고 살았는지 모르겠다. 그렇게 '엄마의 버킷리스트 목록'이 점점 길어지고 있었다. 질문만 바꾸었을 뿐인데, 아이로부터 조금씩 자유로워지며 좀 더 아이를 주도적으로 키울 방법들을 더불어 생각하는 지혜까지 모아지기 시작했다.

아이 인생은 결국 아이가 살아내고, 감당해 내야 할 몫이 있는데, 엄마인 내가 대신 해주려고 했던 많은 것들이 떠올랐다. 더욱이 나는 늦된 아이 덕분에 다른 엄마들보다 좀 더 밀착 육아를 시도했던 시간들이 있었다. 그 시간들 속에 물론 얻은 것들도 많지만 엄마도, 아이도 아플 수밖에 없었던, 서로에게 상처가 되었던 많은 시행착오들도 함께 떠올랐다. 시간이 지나면서 희미해져 가는 기억이면 좋으련만, 자식 일에 대한 아픔과 모진 말들은 어찌 이리 엄마 가슴에 지워지지 않는 또렷한 흉터로 새겨지는지 알 수가 없다.

어찌 됐든 질문의 우선순위를 바꾸는 간단한 시도로 나는 다시 아이와 나의 큰 그림을 그리기 위한 시간이 필요했고, 그런 시간을 가지려고 노력했다. 그런데 막상 엄마의 성장을 위한 결심들을 실천하려고 하니 중대한 걸림돌들이 끊임없이 등장했다. 무언가 시간을 내어 배우려면 아이의 하교시간에 맞춰 끝내야 하는 일부터, 엄마를 위한 일에 들어가는 최소비용, 적절한 시간대, 남편의 협조 등 여러 가지 걸림돌들을 제거해야 했다. 그래서 종이 세 장을 준비해 세 가지 리스트를 만들었다. '나의 성장에 중대한 걸림돌이 되는 리스트', '나의 버킷리스트', '당장 실천 가능한 나만의 활동 리스트'. 이렇게 세 장의 종이가 설렘과 기대와 재미와 호기심으로 채워져 가고 있었다.

'어떻게 살 것인가?'라는 질문으로 시작된 결심으로, 여전히 엄마로 살아가지만 예전과는 많이 다른 엄마로 성장하고 있다.

시작은 이랬다. 엄마만의 '활동'을 찾아보자 마음먹었다. 우선 혼자서 할 수 있는 간단한 활동들을 생각해 보았다. 그런데 막상 찾아보려니 막막해진다. 지금껏 이런 시간을 진지하게 가져본 경험이 없으니 당연하겠지. 그래서 나만의 활동을 찾을 때 방법을 모르겠다면, 자신이 최근에 관심이 가는 키워드들을 한 번 쭉 써보는 거다. 그리고 실제로 몸을 움직여 한 번이라도 시도해 본 '활동'들로 범위를 좁혀 보자. 주의할 점도 있다. 그런 활동들을 떠올릴 때, 순간 '내가 어떻게?'라는 생각이 불쑥 고개를 내민다. 그럴 땐 무시해 버리려고 노력해야 한다. 그러면 생각보다 관심 가는 키워드들을 많이 찾아낼 수 있다. 예를 들면 육아, 건강, 다이어트, 독서, 글쓰기, 미용, 옷, 운동, 외국어, 여행, 영화, 유튜브, 유튜버 되기, 악기, 춤 등 쓰다 보니 엄청났다. 그것들 중에서 1~2가지를 선택해 나만의 방식으로, 나만의 활동으로 만들어 보자 결심했다. 내 식대로 꾸준히 하다 보면, 언젠가는 나만의 속도로 어떤 결과물을 보거나 만들어 낼 수 있지 않을까? 기대도 되었다. 어떤 것이든 한번 해보는 것이다. '독서'라면 책을 읽고, 블로그에 북리뷰를 남기거나, 소개하는 영상을 찍거나, 관련 강의를 찾아 듣거나 필사를 해도 좋다. 관심이 가는 활동이 여러 개인데 시간이 부족하다면, 저글링하듯 돌려가며 해도 좋고, 동시에 두 가지 활동을 하는 방법도 꽤 괜찮았다. 나는 늘 운동을 하고 싶었지만, 영어공부나 독서와 같은 다른 활동들에 우선되지 않아 미루기만 하고 있었다. 항상 기회가 되면 하겠다는 마음만 있었다. 하지만 그런 시간과 기회는 결코 오지 않았다. 그래서 한 시간 정도 빨리 걷기, 산책 시간에 영어 듣기를 하며 외국어 공부를 한다거나 오디오북을 듣기도 했다. 유튜브에서 제공되는 좋은 강연들은 집안일을 하면서 들으니 부족한 시간을 활용할 수 있었다.

이런 활동들이 몇 개로 정해지고, 그것들을 정해진 시간에 꾸준히 시도하다 보니 루틴으로 만들어졌고, 나의 하루 속에, 나의 삶속에 자리잡기 시작했다. 어느 순간 습관처럼 그것들을 지속할 힘이 생겼다. 지속할 힘이 생긴다는 것은 결국 자신이 좋아하는 일을 잘할 수 있는 일들로 만들 수 있는 가능성이 높은 것이다. 그렇게 나만의 작은 활동들이 모여 잠시 단절된 듯한 자신의 커리어를 새롭게 쌓아 가다 보면 멋진 기회들도 만날 것이라고 생각된다. 그래서 자신의 활동을 탐색하는 일은 결코 멈춰서는 안된다. 하루에 한 가지를 시도해 보는 것, 그것은 기적이다. 몇 년 동안 엄두도 내지 못한 일을 시작했다는 것만으로도 희망적인 시작이다. "늦었다고 생각할 때가 가장 빠른 때이다." 같은 진부한 표현이 아니더라도 내 삶에 해보고 싶었던 많은 일들이 '언젠가'에서 '지금'으로 옮겨졌다는 사실이 얼마나 대단한 일인가? 그것을 삶으로 옮겨오기까지 우린 또 얼마나 많은 갈등과 유혹 앞에 흔들렸겠는가?

'지금'은 언제나 옳다. '지금'은 결코 늦은 법이 없다. 하루에 한 번 한 가지씩 나를 위한 활동을 찾아 실행해 보자. 분명 스스로를 향한 마음의 변화가 곧 느껴질 것이다. 그런데 조금은 당황스러울 수도 있다. 분명 전에 느껴보지 못한 어떤 감정이 내 안에 생겨났는데, 확인할 길이 없기 때문이다. 다만 눈에 보이지 않고, 만져지지는 않지만, 배부른 듯한 포만감. 늘 비슷한 일상 같은데 왠지 허름하지 않은 내 모습이 느껴지는 그런 순간을 경험할 것이다. 그거면 충분하다. 이제 그런 하루가 습관으로 자리 잡으면 무엇을 할까 고민하지 않고 자신만의 마음의 동선과 삶의 동선을 갖게 된다.

매일 집에만 있던 집순이라 하더라도 마음만 먹으면 언제든지 자신의 활동을 자유자재로 바꾸어 가며 자신의 삶을 돌보게 된다. 엄마가 행복하니 집안의 분위기가 살고, 아내로서, 엄마로서 좀 더 좋은 사람이 된 것 같은 기분은 덤이다.

자신이 하고 싶은 일을 우선순위에 둔 사람은 다른 많은 일들 중에 하나를 하지 않더라도 그것은 꼭 하게 된다. 매일 책을 읽어야겠다고 생각했더니 자투리 시간을 이용해서라도 읽게 된다. 어떤 일이든 시작이 어렵지, 일단 시작하면 좋아하는 일들은 어느 순간 자신의 우선순위가 된다. 그리고 발을 들여놓은 이상 빼기 힘들 때까지 지속하면 된다. 그렇게 자신에게 즐거움을 주는 활동에 세월과 노력이 더해지면 그때부터는 자신의 인생길이 만들어짐을 느끼게 될 것이다. 나는 그랬다. 매일 읽고, 매일 무엇이든 쓰다 보니, 이제는 평생 하고 싶은 일들을 몇 가지 찾게 되었다. 그것으로 인해 나이가 들어도 혼자 있는 시간을 지루하지 않게 보낼 수 있을 것 같은 생각이 든다. 그리고 나는 확신한다. 아이를 키우며 엄마의 '육아'라는 삶의 굵은 한 부분을 지나오면서 엄마 스스로 치열하게 만들어 낸 그 인생길은 디디면 디딜수록 넓어지고 다져질 것이다.

분명 즐거운 미래로 가는 자신만의 휴식처 같은 산책로를 내어 줄 것이다. 그 길은 엄마의 멋진 꿈을 이룰 수 있는 길이다. 그 길이

편해질 때까지 자신의 길을 만들어 보자. 나는 그렇게 엄마로 살며 작가가 되고, 강연하는 엄마가 되어가고 있다. 정말 상상조차 해보지 못했지만, 엄마의 세계가 점점 넓혀지고 있다. 그리고 엄마인 내가 나만의 작은 활동으로 꿈을 찾아가는 그 과정을 제일 가까이에서 지켜보고 있던 한 사람이 있었다.

그건 바로 내 아이였다. 아이는 엄마가 책을 읽으면 책에 대해 궁금해했고, 글을 쓰는 엄마를 보면서 자신도 작가가 되고 싶다고 말한다. 엄마의 꿈이 놓인 길목마다 아이의 꿈이 되는 보물 찾기가 시작되고 있었던 것이다. 그 시간들 속에서 만들어지는 내 아이와의 추억들이 내 아이의 미래가 될 수 있다는 생각을 하면, 어찌 그냥 그냥, 그저 그런 삶을 살 수 있겠는가? 당장이라도 엄마가 해야 될 일이 무엇인지 더욱 진지하게 생각하게 된다. 하지만 생각할 때 행동으로 옮겨지지 못할 생각이라면 아예 버리는 게 좋다. 그건 그냥 생각으로 끝날 뿐이다. 생각이라는 것은 떠오르면 꼬리에 꼬리를 물 듯 결코 끝나는 법이 없다. 경험상 어떤 생각이 떠오르거든 빨리 몸을 움직여 보는 것, 단 한 번이라도 작은 시도를 해보는 것, 그것이 주어진 환경의 영향에서 벗어날 수 없는 엄마들의 유일한 생각법이었다.

행동으로 옮겨지지 않으면 다시 묻혀버릴 생각들로 시간이 채워지다 보면 언젠가는 생각할 힘도 잃어버리게 될지 모른다. 내 아이가, 엄마가 지나온, 엄마 스스로 길을 내며 밟아온 그 길 위에서 자신의 삶을 위한 보물을 찾아 내면의 허기짐을 채워가는 모습을 상상해 보자. 내 아이가 어른이 되었을 때 자신의 삶을 멋지게 꾸려나가는 사람이 되길 바란다면, 엄마가 육아의 시간에 삶으로 보여주자. 아이에게 줄 수 있는 최고의 유산은 그런 삶을 살아내는 엄마의 모습이지 않을까? 엄마가 누구보다 열심히 살아야 하는 이유, 노력하며 살아야 하는 이유, 그럼에도 불구하고 잘 살아내야 하는 가장 큰 이유가 바로 이것이다.

엄마가 그렇게 살아가는 동안 아이는 그 엄마의 삶의 일부를 자기 세계에 끌어와 하나씩 하나씩 자신만의 스타일로 다시 만들어가기 때문이다. 세상 어떤 아이도 부모의 삶을 떼어놓고 독자적으로 살 수는 없다. 원하든, 원치 않든, 닮고 싶든, 닮고 싶지 않든 함께한 세월 동안 보고, 듣고, 느끼며 저절로 체득되는 그 무언가는 아이의 모든 세포들이 기억할 테니 말이다. 그러니 '엄마'라는 이름으로 살아가는 시간 동안 좀 늦더라도, 좀 방황하더라도 꾸준히 엄마만의 세계를 만들어 가는 엄마가 되려고 노력해야겠다.

엄마가 아이의 삶을 책임져 줄 수도, 전부 만들어 줄 수도 없지만, 최소한 엄마로서 내 아이에게 기대하는 삶이 있다면, 그 모습을 엄마가 먼저 보여줄 수는 있지 않겠는가? 엄마의 그 시간들은 함께

하는 아이의 삶에 고스란히 녹아들어 갈 것이다. 그래서 나는 더 잘 살고 싶어졌다. 결혼하기 전에는 책을 통해 내 삶을 찾고자 시도했다. 그래서 어느 정도 밑바닥이던 정신상태를 끌어올릴 수 있었다. 그렇게 스스로를 탐색하며 '내식대로' 살아가는 것에 만족하며 살아왔다.

　이제 아이를 키우면서 '엄마'가 된 어른으로서 찾게 되는 세계는 그 깊이와 매서움이 차원이 다르긴 하지만, 그래도 괜찮다. 엄마 어른은 여전히 노력 중이니까. 아이와 함께 세상을 항해하는 기분이 짜릿하다. 롤러코스터를 탄 듯 수많은 감정 기복을 경험하며, 때론 육아라는 멀미로 토가 나오려고 하지만, 그래도 괜찮다. 세상이라는 거센 풍랑에도 침몰하지 않기 위해, 잔잔한 파도에도 쉬이 세상의 잣대와 기준에 스스로를 함몰시키지 않기 위해 늘 배우고, 또 배우려는 엄마가 되어가고 있는 듯 기분이 괜찮다.

　자랑이 되는 자식을 키우려는 엄마가 아닌, 아이가 자랑할 수 있는 엄마가 되자고 생각을 바꾸니 마음도, 몸도 더욱 바빠졌다. 그런데 그 바쁜 마음에 힘듦과 고단함이 자리하는 것이 아니라 가슴 벅참과 감사함과 기대감과 설렘이 자리하니 참으로 이상한 일이다. 엄마가 되면서 아이와 함께라는 삶의 배에 승선했으니, 그 여행을 끝내고 서로가 원하는 목적지에 정박했을 때 우리는 서로를 마주 보며 어떤 표정을 지을까? 잘 표류하고 왔음에 감사하며 뜨겁게 포

옹할 수 있다면 그것만으로도 충분하다.

어렵겠지만 엄마부터 제대로 된 인간의 성장 순서를 밟아야 할 때가 육아의 시간이다. 잊지 말자. 오늘도 내가 살아낸 그 모습은 내 아이의 삶의 일부가 되어가고 있음을. 기억하자. 아이의 인생과 엄마의 인생이 차곡차곡 좋은 것들로 쌓여가고 있음을. 감사하자. 부족하지만 꾸준히 노력하는 엄마 곁에 내 아이가 함께하고 있음을.

Part 4

엄마의 세계를
가꾸기 시작하면 아이의
세상은 더욱 넓어진다

엄마에게 필요한 것은
사라진 자신을 되찾는 시간

　아이의 등교가 끝난 오전 9시. 오늘도 먹이고, 입히고, 씻기고, 다정하게 아이의 손을 잡고 학교까지 등교시키는 세상 좋은 엄마의 역할을 무사히 마쳤다. 허둥지둥 현관을 들어선 순간 마주하게 되는 집구석 꼬락서니. 다시 현관문을 열고 어디든 좋으니 나가고 싶은 그런 날들이 무한 반복되면서 아무에게도 방해받지 않는 이 시간에 내가 하고 싶고, 할 수 있는 일을 찾아야 한다고 생각했다. 없다고 생각했던 내 시간들을 긁어모아 나를 위한 어떤 일을 해야겠다고 생각하는 순간 아침이 달라졌다.

　그동안 늘 책이 고팠던 엄마. 하지만 엄마라는, 주부라는, 아내라는 이름이 붙여지는 순간 책을 펼칠 여유가 없었던 시간들이 있었다. 오후 2시, 생계를 위한 출근 전까지 해야 될 일들이 산더미처럼 느껴졌지만, 지금부터 미루고 미뤘던 '내 일들'을 먼저 끝내기로 마음먹었다. 아침에 학교 갈 준비를 하는 아이와 함께 나도 같이 준비를 한다. 아이의 책가방을 챙기며, 작은 에코백에 나를 위한 물건들도 함께 챙긴다. 책 한 권, 노트 한 권, 작은 가죽 필통, 커피 한 잔을 채운 텀블러를 챙겨 넣은 것이 전부다. 하지만 나의 소박한 그 에코백을 한쪽 어깨에 걸쳐 매는 순간, 세상 그 어떤 최고의 명품백이 부럽지 않은 행복을 안겨준다. 그리고 무작정 집을 나와 근처 도서관이든, 인적이 드문 공원 벤치든 앉아서 책을 읽기 시작했다.

글이 쓰고 싶은 날에는 차 안에서, 근처 카페에서 책을 읽고 글을 썼다. 아이가 초등학교에 입학하면 나를 위한 시간을 갖겠다는 결심을 행동으로 옮기기 시작했다. 이렇게 2시간 정도 나를 위한 '내 일들'을 위해 매일 어디론가 출근을 했다. 그런데 결론부터 말하자면, 잠시 다른 일들을 버려두고 시작된 이 선택 덕분에 나는 더 좋은 엄마가 되어가는 것 같다. 오롯이 나를 위한 시간으로 채워진 그 시간에 엄마는 더 과감하고, 자신감이 넘치며, '미래'라는 것을, '꿈'이라고 하는 것을 끊임없이 생각하게 되었다. 그렇게 채워진 시간은 엄마의 시선과 마음에 큰 변화를 일으켰다.

알랭 드 보통의 《낭만적 연애와 그 후의 일상》에 나오는 한 구절. "일주일 내내 이 집이 제대로 돌아가게 하려고 내 머리가 하잘 것 없는 생각들로 얼마나 복잡해지는지 알아?" 나도 이런 말을 수없이 내게 던지며 지난 결혼 생활 기간 동안 주부 9단인 척, 살림 고수인 척하며 소꿉장난 수준의 살림을 해왔다. 그렇게 성에도 차지 않고, 발전도 없고, 도대체 관심도 생기지 않아 허술하기 짝이 없는 이 일을 10년 남짓 해오면서 매일 이렇게 평생을 해야 하나? 하는 회의감까지 들었다. 그때 겨우 세 식구로 구성된 스무 평 남짓 작은 집 구석을 그나마 사람 꼴로 살아가는 집으로 돌아가게 하려고 내가 들이는 시간과 노력들에 대해서 진지하게 생각해 보았다. 그리고 많은 질문들이 던져졌다.

'이렇게 살림을 해도 되나?', '이렇게 아이를 키워도 되나?', '도대체 다른 집들은 삼시세끼 무얼 해 먹고 사나?', '공과금이나 각종 세금, 생활비 등은 얼마나 지출이 되고 있나?', '떨어진 생필품은 뭐지?' 이 작은 공간을 위해 떠오르는 하잘 것 없는 생각들이 멈추지 않고 끊임없이 질문들을 쏟아냈고, 금세 머릿속이 복잡해지기 시작했다. 그렇게 해야 될 일들, 처리해야 될 일들, 챙겨야 될 일들로 가슴까지 답답해지려고 할 때 불쑥 몇 시간 전에 읽었던 책 내용들과 주인공들이 나를 다독인다.

책 읽던 그 시간에 꿈꿔 보았던 나의 보물지도가 복잡한 머릿속에 펼쳐진다. 그동안 꿈꿔 왔던 많은 일들이 녹록지 않은 현실 앞에서 늘 무너졌다고 생각했는데 그렇지 않았다. 결혼 생활이, 육아라는 시간이 엄마의 성장을 가로막고 있다고 생각했는데 그렇지 않았다. 그 사실을 깨닫기까지 오랜 시간이 걸렸다. 엄마의 일상에 책과 함께할 시간을 내어주면서 이 사실을 새롭게 깨닫게 된 것이다. 책을 통해 신선한 방식으로 상황을 바라보게 되었다. 새로운 프레임을 가지고 삶의 방향을 정하고 있음을 깨닫게 되었다.

매일 똑같은 일상 속에서, 매일 답답하게만 느껴졌던 내 삶의 공간에서 '가족'이라는 사람들이 성장하고 있었다. 아이는 어느덧 초등학생이 되었고, 남편은 대학원생에서 벗어나 직업인이 되었고, 나 또한 스스로 아줌마의 삶만 크게 느껴졌을 뿐 분명 엄마로서, 아내로서, 그리고 일하는 여성으로서 점점 성숙해지고 있었다. 많은 책들은 내게 위로를 건네며 이렇게 말을 건네주고 있었다. "너의 작은 움직임과 소소한 듯한 일상이 사실은 사람을 키워내고 있었던 거야. 잘하고 있구나!" 현실에서 달라진 건 아무것도 없는데, 엄마의 시선과 마음엔 분명 변화가 일어나고 있었다. 책을 통해 다시 미래를 꿈꿔 보고, 어떤 삶을 살고 싶은지 스스로에게 묻는 짧은 시간만으로도 나는 충분히 존재가치가 느껴지는 멋진 시간들을 보내고 있었다.

책을 읽으며 공감되고 도움이 될 것 같은 구절들을 끊임없이 메모하고, 그때 떠오르는 모든 생각들을 글로 정리해 두는 시간만으로도 나는 일상에서 느껴졌던 갈증이 어느 정도 해소되고 있었다. 무언가 나를 위해 대단한 일을 해준 것 마냥 스스로가 기특해졌다. 하루가 지나면 어제 일도 제대로 기억하지 못하던 삶을 벗어나 매일 책을 읽으며 떠오르는 수많은 생각들을 정리해 두는 일은 분명 삶에 큰 무늬를 만들어 내고 있었다. 그냥 그냥 과거라는 나의 시간 속에 묻혀 흘러갔을 별것 아닌 소소한 일상도 소중한 추억이 되고, 미래를 계획하는 인생지도가 그려지는 듯했다. 무엇을 위해 살고, 누구로 살아가고 있는지도 몰랐던 '나'라는 한 사람이 스스로 자신의 역사를 기록하고 만들어 낼 수 있다는 생각을 하니 더욱 열심히, 가능하면 더 많은 시간들을 나를 위해 기꺼이 내어주고 싶어졌다.

책 한 권 들고나간 엄마의 짧은 외출은 생각보다 얻은 게 많았다. 다시 들어선 집안 풍경은 더 이상 예전처럼 힘들게, 불만스럽게 느껴지지 않았다. 아이가 급하게 먹고 남기고 간 아침 밥상을 보면서 오물오물 아이의 작은 입이 떠올라 미소가 지어지고, 급하게 출근하느라 아이의 등교를 보지 못한 남편에게서 온 아이의 안전한 등교가 잘 이루어졌는지 확인하는 문자에도 애정이 느껴져 마음이 따뜻해진다. 엄마 스스로를 챙기며 사라진 엄마의 시간을 되찾는 시간이 준 선물이다. 몇 개월 습관처럼 이루어진 엄마의 아침시간 만들기는 이제 '일'인 듯 '놀이'가 되어 굳이 에코백을 챙겨나가지 않고도 집에서 자연스러운 일상이 되었다. 눈앞에 펼쳐진 수많은 집안의 일거리들에서 잠시 눈길을 돌려도 마음이 불편하지 않을 만큼 우선순위가 만들어졌다.

그렇게 책장으로 눈길을 옮겨 혼자서 누리는 그 짧은 시간이 좋다. 읽고 있는 책의 페이지가 넘어갈수록, 글을 쓰는 손이 빨라질수록 차곡차곡 쌓이고 채워지는 어떤 행복감에 가슴속 허기가 달래진다. 그렇게라도 내어준 나만의 짧은 충전 시간을 보내고 나면 이제 더 이상 집은 나에게 작고 답답한 집구석이 아니다. 우주를 품을 만큼 마음껏 상상놀이를 즐길 수 있는 꿈의 놀이터이며 궁전으로 탈바꿈이 된다. 그러니 어찌 즐겁게 쓸고, 닦고, 지지고 볶지 않을 수 있겠는가? 달라진 기분, 충전된 마음을 안고 시작된 집안일은 나를 순식간에 살림 잘하는 엄마로 만든다. 콧노래를 흥얼거리며 시작된 집안일은 속도가 붙고, 어느새 다시 분주한 출근 준비를 시작해야 하는 일상은 반복되지만, 일할 수 있는 일터가 있어 그곳으로 향하는 것이 감사함으로 밀려온다. 발걸음이 가벼워진다.

 사라진 엄마의 시간을 찾는 그 시간을 통해 엄마의 지쳐버린 일상에 아물 것 같지 않던 마음의 상처, 자존감의 상처는 매일 생채기를 내는 대신 희망을 품게 한다. 그렇게 나를 위해 기꺼이 내어주기로 결심한 짧은 시간 덕분에, 엄마의 알 수 없는 공허감과 허무함으로 뚫려버린 가슴속 구멍들이 메워지고 있다. 머릿속의 생각들이 몸으로 옮겨지면서 지극히 당연했던 일상들이 감사함으로 전해졌고, 반복되는 일상도 전보다 지루하지 않게 되었다. 오로지 '나'로 존재할 수 있는 시간, 오로지 '나'만을 위한 시간이 일상에 더해질수록, 그 사라진 시간을 되찾으려 할수록 내 삶의 색깔은 더욱 밝아지기 시작했다. 일상의 떨리는 설렘, 기다려지는 짧은 시간이 있다는 것이 삶에 놀라운 집중력과 감사함을 선물해 준다는 사실을 경험하며 오늘이 가장 좋은 날이라고 느끼게 해주고 있다.

나를 채우고 나서야 비로소 내 아이, 내 남편을 더 잘 챙길 수 있었다. 내가 채워지는 순간, 그들이 얼마나 소중한 존재였는지 다시 느낄 수 있었다. 우리가 함께하는 식사가 더 감사해졌고, 우리가 함께하는 공간이 더 이상 답답하지 않을 수 있었다. 이제 사랑하는 그들을 위해 내 시간을 내는 것이 더 이상 희생이라는 생각이 들지 않는다. 함께해 줘서 고마울 따름이다. 하루 중 짧은 시간을 서로 '따로' 또 '각자'라는 이름으로 갖기 시작한 시간 덕분에 엄마는 이제 '함께'라는 소중함과 '끈끈함'이라는 진한 감정을 배워가고 있다. 엄마인 나에게 정말 필요했던 것은 언제인지도 모르게 사라져 버린 스스로를 찾는 짧은 시간이었음을 잊지 않아야겠다. 언제나 그런 시간을 선택하는 하루는 옳았다.

엄마가 되면서 언제나 가장 어려운 건
감정조절이었다

　누군가 나에게 "아이를 키우면서 가장 힘든 일이 뭐예요?"라고 묻는다면 나의 대답은 언제나 '감정조절'이다. 성격은 급하지만 욱하는 감정으로 다른 사람의 감정을 먼저 건드릴 만큼 감정조절이 안되는 사람이 아니다. 아무리 화가 나는 상황에서도 해서는 안될 말을 생각 없이 내뱉는 경솔한 행동 같은 것쯤은 어느 정도 조절이 되는 사람이다. 그런데 엄마가 되고 나서 달라졌다. 감정조절이 정말 쉽지 않은 순간들이 많다.

　감정조절이 안되는 엄마 이야기를 하기 전에 내가 원래부터, 아이를 낳아 키우는 처음부터 그런 엄마는 아니었다는 얘기를 먼저 좀 해보고 싶다. 엄마가 처음이니 모든 게 낯설고 서툴렀지만, 보통의 엄마에게 기대되는 정도의 육아는 근근이 해내 왔다고 생각한다. 워킹 맘으로 살면서도 아이의 옷은 손세탁을 고수했고, 아이의 이유식도 직접 만들어 먹였다. 아이의 머리손질과 옷차림도 늘 신경을 썼으며, 유독 잠투정이 심했던 아이를 다섯 살이 되도록 업어서 재우는 건 당연한 일이었다. 엄마와 떨어져 있어야 하는 시간들에 대한 미안함과 지금이 아니면 언제 또 업어줄 수 있겠나 하는 마음으로 끊어질 것 같은 허리 통증과 어깨 통증을 이겨내며 그랬던 것 같다. 그런데 지금 생각해 보니 아이를 등에 업고 아이의 온기를 온전히 느꼈던 그 시간들과 그때 느껴졌던 아이의 숨소리가 나를 살리고 있었다는 생각이 든다. 세상 밖에서 지친 엄마의 마음을 위로하고, 평온함을 유지하게 하면서 하루를 정리하는 시간이 되었던 것 같다. 아이에게 내 아이만을 위한 사랑노래를 지어 자장가 삼아 수없이 불러주면서 나도 사랑받고 있다는 생각이 들어 가슴이 뭉클했다가 따뜻해지곤 했다.

'기쁨이, 사랑해. 정말로 사랑해. 엄마도 사랑해. 아빠도 사랑해. 예수님도 사랑해. 정말 사랑해.' 초등학생이 된 지금도 아이는 "엄마, 내 자장가 불러주면서 재워줘."라고 요청할 때가 있다. 그런 날은 유난히 아이가 속상한 일이 있었거나, 기분이 좋은 일이 있었거나, 둘 중 하나다. 나는 주저 없이 또 내 아이만을 위한 자장가를 끊임없이 리플레이하며 행복한 엄마가 된다. 사춘기가 되더라도, 성인이 되더라도 아이가 요청할 때면 언제든 기꺼이 들려줄 것이다.

내 아이만을 위한 자장가 얘기를 하니 어느 책에 소개되었던 아프리카 동부의 어느 부족 이야기가 떠오른다. 그들은 모두 태어날 때부터 자신만의 노래를 가지고 있다고 믿는다. 이 부족의 여인들은 아이가 배 속에 있을 때부터 계속해서 아이의 노래를 부르고, 아이가 다치거나 몸이 아플 때도, 심지어 그가 죄를 짓거나 반사회적인 행동을 했을 때도 그를 마을 한가운데 세워 놓고 그의 노래를 불러준다고 한다. 이것이 그의 정체성, 그가 세상에 온 이유를 기억하게 하는 의식이며 그를 바로잡는 길이라고 믿기 때문이란다.

비난과 질타와 매서운 눈초리 대신 그가 그 노래를 잊었을 때 그에게 그 노래를 들려주는 것은 사랑이다. 책에서 이 글을 읽는 순간, 아이에게 사랑노래를 지어 불러준 나 자신이 참 좋았던 기억이 난다. 나도 내 아이에게 언제나 내 아이만을 위한 자장가를 불러주어 자신이 얼마나 귀하고 사랑받는 존재였는지 기억할 수 있기를 소망한다.

말이 길어졌다. 하지만 나는 이렇게 아이가 태어나면서부터 좋은 엄마가 되기 위해 아이를 위한 사랑노래를 지어 불러줄 만큼 꽤 노력하는 엄마였다. 아이의 언어발달이 늦다는 얘기를 들었을 때는 무너져 내리는 가슴을 안고 '늦된 아이를 위한 엄마표 프로젝트'라는 거창한 계획을 세워 2년 남짓 미친 듯이 밤을 새워 육아서와 관련 자료들을 읽어내며 내 아이에게 맞는 방법들을 찾아내기 시작했다. 하루 종일 목을 사용해야 하는 일터를 벗어나면 목이 찢어질 것 같은 아픔을 이겨내면서까지 아이에게 책을 읽어 주고, 역할극 놀이를 해주었다. 어떻게든 아이의 말문을 열어 의사소통에 문제가 없을 만큼의 자신감을 갖도록 해줘야겠다는 생각뿐이었다. 그 흔한 방문학습지 한번 시키지 않고 학습적인 모든 부분까지 채웠던 내가 아닌가? 아무리 다급한 상황에서도 냉정함을 잃지 않으려 애써 왔고, 수시로 감정이 오르락내리락하는 인내심 제로인 내가 아니었는데…

육아와 일을 병행하면서도 세상에 태어나 내가 가장 잘한 일이 아이를 낳아 키우는 일이라고 자신하며 감사하던 나였건만… 언제부터였을까? 늦된 아이를 위한 남다른 육아를 해야겠다고 결심한 어느 날, 그때부터였던 것 같다. 아니다. 꼭 내 아이가 세상에서 엄마 없이도 너무 힘들지 않게 살아갈 수 있도록 독립을 준비시켜야 한다고 마음먹은 그 어느 날부터였던 것 같다. 언제부터인지 잘 생각도 나지 않지만, 나는 많이 달라졌다. 그때부터 나는 감정조절이 안되는 형편없는 나와 마주해야 되는 날들이 많아졌다. 내가 이 정도밖에 안되는 인간이었나 싶을 정도로 힘들 때도 있었다.

뭔지 모를 격한 감정, 가라앉지 않는 어떤 감정, 때론 분노처럼 느껴지는 감정들이 목까지 차올라 평온한 마음을 가질 수가 없었다. 이런 감정을 아래로 아래로 가라앉히기 위해 무작정 걷기도 하고, 미친 듯이 울기도 하고, 나와 같은 감정들을 가졌던 사람들의 이야기에 공감하며 책 속으로 파고 들기도 했다. 지금 생각해보면 내 아이의 많은 성장과정 중 한 부분인 언어가 조금 느릴 뿐이었는데, 아이에게만큼은 최선을 다하는 완벽한 엄마가 되어 주고 싶었던 그 바람이 한순간에 무너진 듯 내 삶을 흔들었던 것 같다. 어찌 됐든 육아를 시작하며 겪은 어려움 중에 말로 제대로 전달되지 않는 아이의 답답함과 짜증, 불만을 모두 받아내기란 내게 최고의 인내심을 요구하는 일이었다.

하루에도 몇 번씩 아이와 실랑이를 벌이고, 같은 상황을 수없이 설명하고, 엄마가 없는 공간에서 겪었을 아이의 답답한 마음을 만져주는 일들이 꽤 오랜 시간 지속되면서 늘 몸은 녹초가 되고, 마음은 만신창이가 될 때가 많았다. 그런데 이런 감정조절이 안되는 엄마를 부추기는 데 일등공신(?)인 한 사람이 있다면 내 아이의 아빠, 내 남편이다. 남편은 아이들을 정말 예뻐하는 사람이다. 지나가는 아이들만 봐도 절로 미소를 짓는 사랑이 많은 사람이었다.

결혼 전에는 동생네 쌍둥이 조카들을 어찌나 예뻐하던지, 그 모습을 바라보던 친정부모님들은 항상 말씀하셨다. "나중에 지 새끼 낳으면 얼마나 이뻐할까?" 정말 그 정도로 아이들을 좋아했던 남편. 그런 남자 친구와 결혼을 생각하며 아이 다섯 정도는 낳아 기르고 싶다는 옹골진 꿈과 야무진 계획들을 가지기도 했었다. 그런데 지금 나는 딸랑 딸아이 하나다. 자연스럽게 아이가 생기지 않은 이유가 가장 크지만, 둘째를 갖기 위한 노력도 열심히 하지는 않았다. 남편과 아이를 키우며 '또 생기면 감사히 키우고, 아니면 하나라도 잘 키우면 되지' 하는 쪽으로 생각이 바뀌었기 때문일 것이다. 하나 님도 아셨겠지. 우리에게 다섯 명의 아이는 능력 밖의 일이라는 것을. 남편은 육아에 '육'자가 아니라 'ㅇ'자도 모르는 사람처럼 느껴졌다. 정말 아이를 너무나도 예뻐했지만, 딱 거기까지. 예뻐하기만 했다.

예쁘면 기저귀도 갈고, 이유식도 만들어 먹이고, 놀아주기도 해야지, 어찌 된 일인지 손발은 움직이지 않고 눈으로만 예쁜 그림 감상하듯 아이를 바라보기만 했다. 2시간씩 잠투정하는 아이를 업고 달래 침대에 눕혀 놓으면 정말 사랑 가득한 눈으로 아이를 지그시 바라보며 내게 말을 건넨다. "나는 우리 딸 숨소리만 들어도 너무 좋아!" 그러면서 아이의 가슴에 귀를 가져다 대고, 손가락을 만지작거리고, 입술과 볼에 연신 뽀뽀를 해대다 결국 아이를 깨우는 일이 한두 번이 아니었다. 그때는 정말 밑바닥까지 쌓여있던 감정이 폭발한다. 설 잠을 자고 깬 아이의 다음 액션은?

이미 상상한 그대로다. 정말 예뻐만 하는 남편의 육아는 아이가 다섯 살이 되도록 계속되었다. '이제는 기대도 안 한다' 하는 시점과 일과 육아로 지친 내 감정조절의 끝을 경험하고 있었을 그때, 아이를 기관에 보내면서 남편은 변하기 시작했다. 등 · 하원 길에 딸

아이 또래 친구들을 만나면서 우리 아이의 언어발달이 늦고, 자연스럽게 사회성 발달도 늦어지고 있었다는 사실을 스스로 깨달은 것이다. 그때부터는 육아에 관심을 많이 갖는 아빠가 되어가고 있다. 아빠가 수학을 전공한 사람인데, 아이가 여섯 살이 되도록 수 개념조차 깨우쳐 주지 않아 한 모둠에 5명이 들어가는 놀이 영역에서 여섯 번째 등장인물이 되어 고집을 피웠다는 선생님의 하원 길 인사멘트는 아빠에게 충격을 주었다고 한다.

그때부터 조금씩 사랑 가득한 눈빛으로 바라만 보았던 아빠에게서 뭔가 달라짐을 느낄 수 있었다. 엄마인 나의 요청 없이도 아이에게 가르쳐 줄 것들을 가르치고, 입 짧은 아이의 식사도 챙기고, 체력이 안되는 엄마를 대신해 함께 몸으로 놀아주고, 놀이터나 공원에 데리고 나가 자전거, 킥보드, 롤러, 줄넘기 등을 가르쳐 주는 적극적인 육아를 시도하면서 엄마를 돕는 아빠가 되었다. 그러면서 아빠 자신도 때론 감정조절이 안되어 스스로 자책하는 경험을 몇 차례 겪고 나더니 비로소 아내인 내 감정에 조금은 공감하며 함께 하는 육아로 적극 바뀌어가게 되었다. 때론 맞지 않아 부딪힘이 있을 때도 있지만, 아빠가 참여하는 육아는 엄마의 감정조절 연습에 크게 도움이 되었다.

왜 나는 조곤조곤 말해 주는 엄마가 되지 못하고 버럭 소리를 질러버리는 엄마일까? 아이에게 화를 다스리지 못해 폭발한 날이면 어김없이 걷잡을 수 없는 후회와 자괴감이 뒤따랐고, 따뜻하게 받아주지 못한 미안함에 많은 시간 함께해 주지 못하는 워킹 맘이라는 이름까지 더해져 나를 힘들게 했던 시간들. 수많은 육아서에서 말하는 일관된 육아는 또 온데간데없어지길 여러 날 반복하며 나는 '감정조절'을 내 육아의 첫 번째 이슈로 올려놓았다. 아이의 자기주장이 점점 강해지는 시기와 언어발달의 지연 시기를 함께 떠안은 채 시작된 엄마의 감정조절 연습은 언제나, 어김없이 후회와 반성의 시간들로 반복되고, 거듭거듭 물음표와 느낌표를 붙여가며 지금까지 계속되고 있다. 어떻게도 마음을 다잡기 힘든 상황들과 마주할 때면 골방에 처박혀 마음속 감정들을 글로 쓰기 시작했다. 때론 공격적으로 변해 버린 내 감정에, 평정심을 찾지 못하는 내 감정들에 분노하며, '감정조절'이라는 궤도를 벗어나 한바탕 퍼부어댄 종이가 새까만 글씨들로 몇 장씩 채워지고 나면, 나는 비로소 어둡고 침울해서 미칠 것 같았던 내 안의 감정동굴에서 벗어날 수 있었다.

내가 내 감정을 의식하고, 그 감정에 이름을 붙이며 대화를 나누고자 시도하는 글을 쓰는 그 시간만큼은 온전히 나를 들여다보는 시간이 되었다. 엄마가 되면서 언제나 가장 어려웠던 '감정조절'이라는 큰 숙제를 이렇게 조금씩 해나가고 있다. 아빠와 함께하는 육아, 책과 글쓰기는 그런 엄마에게 큰 힘이 되어 주고 있다. 그래서 또 감사하다.

나는 책을 통해
관계를 회복하고 있다

나는 삶의 변화를 꿈꾸며 책을 읽기 시작하면서 생각과 행동을 일치시키려고 끊임없이 노력하며 살아온 사람이다. 겉으로 보기에는 말수도 많지 않고, 행동도 크지 않지만 어떤 일이든, 어떤 결정이든 마음먹은 순간 바로 시도해 봐야, 알아봐야, 써봐야 직성이 풀리는 성격이다. 조용한 듯 내면이 급한 사람은 그래서 위험하다. 늘 뜻밖의 일들을 저질러버리는 사람이기 때문이다. 일단 저지르고 본다. 이런 성격이 인간관계에서 감정과 관련되어 작용할 때는 회복할 수 없는, 돌이킬 수 없는 관계로 이어지는 일이 생긴다.

나는 이미 이것을 몇 번의 경험으로 잘 알고 있었다. 그러나 여전히 할 말은 에둘러서라도 해야 하고, 하고 싶은 일들은 하면서 살아왔다. 그런데 책을 읽기 시작하면서 타고난 성격까지 바꾸지는 못했지만, 사람과의 관계를 맺는 방법에는 많은 변화를 줄 수 있다는 사실을 깨닫게 되었다. 그리고 조금씩 책을 통해 변화를 경험하고 있다. 이런 변화는 엄마가 되면서 더욱 도움이 되고 있다.

사람의 심리에 대한 책들, 관계 회복이나 언어습관 등에 관련된 책을 읽으며 마음가짐이나 상대를 대하는 법, 말하는 방법 등을 달리하기 위해 노력했다. 상처 받거나 속상한 날에는 글을 쓰며 상대에게 못다 한 이야기를 실컷 글로 표현하기도 했다. 읽고 쓰며 내 감정들을 토해내기 시작했고, 그런 시간들이 쌓여 나에게도 내공이라는 게 생겼는지, 아니면 마음이 단단하게 수련이 되었는지는 모르겠지만, 나는 이제 사람들의 시선과 말들에서 꽤 자유로워졌다.

그들을 대하는 방법을 달리하고, 그들과 지내는 시간들 속에서 나만의 처세술을 터득하며 마음이 쉽게 무너지거나 상처 받는 일들이 많이 줄었다고나 할까, 단단해졌다고나 할까. 적어도 책을 읽기 전에는 누군가의 시선 하나에도 하루 종일 마음을 쓰는 소심녀였다면, 이제 그런 시선 따위에 신경을 쓰지 않는 것은 물론, 나의 성숙도와 상대의 인격성 정도까지 감히 가늠해 가며 상황을 바라볼 정도가 되었으니, 스스로 생각해도 참 많이 변했다. 과거의 '나'라는 사람은 작은 것에도 상처 받고, 앞뒤 따지지 않고 누군가의 말에 휩쓸려 일을 저지르고, 급한 성격 탓에 불붙듯 계획한 일들을 끝까지 마무리 짓지 못하고 흐지부지하기 일쑤였다. 그러니 사람과의 관계에서는 예외였겠는가? 생각해 보니 나는 나 자신과도 소통이 잘되지 않는 사람이었던 것 같다.

젊은 날에는 스스로 사는 모습이 한심하고 답답하면서도 방법을 찾아보려고 하지 않았던 날들이 있었다. 이것이 꽤 오래 지속되면서 나는 스스로에게 질문을 하기 시작했다. 비로소 나 자신과 소통을 해보려 시도했던 것이다. 이후 나는 책을 읽으며 깨닫게 되는 질문들에 스스로 답하며, 내가 어떤 사람인지 공부하듯 들여다보고 오답을 수정하는 사람이 되었다.

자신과 소통이 안되는 사람이 어떻게 타인과 소통이 되겠는가? 아이든, 남편이든 그 누구와도 소통이 어렵다면 자신부터 되돌아볼 일이다. 스스로와는 잘 소통이 되는지, 자신의 인생은 답답하지 않은지… 만약 답답하게 느껴진다면 그건 누구의 탓도 아니다. 바로 자신의 탓이다. 만약 지금 누군가와 소통이 잘 안된다면 책을 재료 삼아 스스로에게 자주 말을 건네며 자신과의 소통을 먼저 고민해 봐야 한다. 오래 살아보지 않아 아직 정답은 모르겠지만, 그래서 나 또한 타인과의 소통이나 관계는 늘 쉽지 않지만, 자신과의 소통을 위해 진정으로 시간을 내어 방법을 찾아보려 하는 사람은 적어도 자신의 삶에 집중하게 된다. 그렇게 자신의 삶에 집중할 수 있는 사람은 가까운 사람에게, 특히 가족에게 상처 주는 일이 적어진다. 스스로와도 소통이 안되는데 어떻게 자신의 삶에 집중하고 타인의 삶을 살펴볼 수 있겠는가?
이런 사람은 늘 남의 삶을 힐끔거리고 기웃거리다가 결국 불필요한 감정에 휩싸이거나 스스로 피곤한 관계를 만든다. 자청해서 무덤 파는 일이다. 책을 통해 나를 돌아보고, 주변 사람과의 관계를 조금씩 회복하며 그렇게 나는 20대 후반, 30대 초반을 지나고 있었다. 그때는 독서 나이도 조금씩 먹어 가고, 스스로와 어느 정도 잘 소통하며 나름의 삶을 잘 꾸려가고 있는 사람이라고 자신했다. 타인과의 관계에서도 내려놓을 마음들은 내려놓고, 입술과 행동에 신중을 기하며 남의 삶을 기웃거리지 않고 그 시간들을 살아내고 있었다.

그런 내가 결혼을 했다. 철이 없다고 하기에는 적지도 않은 나이에 결혼을 했건만, 스스로 자기 성찰에도, 자기 계발에도 노력하며 살아온 시간도 적지 않게 쌓였건만, 처음 결혼생활은 정말 힘이 들었다. 결론부터 말하면 지금은 10년쯤 살고 있는 내 남편에게 "나 같은 사람과 살아줘서 고맙다." 하는 마음을 내색 없이 속으로만 감사하며 살아가고 있다. 결혼 내공이 부족한 탓에 아직도 매번 이런 마음은 너무 자주 바뀌고 있어서 절대로 겉으로 표현할 수가 없지만… 결혼 초에는 말도 없고, 이벤트도 없고, 몸짱도 아니고, 돈과 시간까지 없는 이 남자와 내가 왜 결혼을 했을까? 수없이 생각해 보았다. 말을 걸어도 빠른 반응이 없는 남편에게 답답해하며 화를 내기도 하고, 쉬는 날이면 피곤하다며 늘어져 있는 남편에게 운동 좀 하라고, 자기 계발 좀 해보라고 잔소리를 하기도 했다. 항상 일과 대학원 박사과정까지 병행하고 있던 남편에게는 시간도 없었다. 정말 최악이라고 생각했다. 여행을 계획하며 놀러 다닐 생각 같은 것은 일찌감치 접었지만, 아이가 태어나니 짜증과 불만은 더욱 커져만 갔다. 더욱이 워킹 맘으로 독박 육아까지 한동안 계속되면서 단조롭다 못해 힘까지 부치는 결혼생활의 의미를 다시 생각하며 돌파구를 찾아야만 했다.

생각해 보니 보통의 아내들이 퍼붓는 많은 잔소리들을 나도 똑같이 하는 그런 여자였다. 스스로 꽤 괜찮은 여자라고 생각하고 싶었지만, 무너지는 것도 한순간이다. 다행히도 그 대부분의 잔소리 중에 내가 남편에게 단 한 번도 하지 않았던 잔소리는 "돈이 없다. 돈 좀 많이 벌어 와라." 이것뿐인 것 같다. 돈은 내가 벌어도 된다는 생각에, 그런 것으로 학생 신분인 남편 기까지 죽이고 싶지는 않았기 때문이다. 그런데 만약 그 말까지 해버렸다면 나는 정말 밑바닥까지 보일 뻔했다. 인내심이 제로였던 그 시기에… 아차 싶은 생각이 든다.

그쯤, 아무리 화가 나도 큰소리를 내며 싸워본 적은 별로 없었는데, 집에서 종종 큰소리가 나기도 했다. 화가 나면 참지 못하고 왜 소리를 질러야 했을까? 나는 어느 날 책을 읽으며 한 스승과 제자들이 나누는 우화를 통해 그 답을 찾았다. 그리고 정말 아름다운 가르침을 얻었다. 어느 스승과 제자들이 함께 강에 목욕을 하러 갔을 때 강둑에 있던 한 남자와 여자가 서로에게 화를 내며 소리를 지르기 시작했다. 스승은 제자들에게 묻는다. "사람들은 왜 화가 나면 소리를 지르는가?" 제자들이 만족스러운 대답을 하지 못하자 마침내 스승이 설명했다. "사람들은 화가 나면 서로의 가슴이 멀어졌다고 느낀다. 그래서 그 거리만큼 소리를 지르는 것이다. 소리를 질러야만 멀어진 상대방에게 자기 말이 가닿는다고 여기는 것이다. 화가 많이 날수록 더 크게 소리를 지르는 이유도 그 때문이다.

소리를 지를수록 상대방은 더 화가 나고, 그럴수록 둘의 가슴도 더 멀어진다. 마침내 서로에게 죽은 가슴이 된다. 죽은 가슴에겐 아무리 소리쳐도 전달되지 않는다. 그래서 더욱더 큰소리로 말하게 되는 것이다." 그 당시 나는 남편에게, 아이에게 소리를 지를 때가 있었다. 주어진 모든 상황에 화가 났던 것이다. 나 자신이 의식하지 못한 채 남편과 아이와 점점 가슴이 멀어지고 있었던 모양이다. 그렇게 계속 멀어지기만 했더라면 아마 다시 되돌아올 길을 잃었을지도 모른다.

이런 결혼생활 초, 혼란스러운 상황들 속에서 잠시나마 나를 피신시킬 수 있었던 돌파구가 바로 책 읽기였다. 그리고 책을 읽는 동안 스스로에게 던지는 수없이 많은 질문들과 스스로 답한 대답들을 통해 나는 차츰 변해 가기 시작했다. 책 읽는 그 시간만큼은 분통

터지는 가슴을 쓸어내릴 수 있었고, 그 시간이 길어지고, 읽는 책의 양이 늘면서 나는 좀 더 여유를 갖기 시작했다. 스스로와 대화를 하며 달래진 마음으로 남편과 아이와 대화를 나누었다. 소리친 다음의 침묵은 가슴이 죽어버렸음을 알리는 신호라는데, 다행히 책을 읽으며 나는 대화의 끈을 놓지 않았다.

내가 세상에서 가장 사랑하는 사람들에게 침묵으로 서로 죽자는 신호를 보내지 않아 얼마나 다행인지 모른다. 내 아이의 가슴이, 내 남편의 가슴이 그리고 내 가슴이 죽어버리도록 놔두지 않을 수 있었던 것은 책 덕분이다. 책 속에서 만난 가슴을 울리는 문구들을 통해 작가가 겪어낸 비슷한 감정들에 공감하며, 조금씩 인내심과 자제력을 키워갔다.

이제 글 쓰는 아내, 글 쓰는 엄마가 되면서 나처럼 부족한 사람에게 가족이라는 울타리를 만들어 준 남편과 내 아이에게 한없이 감사함을 느끼며 살고 있다. 책과 글쓰기가 엄마인 나를 제대로 들여다보고, 비춰주는 거울이 되어 주었다. 책이 아니었다면, 글쓰기가 아니었다면 내게 찾아오지 않았을 감사하고 평온한 오늘이다. 늘 지지고 볶으며 감정을 내세우고 칼날을 세운 혀끝으로 서로에게 상처를 입히는 그런 몹쓸 짓을 하지 않을 수 있게 되었다. 적어도 해서는 안된다는 생각을 하게 되었다. 아니, 멈출 수 있는 용기를 배웠으며, 내 옆에 있는 가족이라는 그들의 존재가 얼마나 소중한지 알아가게 되었다.

책을 통해 너와 내가 아닌 제삼자의 이야기인 듯, 우리 이야기를 나누며 대화의 장이 열릴 때가 많아졌다. 남편에게 소리를 질렀거든, 아이에게 소리를 질렀거든 생각해 보자. 왜 내가 이렇게 소리를 지르고 있나? 분명 찾게 될 것이다. 자신의 마음이 그들로부터 너무 멀리 와서 그 거리를 좁히고 싶어 그런 거라는 속마음을. 내 아이가 자꾸 소리를 지르며 짜증을 내면, '엄마 마음이 너무 멀리 와서 관심과 사랑이 필요하구나'라고 생각해 보자. 그리고 작은 목소리로 사랑을 속삭여 주면 어떨까? 그것이 자신과 가족의 영혼을 살리는 일이다. 작은 목소리로 사랑을 전하는 일은 서로가 살아갈 가치가 있음을 느끼게 하고, 죽지 말고 행복하게, 정답게 살아가자는 가장 적극적인 표현이다. 이렇게 책 속에서 발견한 우화 한 편이 또 부족한 엄마에게 아름다운 가르침을 준다.

책을 읽고 기분전환이 된 순간들 속에서 감정이 해소되고 누그러져 정화되는 경험들이 쌓여 나는 관계를 회복하고 새로운 관계를 만들어 가고 있다. 이제 어지간해서는 타인에 대한 미운 감정들도 생기지 않으니 책 읽기는 어쩌면 나를 어른으로, 사람으로 만들어 가는 최고의 도구가 되어 주고 있는 듯하다. 나는 오늘도 이렇게 읽고 쓰며 더 좋은 사람이 되어가는 나를 꿈꾼다.

엄마만의 시간과 장소, 그리고 책과 글쓰기

아이가 다섯 살이 될 무렵, 워킹 맘으로 살아온 지난 5년이라는 시간 속에, 철저히 '나'라는 존재를 부정하며 살아온 그 삶 속에 제동이 걸리기 시작했다. 책을 읽으며 삶의 무료함을 달래고, 꿈을 꾸며 미래를 계획하던 내가 어느 순간 온데간데없이 사라졌다. 아이의 수면시간을 겨우 조절해 책 몇 장을 읽으려고 해도 지친 몸뚱이가 말을 듣지 않았다. 점점 무기력함은 더해져 갔고, 몸무게는 늘기 시작했으며, 피부는 푸석푸석 늘어짐의 징후까지 동시에 나타나고 있었다. 무엇을 해도 의욕이 생기지 않았다.

'나'라는 삶의 시계가 고장이라도 난 듯, 멈춰버린 때가 그 시점이었던 것 같다. 어느 날 책 한 권을 들고 아이가 깨면 모든 것이 끝난다는 간절한 마음을 품은 채, 가뭄에 단비 같은 그 시간을 즐기기 위해 나만의 골방으로 들어갔다. 그리고 붉은빛을 내는 스탠드를 켜는 순간 내 눈에 들어와 버린 꿈 많던 시절에 만들어 놓았던 '드림보드'. 읽으려고 들고 앉았던 책 대신 책 정리, 방 정리를 하며 마땅한 자리를 찾지 못해 작은 책장 위에 액자처럼 걸쳐 놓듯 세워 둔 그 드림보드. 나만의 그 보물지도와 마주하는 그 순간, 가슴 깊은 곳에서부터 촉촉이 적셔지기 시작했다. 이유를 알 수 없는 물기가 턱 밑에서 뚝뚝 방울이 되어 떨어질 때까지 그대로 멈춰 바라보고만 있었다. 책상 한쪽에서 째깍째깍 소리를 내는 작은 시계 소리에 맞추어 내 가슴속 과거의 시계가 함께 움직이기 시작했다. 비록 과거의 시간에 맞춰진 시계 소리였지만, 나는 분명히 들었다.

나의 가슴속에서 째깍거리는 미래의 시계 소리를. 아직 멈추지 않고 움직이고 있다는 신호를 느꼈다. 엄마가 되면서 이미 '나'라는 시곗바늘은 더 이상 움직이지 못해 같은 자리에서만 몇 년을 멈춰 서서 있는 줄 알았는데… 아니었다. 한자리에 모여 있었을 뿐, 멈추지 않고 희미하게 소리를 내고 있음을 나는 분명히 들었다. 빨리 건전지를 갈아주라는 그 외침을. 충전이 필요하다는 그 외침을. 나는 뭐라도 해야 했다. 끝도 없이 추락하고 있는 것 같은 그때, '나'라는 삶의 시계가 다시 움직일 수 있도록, 지푸라기라도 잡아야 한다는 간절함으로.

그날 밤, 남편에게 말했다. 뒤늦게 대학원을 다니며 공부하는 남편 대신 육아와 일을 병행하느라 나 스스로를 돌볼 시간이 없었다고. 이제 박사과정도 마쳤으니 나도 정말로 이루고 싶었던 내 꿈을 위해 한번은 도전해 보겠노라고. 그 시기 나는 워킹 맘으로 살며 자신의 일과 공부에만 집중하는 남편에게 불만이 폭발 직전이었기 때문에, 좀 더 단호하고 비장한 태도를 보여줘야겠다고 생각했다.

그래서 좀 더 힘을 주어 말했다. "동의를 구하거나 지원을 바라지는 않겠어요. 다만 육아와 집안일을 철저하게 분담해야 해요. 나는 무슨 일이 있어도 올해 내 이름 앞에 새로운 타이틀을 붙일 수 있을 만큼 나를 위해 시간을 낼 거니까요. 헤어질 생각이 아니라면, 같이 사는 동안 서로의 꿈을 응원해 주는 부부가 되어야 한다고 생각해요." 말이 끝나자 남편은 아주 가볍게, 내가 너무 비장했나 하는 민망함이 들 정도로 흔쾌히 내 의견을 받아주었다. 그리고 결론부터 말하자면, 남편은 기대 이상으로 집안일과 육아를 거들어주기 시작했다. 남편의 서툴기 짝이 없는 도움들이 성에 차지 않아 삐걱거림과 부딪힘이 없지는 않았지만, 음식 만들기를 제외한 모든 것들을 함께하려고 노력했다.

지금은 아이와 놀아주는 일, 설거지, 집안의 각종 공과금들을 처리하는 일 등은 나보다 훨씬 잘한다. 나는 과연 어떻게 되었을까? 6개월 만에 책을 출간하면서 '작가'라는 새로운 타이틀을 이름 앞에 붙일 수 있었다. 남편에게 큰 소리를 쳐놨기 때문에 어떻게든 시간을 쪼개, 잠을 줄여가며 글을 썼다. 하지만 원하는 일을 하고 있었기에 참 행복했다. 때론 마음이 그렇게 하라고 한다면, 그 길을 가야 한다는 생각이 들었다. 마음이 시켜, 마음이 담긴 그 길이 자신에게 좋은 길이다. 소소한 일상에서 아무것도 아닌 듯, 꼭 누군가에게 자신의 존재감을 드러내기 위한 것이 아니라 스스로 느끼는 행복감으로 자신의 존재감이 스스로에게 드러나는 길이 멋진 길이다. 이후 책을 읽고 글을 쓰기 시작하면서 나는 가족과도 더 좋은 관계를 만들어 가고 있다.

환경은 결코 쉽게 바뀌지 않는다. 가까운 주변 사람은 더더욱 바뀌지 않는다. 그렇다면 내가 바뀌어야 한다. 당장 모든 환경을 바꿀 수 없다면, 아이에게서 벗어날 수 없다면, 남편과 헤어질 수도 없다면 자신을 위해 할 수 있는 좋은 일들, 멋진 일들을 찾아 나서는 쪽을 선택하는 편이 낫다. 스스로를 찾고, 준비하고, 도전하고, 지속하기를 반복하며 가족과 어느 정도 적정한 거리를 유지하는 것도 방법이 된다. 뒤돌아 생각해 보니 그 적정한 거리 유지함이 오히려 마음의 거리는 더욱 좁히지 않았나 생각될 때가 많다. 엄마의 삶이 즐거워지고 엄마의 꿈으로 나아가는 속도가 빨라지니 가족들과 지내는 짧은 시간도 더 고맙고 소중하게 느껴진다. 더 많이 웃게 된다.

결국 그들은 그들의 인생이 있고, 나는 내 인생을 산다는 생각을 놓치지만 않는다면 언젠가 서로의 삶을 더욱 소중히 여기며 서로를 응원하는 때가 올 것이다. 아무리 가족이라도 지켜줘야 될 서로의 영역을 침범하지 않은 채, 각자의 세계에서 성장하는 시간을 거듭하며 살아온 가족은 분명 다를 것이다. 서로가 자랑스럽고 고마운 존재로 남을 테니까. 가족관계 속에서든, 타인과의 관계 속에서든 자신이 아닌 누군가에게 집중하는 순간 집착이 되고, 삶은 더욱 구질구질해진다. 길지 않은 엄마의 육아 시간 동안, 결코 짧지 않은 한 남자의 여자로 사는 시간 동안 나도 이것을 깨닫기까지 정말 오락가락하는 나의 감정 곡선과 수없이 마주하며 스스로 싸워 알아가고 있는 중이다. 그런 시간들 속에서 나를 먼저 돌아보고, 내 생각들을 정리하고, 그것을 하나씩 실천하며 살기로 마음먹는 순간, 나는 스스로를 나만의 즐거운 상상놀이터로, 인생 놀이터로 초대해 놀 줄 아는 엄마가 되어가고 있다. 이제 하고 싶고, 배우고 싶고, 가고 싶고, 되고 싶고, 마주하고 싶은 세상이 너무 많아 오래오래 살고 싶다.

그렇게 아이가 잠들어 있는 이른 아침 2시간, 그 시간 동안 나는 더 젊은 날의 나로 다시 돌아가기로 결심하고, 책을 읽고 간단히 리뷰를 남기며 글쓰기를 시작했다. 글 같지도 않고, 리뷰라고 하기엔 민망할 정도의 글쓰기를 하면서도 쓰고 있는 그 순간이 좋았다. 소소하다 못해 잡다한 글쓰기, 지극히 사적이고 가치를 따질만한 쓸모있는 글쓰기도 아니었지만, 무언가를 '쓴다'는 '쓰고 있다'는 그 시간이 좋았다. 생각해 보니 워킹 맘으로 살며 늘 분주한 일상과 그

날이 그날인 무료한 삶, 생활 반경은 점점 좁혀져 이제는 살고 있는 스무 평 남짓의 좁은 집과 일터가 전부였던 삶. 그 좁은 곳에 갇혀 마음의 문까지 꼭꼭 걸어 잠그고 살아왔다. 아이가 생기면서는 더욱 그랬다. 어디든 마음껏 다닐 수 있도록 풀어놔 줄 수 없는 내 발목에 족쇄까지 채우고서야 포기하는 마음으로 간신히 버텨냈던 시간이다. 그런 삶 속에서 내가 나를 위해 무언가 해볼 수 있는, 오로지 나만을 위한 시간을 냈다는 것이 스스로 기특했다.

글을 쓰는 그 짧은 시간 동안에는 정말 나를 둘러싼 시공간을 초월해 마음껏 상상하고, 마음껏 울분을 토하며 미친 듯이 행복해했다. 가끔은 헤어 나올 수 없을 것 같았던 일상의 밑바닥을 낱낱이 글로 쓰며 드러내는 것이 마음치유가 됐다. 그런 시간을 가진 후 나만의 공간, 나만의 골방을 빠져나올 때는 그 누구도 눈치채지 못할 은밀한 즐거움을 만끽하는 짜릿함이 있었다.

그 비밀스러움을 지극히 소수의 사람들과 블로그를 통해 공유하는 그런 글쓰기 시간이 나를 참 행복하게 했다. 내가 살아가고 살아갈 이유가 충분하다고 느껴졌고, 그런 공간이 나에게 있다는 것만으로도 행복했다. 그곳에서 짧은 시간 책을 읽고, 글을 쓰는 것만으로도 다시 세상에 뛰어들 기운을 얻었다. 심신이 지치고, 사람들에게 치였던 나를 온전히 만나 치유하는 시간, 치유하는 공간이 있음에 감사했다.

엄마로 살아보니 엄마에게 자기 정화의 시간, 자기 회복의 장소는 반드시 필요하다. 삶이 자신의 통제능력을 벗어나는 순간 우리는 두려워진다. 실직이나 병에 걸림, 사랑하는 이의 죽음 같은 굵직한 일들이 아니어도 삶이 위협적인 상황으로 내몰릴 때가 있다. 엄마가 되면 안다. 아이가 아프거나 다치기만 해도 안다. 뜻하지 않은 상황에서 엄마의 발목이 묶이고, 일시적으로나마 엄청난 정신적, 체력적 소모를 경험하는 일이 수없이 일어난다는 것을.

그런 도전적인 상황에서 무력해지지 않기 위해 호흡을 가다듬을 시간과 장소가 없다면 우리는 쓰러진다. 그럴 때마다 스스로를 지킬 수 있는 안전지대에서 숨을 고르자. 구겨진 마음도 추스르고, 구석에 몰린 자신을 위로도 하며, 새 힘을 얻을 준비를 해보는 것이다. 그런 시간을 가져본 사람은 결코 외부의 환경이 쉽게 자신을 쓰러뜨리지 못한다는 것을 알게 될 것이다. 흔들림 없는 눈빛과 살아갈 힘을 회복한 단단한 마음이 그 사람을 지탱하기 때문이다. 그래서 엄마에겐 나를 찾아 나로 돌아갈 수 있는 시간과 장소가 꼭 마련되어야 한다. 그때 온전한 내가 될 수 있다.

하얀 종이 위에 가슴속 모든 말들을 토해내듯 채우다 보면 마음이 진정되어 갔다. 때론 타닥타닥 키보드 소리가, 쓱쓱 종이 위를 스치며 지나가는 연필 소리가 가슴을 후련하게 했다. 아무런 의미도 없는 글들이 많았지만, 내 멋대로 갈겨쓴 흔적들이라도 남긴 날에는 가슴속에서 "오늘도 너는 살아있구나, 그래 한번 잘 살아내는 오늘을 만들어 봐."라고 말을 건네주는 것 같았다. 글 쓰는 그 시간 만큼은 온전히 나를 마주할 수 있었고, 글 쓰는 그 일 자체가 나의 일부가 되고, 나의 가장 좋은 친구가 되어 주었다. 그렇게 엄마인 나에게 어느 순간 가장 확실한 스트레스 해소 방법은 글쓰기가 되었다.

살아보고 싶은 인생에
닉네임을 붙여보자

살면서 자신의 현실을 바꾸고 싶은 순간들이 있을 것이다. 그렇다면 현실은 어떻게 바뀔까? 미국의 발명가인 오빌 라이트(Orville Wright)는 "사실이라고 받아들인 것을 사실로 인정해버리면 더 이상 앞으로 나아갈 희망은 없다."라고 말했다. 그의 말을 생각해 보면 사실이라고 받아들인 사고의 굴레에서 벗어나기만 한다면, 우리에게는 얼마든지 마음껏 꿈꾸고 앞으로 나아갈 수 있는 희망이 있다. 내가 엄마이기 때문에 할 수 없다고 생각했던 모든 것들을 사실로 받아들였기 때문에 나는 희망을 보지 못했던 것이다. 그런 나에게 글쓰기는 삶을 다그쳐 사실로 인정해 버린, 그래서 한물간 낡아빠진 생각들을 고쳐 쓰도록 도와주었다. 이제 하고 싶은 일에 도전하며 살아보고 싶은 인생을 살아보려고 한다.

이런 생각에 변화가 찾아온 건 순간이었다. 아마도 엄마로 살면서, 더욱이 늦된 아이를 키우면서 가슴속에 우울감이 깊이 자리하고 있었나 보다. 어느 날 지극히 평범했던 나의 삶에 지루함이 찾아왔다. 아니, 좀 더 솔직하게 말하면 무력감이 찾아왔다. 너무나도 단조로운 삶 속에서 문득 찾아온 그 감정들은 '평생 이렇게 살아가는 것이 삶인가?'라는 의문을 던졌다. 굴곡 없는 삶에 감사해하면서도 마음은 걷잡을 수 없을 만큼 허전했다. 한번뿐인 인생인데 삶에 열정을 가지고 살아보고 싶었다.

조용한 절망감과 현실의 고립감 속에서 벗어나기 위해, 지독한 콤플렉스와 경쟁의식, 삶의 억압에서 풀려나기 위해 나는 어떻게 해야 할까, 고민하고 또 고민했다. 그리고 스스로를 규정짓던 수많은 한계들을 버리지 못한 나를 발견했다. 변화가 필요했다. 무엇부터 바꾸어 나아가야 할지 생각해 보았다.

견딜 수 없는 인생에서 멈출 수 없는 인생을 위한 보물 찾기는 그렇게 시작되었다. 그것을 찾아가는 과정에서 나를 가두고 있던 것들은 환경도, 물질도, 학벌도, 출신 배경도 아닌 스스로 그어놓은 한계 짓는 마음의 선이 문제였다는 사실을 깨달았다. 하지만 이런 깨달음에도 불구하고 '엄마', '아줌마'로 살아온 시간이 짧지 않아 당장 나를 위해 무언가 결심해서 시작한다는 것이 쉽지도 않았다. 그래서 우선 마음부터 들여다보며 챙겨야겠다고 생각했다.

그때부터 마음의 선을 지워가기 위해 나는 이름 앞에 살아보고 싶은 인생의 모든 닉네임을 붙여보기로 했다. 어떤 닉네임으로 살아보고 싶은지 종이 위에 모두 적어 보았다. 그리고 첫 번째로 나를 규정한 닉네임은 '꿈대로 되는 사람'이었다. 나는 언제부터인가 이 닉네임을 사랑한다. 이름을 써넣어야 하는 모든 곳에 한동안 이 닉네임을 붙여주었다. 이 닉네임을 사용하기 시작하면서 나는 정말로 꿈대로 되는 사람이 되고 싶다는 강렬한 소망과 열망을 가질 수 있었다. 이후로 마음껏 닉네임을 지어 이름 앞에 붙여주었다.

책 쓰는 교육 CEO, 변화경영 전문가, 책 읽고, 책 쓰는 사업가, 북큐레이터 등 가슴속에서 이미 이루어진 것처럼 그 닉네임을 붙이고, 그런 삶을 살고 있는 나를 상상하기 시작했다. 상상하는 것에는 돈이 들지 않았다. 그리고 이것은 곧 현실이 되었다. 나는 현재 입시학원 원장으로 교육 사업가가 되었고 《하루 10분 아침 독서습관》이라는 책을 출간하면서 책 읽고, 책 쓰는 사업가가 되었다. 블로그에 꾸준히 북리뷰를 올리면서 북큐레이터가 되었으며, 변화를 꿈꾸는 많은 사람들을 위해 강연과 칼럼을 쓰고 있다.

사람들의 변화를 돕고자 하는 변화경영 전문가가 되고 싶어 여전히 노력 중이다. 누군가에게는 아주 작은 변화일지도 모른다. 하지만 나에게는 엄마로 살아가는 소소한 일상에서 찾은 최고의 행복이고, 우주만큼 놀라운 변화라고 생각된다. 스스로를 규정하는 닉네임만으로도 한 사람의 인생을 원하는 방향으로 이끌 수 있다는 사실을 몇 년 동안 경험하면서 가끔 놀랍다. 요즘은 엄마들을 만날 때마다 자신의 이름 앞에 원하는 닉네임을 하나 정도는 꼭 만들어 보라고 권하고 있다. 자신의 삶과 능력에 한계를 짓고 타협하는 삶 대신 이름 앞에 멋진 닉네임부터 붙여보자. 그것이 자신이 만든 자기 안의 수용소에서 빠져나오는 가장 멋진 방법이 되어 줄 수 있을 것이다. 고정관념을 깨뜨리고, 유연한 사고로 멋지게 자신의 한계를 뛰어넘어 보자. 어지간한 일에는 흔들리지 않는 담대한 마음이 자신 안에 이미 있음을 발견하게 될 것이다. 당신은 스스로 생각하는 그 이상의 능력을 가진 사람이다. 이제 나는 아직 살아보지 못한 나의 미래의 닉네임들을 만들어 가며 살아보고 싶다. 아니, 반드시 스스로 만든 그 닉네임대로 살아내고 싶다. 그래서 '견딜 수 없는 인생'을 '멈출 수 없는 인생'으로 만들어 가며 살 것이다.

　사실 나에게 '글쓰기'라는 주제는 이룰 수 없을 것 같은 것에 도전하는 새로운 시작이었다. 세상에서 가장 어렵고, 너무나도 특별하게만 느껴졌던, 하지만 언젠가 이루어보고 싶었던 나의 꿈, 글쓰기. 그 꿈같은 주제가 나에게는 한 번도 생각해 보지 못한 수많은 다른 꿈들에 다가가는 시작이었고, 이룰 수 없을 것 같았던 많은 것들에 다시 도전할 새로운 기회가 되어 주었다. 나는 앞으로도 살아보지 못한 많은 삶들을 글쓰기를 통해 살아볼 생각이다. 강한 열망은 곧 현실이 될 것이라는 믿음으로 죽는 날까지 글쓰기를 하고 싶다. 큰 성공을 바랐던 것은 아니었지만, 그동안 과거에 기록했던 많은 글 속에서 나는 되고 싶고, 하고 싶고, 갖고 싶었던 많은 것들을 현재의 내 모습 속에서 확인할 때마다 행복하다. 가수는 자신의 노래 가사처럼 산다고들 하는데, 글 쓰는 사람은 자신이 쓴 글처럼 살아간다는 생각이 든다. 그래서 나는 살아가는 동안 희망의 글, 용기를 주는 글, 격려의 글, 응원의 글, 감사의 글, 삶에 기적을 가져올 수 있는 글들을 더욱 많이 쓰고 싶다.

혹시라도 나의 글을 읽으며 나와 같은 마음의 엄마들이 있다면 함께했으면 좋겠다. 엄마의 삶에는 정말 다양한 주제가 넘쳐난다. 그 주제만큼 속 터지는 일도, 가슴 쓸어내릴 일도 많지만, 그것들을 엄마만이 느낄 수 있는 감성으로 써보자. 그래서 언제부턴가 누구 엄마가 이름이 된 듯 살아가는 좁은 세상 속에서 자신의 이름을 다시 찾는 도전을 해보면 좋겠다.

우리는 각자 살아온 만큼의 과거를 가지고 있다. 과거의 모습이 어떻든지 간에 현재 무슨 생각을 하며, 어떤 것을 자신의 삶으로 받아들이느냐에 따라서 언젠가 과거가 될 오늘의 모습이 달라질 수 있다. 언젠가 과거가 될 내일의 모습도 달라질 수 있다. 누구나 각자 살아온 만큼의 과거를 가지고 있듯, 살아갈 미래의 시간도 누구에게나 주어진다. 현재 당신은 어떤 인생을 살고 싶은가? 그것을 한번 써보자. 인생은 지금 우리가 그리는 대로, 쓰는 대로 될 거라는 기대를 가지고 일단 한번 써보자. 영화 〈쿵후 판다〉를 본 적이 있는가? 이 영화는 대사 하나하나가 마음에 와닿는 부분이 많지만, 그중 쿵후 판다가 자신에게 내재된 능력을 알지 못하고 실망하는 모습에 거북이가 다음과 같은 말을 남기고 사라지는 장면은 인상적이다.

"Yesterday is history, Tomorrow is mystery. But Today is a gift. That is why it is called the present."
어제는 역사고, 내일은 수수께끼란다. 하지만 오늘은 선물이야. 그래서 오늘은 Present(선물)라고 부르지.

선물로 주어진 오늘이다. 과거에 대한 후회와 미래에 대한 걱정으로 선물을 제대로 뜯어보지도 못한 채 오늘을 보내고 있지는 않은가? 나는 미치도록 우는 아이, 밤새 자지 않는 아이, 속 터지게 늦된 아이를 키우면서 오늘이 지옥처럼 느껴졌던 때를 경험한 엄마다. 오늘이 선물이었다니… 그 선물을 뜯기까지 정말 오래 걸렸다.

《천직, 내 가슴이 시키는 일》의 저자 정균승 교수는 성공하는 사람들의 시계는 거꾸로 간다고 말한다. "성공하는 사람들의 시계는 거꾸로 간다. 더 정확하게 표현하자면, 성공하는 사람들은 현재에서 미래로 가면서 살지 않고 미래에서 현재로 오면서 산다. 현재의 시점에서 미래를 향해 가는 것이 아니라 미래의 시점에서 출발해 점점 현재의 시간으로 내려온다." 그리고 그는 이에 대해 이렇게 설명한다. 뭔가 마음먹은 바를 이루어 내는 사람들은 먼 미래에 성공한 자신의 모습을 먼저 그린 다음, 점점 현재의 시점으로 오면서 현실에서 실행에 옮긴다는 것이다.

이제 무엇을 먼저 해야 하는지 알았다. 더욱 적극적으로 미래를 현재로 가지고 오는 연습이 필요하다. 그것은 우리가 살아보고 싶은 인생을 오늘 쓰는 것이다. 나에게 그것을 가능하게 했던 방법은 매일 읽고, 쓰는 것이었다.

몇 년을 이렇게 지속했다. 이름 앞에 살아보고 싶은 닉네임들을 붙여보며, 그렇게 되기 위해 나보다 앞서 그렇게 살아가고 있는 사람들의 이야기를 미친 듯이 읽었다. 읽고 있는 책의 여백을 메모지 삼아 쓰고, 노트에도 기록하고, 핸드폰에도 저장하며 일단 가슴 속에, 머릿속에 떠오르는 모든 것들을 글로 썼다. 원하는 삶과 다른 현실의 삶을 살아가는 것은 끊임없이 가슴속 갈등을 만들 뿐이다.

하지만 과거의 성공 경험과 마음속에 떠오르는 인생들을 모두 그려보고 현실에 하나씩 재연해 보는 일은 작은 성취감을 주면서 삶이 즐거워진다. 일단 적어 놓기! 그것은 인생의 시계를 거꾸로 가게 하는 멋진 방법이며, 자신의 생각과 행동과 삶을 관리하는 최고의 방법이다.

언제나 최고의 자원인 상상의 힘은 우리 안에 있고, 그 자원을 꺼내 쓸 수 있는 기회는 일단 글로 써놓기로 시작해 보자. 이제 당신이 되고 싶은 당신이 될 차례다. 마음으로 만들어 내고, 글로 써서 눈으로 보고, 믿음으로 실천해 보자. 엄마의 삶도, 아이의 삶도 엄마가 스스로 살아보지 않은 세계를 넓혀갈 때 더욱 의미 있고, 풍요로워질 수 있다. 나는 그래서 엄마들에게 무엇보다 '자기 글쓰기(Self-Write)'를 적극 추천한다.

엄마의 삶의 크기는
아이의 꿈의 크기가 된다

한동안 육아에 지치고, 늘 시간에 쫓겨 짧은 시간 안에 해야 할 일이 많은 내 모습을 볼 때마다 스스로 불쌍하다 생각했다. 그래서 쉬는 날에는 피곤하다는 이유로 그냥 누워서 하릴없이 시간을 보내기 일쑤였다. 그런데 문득 '세상의 많은 다른 엄마들도 나 같을까?' 하는 생각이 들었다. 결혼하기 전에는 나름 자기 관리도 잘되고, 시간도 생산적으로 쓰는 사람이었는데… 순간 내 인생이 후퇴하고 있다는 생각이 들었다. 그리고 그 후퇴를 유도하고 있는 사람이 다른 누구도 아닌 나라는 사실을 자각하게 되었다.

세상의 모든 엄마들은 원래 시간이 없다는 사실을 좀 더 빨리 받아들였다면, 나는 워킹 맘으로 살면서도 좀 더 시간관리에 신경을 쓰며 나 자신의 삶을 가꾸어 나갔을 것이다. 요즘은 전업 맘이면서도 마치 워킹 맘인 것처럼 집에서 수익을 창출해 내고, 자기 계발에 힘써 집에서 일하는 워킹 맘으로 살아가는 엄마들도 있고, 워킹 맘이지만 전업 맘 못지않게 육아와 자기 계발에 철저한 엄마들도 많다. 그런데 나는 육아에 지쳤다는 이유로, 일에 치여 있다는 이유로 무언가 도전해 볼 생각을 멈춰버린 삶을 살고 있는 듯했다. 삶에 변화를 주어야 했다. 그리고 삶을 돌아보며 진지하게 생각해 보았다.

늦된 아이를 키우는 엄마로 살면서 아이에게 집중하다 보니 참 사소한 고민이나 걱정거리에 쓰는 시간들이 많은 엄마였다. '아이는 아이 인생, 엄마는 엄마 인생'을 따로 놓고 생각해 볼 겨를이 없었다. 아니, 한동안은 집착에 가까울 만큼 아이에게 집중하면서 사업까지 완벽하게 해 나가려는 욕심 많은 엄마였다. 그것을 스스로 깨달으면서 아이에 대한 걱정도, 사업에 대한 불안도 많이 내려놓았다. 그리고 새로운 삶의 패턴을 만들어 가야겠다 결심했다. 그렇게 해서 오로지 나를 위해 도전할 것들, 쓸 수 있는 시간들을 가져야겠다 결심하며 도전하고, 포기하기를 수십 번 반복하며 여기까지 왔다. 그러면서도 지금껏 '내 새끼 내 손으로 키우겠다'는 마음과 함께 10년 동안 한 번도 일을 쉬지 않은 엄마, 작가라는 꿈을 키우고 만들어 가는 엄마가 될 수 있었다.

그 시간 동안 뿌린 눈물이 얼마나 많은지 모른다. 힘듦과 짜증과 우울함과 알 수 없는 널뛰기 감정들까지 하루에 열두 번도 넘게 찾아오는 이런 온갖 것들이 목까지 차오르고 가슴을 짓눌렀다. 하지만 생각보다 엄마의 미칠 것 같이 힘든 육아시간은 길지 않았다. 아이가 점점 자라면서 걱정거리와 고민, 불안 등도 많이 없어졌고, 엄마의 삶의 패턴에 맞게 아이도, 남편도 서서히 적응해 가는 듯했다. 어느 순간 나를 위한 시간이 없다며 속상해하고, 화를 내던 엄마가 무언가에 몰두하는 모습에 즐겁게 적응해 가는 가족을 보니 다행이라는 생각도 들었다. 이제 좀 더 열심히 자기 계발을 해봐야겠다는 각오로 엄마의 꿈을 위해 꼭 배우고 싶고 집중해야 하는 것들에 좀 더 과감해졌다. 열정이 과해 독이 되지 않도록, 미리 지쳐서 나가떨어지지 않도록 조절하며 제대로 된 결과물을 내보리라 철저히 계획하고 조금씩 실천하기로 결심했다. 살림과 육아, 일을 하면서 내가 할 수 있는 범위와 영역을 조금씩 넓혀갔다.

그렇게 육아로 힘들고 피곤하다는 이유로 아무것도 하지 않고 무기력하게 보내던 나의 많은 시간들을 다시 찾을 수 있었다. 물론 아무것도 이루어지지 않아 좌절과 실망으로 보내는 날들도 있었고, 이까짓 것 좀 해보겠다고 아이에게 미안한 마음이 드는 날도 있었지만, 대충이라도 글 몇 글자 끄적이고, 책 몇 장 읽은 날은 적어도 마음은 좋았다. 뭔가 해볼 용기를 냈다는 사실에. 나는 어느 순간 살림과 육아도 사업을 한다는 마음으로 하고 있었다.

기일 내에 일을 끝내듯, 정한 시간 안에 살림과 육아에 관한 일을 끝내려고 미리 치우고, 정리할 것들은 빨리 정리하고, 동시에 할 수 있는 일들은 같이 몰아서 정리하고, 뭘 먹을까? 뭘 입을까? 뭘 해야 하나? 이런 질문들을 스스로 확 줄여나갔다. 굶지 않고, 깨끗하게 입고, 하고 싶은 일들을 하면 된다는 마음으로 고민의 시간과 에너지를 낭비하지 않으려 노력했다. 살림과 육아와 일에 있어서 나만의 시스템을 만들어 가면서 나는 더 많은 것들을 꿈꾸고, 이루어 갈 수 있는 엄마가 되어가고 있다.

한때 나라는 존재를 잊고 살만큼 내게는 너무나도 강력한 존재, 내 아이. 하지만 엄마의 불안과 걱정이 아이를 키우는 것이 아니라 엄마의 꿈의 크기가 아이를 키우고 있었다는 사실을 절실히 깨닫게 되었다. 뭐든지 엄마와 함께하고 싶어 하고, 엄마 껌딱지처럼 떨어지지 않으려 치댔던 아이가 엄마의 시간에, 엄마의 루틴에 적응해 가며 잘 크고 있었다. 그래도 나는 여전히 내 새끼가 우선이고, 내 새끼가 세상의 전부인 그런 평범한 엄마다. 아이가 나에게 주는 사랑이 얼마나 큰지 나는 잘 알고 있다.

한 번도, 누구에게도 받아보지 못한 충만한 사랑이라는 감정을 나는 아이를 통해 배우고 느낀다. 쉴 새 없이 안겨 뽀뽀를 퍼붓고, 세상에서 엄마가 제일 좋고, 제일 예쁘고, 사랑한다며 매일 허그를 해주는 사람이 어디 있겠는가? 작은 가슴이 내 가슴에 안길 때마다 전해지는 묘한 행복감. 그때마다 내 가슴속에 평소와는 다른 또 다른 심장이 하나 더 담겨 있나? 하는 생각이 들만큼 행복하다. 그 어떤 말로 설명할 수 없는 감정, 엄마가 아니면 죽어도 느껴보지 못할 그런 감정이 차오른다. 아이가 크면서 그 시간이 점점 줄어들 것 같아 벌써부터 마음이 아리고 서글퍼진다. 그래서 짧은 시간 더욱 뜨겁게 집중해서 사랑하려고 노력한다. 아이와 보내는 시간을 미친 듯이 즐기려고 한다. 가장 아름답고 소중한 그 시간들, 인생의 무대를 통틀어 엄마라는 역할의 주인공으로 가장 멋진 인생을 선보일 그 시간이 바로 길지 않은 육아의 시간임을 잘 알고 있다. 그러기에 엄마의 꿈을 키우는 순간에도 아이와의 시간을 놓치지 않으려고 노력 중이다.

다행히 아이도 엄마의 이런 노력을 느끼는 것 같다. 늘 도전하고, 꿈꾸는 엄마를 보면서 아이는 말한다. "엄마, 나도 엄마처럼 작가가 될 거야." 엄마가 늘 삶에 고군분투하는 모습을 보면서 아이는 나를 어떻게 기억할까? 궁금했는데 아이가 이런 말을 건네주어 감사했다. 아이는 분명 엄마를 보고 자란다. 그래서 엄마는 자신의 인생에 최선을 다해야 한다. 이제 엄마 경력 10년쯤 되어간다. 나는 아직도 좌충우돌 정신없이 때론 삽질도 마다하지 않고, 때론 울기도 하면서 아이를 키우고 있다. 하지만 5년 전의 내가 아니다.

악기도 배우고, 글도 쓰고, 책도 더 열심히 읽고, 블로그도 하고, 영어공부도 하고, 가끔이지만 외부 강연이나 원고 요청으로 칼럼을 쓰기도 한다. 매일 일과 살림과 육아를 병행하며 지친 몸뚱이를 소파나 침대에 누이기 일쑤였다면, 이제는 그렇게 누워서도 30분씩 스트레칭이라도 한다. 짧은 시간이라도 뭔가 다른 것을 병행할 수 있지 않을까 생각하며 유튜브로 유용한 정보를 듣기도 하고, 영어 회화를 틀어놓기도 한다.

최근에는 아이에게 엄마표 영어를 진행하기 위해 아이 영어 동화책들을 읽어보고 있는데, 오히려 엄마인 내가 더 감동받고, 공부가 된다. 엄마의 삶의 크기를 넓혀갈수록 더 멋진 삶이 만들어짐을 스스로 경험하고 나니 더욱 미친 듯이 노력하게 된다. 엄마로 살고 있는 지금의 내 인생이 여자로서 가장 멋진 날로 추억되고, 가장 빛이 났던 젊은 날로 기억될 수 있도록 살아보고 싶은 욕심이 생긴다. 엄마가 아닐 때는 감히 용기 내지 못했던 일들도 때론 아이를 위한 일이라고 그럴싸한 핑계 삼아 용기를 내보기도 하고, 좀 더 과감해진 나를 만난다.

늦된 아이 육아가 평범한 아이 육아보다 힘든 건 사실이지만, 그것도 나를 단단하게 하는 힘이 되었다. 많은 날들을 아이가 안쓰러워서, 엄마의 실수를 자책하며 눈물을 흘려야 했지만, 엄마의 눈에서 떨어지는 그 눈물방울들은 분명 내 아이의 앞날에 보석처럼 빛날 것이라 믿는다. 돌아보니 눈물 흘린 만큼 더 독하게 엄마의 삶도, 엄마의 마음도 그 크기를 넓혀왔던 것 같다. 엄마로 살면서 정말 또 한 번의 인생 역전이 시작된 것이다. 내 아이를 자랑삼아 목에 걸고 다닐 엄마의 훈장으로 키울 생각이 죽어도 없으니, 내게 아이를 잘 키운다는 건, 그저 평범한 아이의 평범한 엄마로 엄마의 삶의 크기를 조금씩 넓히며 아이의 꿈의 크기도 조금씩 커지길 바라는 것이다.

나는 하고 싶은 일들이 많아졌다. 더 다양한 분야의 책들을 '월별 테마독서', '독서 학기제'라는 이름을 붙여 프로젝트처럼 읽다 보니 다양한 분야에 관심이 생기기 시작했다. 더 다양한 지식을 쌓기 위해 더 많은 것을 배우고, 공부하고 싶어졌다. 그리고 엄마이기에 가능하고, 도전하고 싶은 영역들이 참 많다는 것도 알게 되었다. 그래서 엄마로 살면서 하는 엄마 공부는 참 재미있다. 나의 능력치는 점점 높여주고, 또래 아이들을 키우는 엄마들과 소통의 도구가 된다. 혼자 알고 끝나는 지식이 아니라 나누는 살아있는 지식이 된다. 그것이 때론 강연이나 모임으로 이어져 소중한 인연이 생기기도 한다. 그리고 이제는 이렇게 늦된 아이를 키우는 평범한 엄마의 이야기를 책으로 쓰고 있다.

엄마가 되고 새로운 일을 시작한다는 것은 꽤 큰 용기와 결심이 필요하다. 나도 많은 시간 고민하며 나를 위한 투자를 시작했다. 특출 나게 잘하는 것도 없는 내가 죽었다 깨어나도 따라가지 못할 것 같은 워너비 엄마들의 삶을 책으로 들여다보면서 마냥 부러워하기만 했다면 어땠을까? 악보를 볼 줄도 모르고, 계이름이 뭔지도, 악기를 어떻게 잡는지도 모르는 내가 무작정 악기가 배우고 싶어 잠깐 시간을 내어 동네 문화카페의 문을 두드리던 날, 두려울 것도, 쪽팔릴 것도 없다고 마음을 단단히 먹었다. 혼자서 책을 읽으며 독서모임을 꾸려볼까 생각할 때도, 그곳에 오는 분들께 내가 배우면 된다는 마음으로 구상을 했었다. 무엇이 되었든 일단 시작해 보자는 마음. 그것이 준비의 전부였다. 그것에 용기가 양념처럼 필요했지만, 일단 발을 담가 놓으면 어떻게든 하게 되는 것 같다. 뭐든 시도해 보자. 그리고 열심히 책을 읽으며 공부하자. 막연해서, 두려워서, 무서워서, 쪽팔려서, 이런 생각들로 혼자 상상하고 계획했던 많은 것들을 그냥 접지 말고 미친 실행력으로 한번 해보는 거다.

세상이 급변하고 있다. 앞으로의 세상은 예측도 힘들다고 한다. 이럴 때일수록 엄마가 공부하며 자신의 삶의 크기를 넓혀야 한다는 생각이 수없이 든다. 최근에는 코로나로 더 절실히 그것을 느꼈다. 코로나라는 무시무시한 전염병 앞에 한순간 무너진 사람들, 회복하지 못한 기업체들은 또 얼마나 많은가? 나는 작은 사업을 하면서 코로나가 일순간 내 삶을 완전히 흔드는 경험을 잠시 했다. 남편의 직장도 흔들렸다. 거의 모든 게 마비되는 기분이었다. 앞으로 내 아이가 살아갈 세상은 더욱 그러한 변수들이 많을 것이다. 나는 정신을 바짝 차려야겠다고 생각했다. 아이에게 꿈이 있는 엄마, 노력하는 엄마는 흔들리지 않음을 보여주고 싶었다. 힘들어진 사업과 코로나로 집에 아이와 함께 머물러야 하는 시간이 길어질수록 집밥도 열심히 하고, 더 열심히 책도 읽었다. 남편도 집에 머무는 날이 많아지면서 나는 생각했다. '엄마가 움직여야 한다. 더 이상 우리 가족에게 비빌 언덕이 없구나.' 어떤 상황에서도 가난해질 수는 있지만, 그 가난의 감정을 아이에게 물려주어서는 안된다는 생각에 조금 힘들어도 어떤 내색 없이 우리는 오히려 더 크게 웃고, 밝은 표정으로 그 시간을 보내려고 했다.

더 열심히 무언가 시도하려 노력하고, 기존의 방식을 고수하지 않고 새로운 변화를 다시 시도하려 계획했다. 새로운 교육도 알아보고, 새로운 경제 계획들도 세워가며 잘 극복해가고 있다. 다른 엄마들도 책임져야 될 새끼들은 있는데, 언제까지 남편만 바라보고 살 수는 없는 노릇이라고 생각하는 사람들이 많은 것 같았다. 언제 무너질지 모르는 요즘 시대의 직장생활, 개인 사업자들. 엄마는 공부해야 한다. 무엇이든 시간을 아껴 배우고, 책을 읽어야 한다. 엄마의 책 읽기와 공부가 이제 돈이 되는 세상이 되고 있다. 배움을 돈으로 바꿀 수 있는 기회들이 참으로 많아지고 있다. 배우자, 읽자, 그래서 자립하자. 정신적으로, 물질적으로 자유로운 엄마의 세상을 꿈꿔보는 것이다. 엄마의 삶의 크기, 꿈의 크기가 커질수록 아이의 꿈의 크기도 넓어짐을 기억하며 움직이자.

지금은 엄마에게 최고의 퍼스널 브랜드 시대

　누구에게나 '퍼스널 브랜드'가 중요한 시대가 되었다. 이것은 아이를 키우는 엄마들에게도 마찬가지다. 아니, 오히려 지금은 엄마들에게 자신을 브랜딩할 수 있는 최고의 시대가 되었다. 코로나가 세상을 흔들기 시작하면서 눈에 띄게 재택근무가 늘어나고, 근무지도 탄력적으로 운영되고 있다. 비대면 시대가 되면서 물리적인 이동이 줄고 있으니 집에서 엄마들이 할 수 있는 일들도 분명 더 많아질 것이라 생각된다. 그래서 이제 엄마들에게도 퍼스널 브랜딩은 선택이 아닌 생존을 위한 길이며 기회다.

　엄마들의 신의 직장, 디지털 노매드를 집에서 실현시킬 수 있는 좋은 시대다. 노트북, 휴대전화 하나만 있으면 전 세계 어디에서나 일하며 돈 벌 수 있는 세상에 우리라고 못할 게 무엇인가? 아이 키우느라 어딜 나가지도 못하는 신세를 한탄할 일이 아니라 방구석에서 나를 브랜딩할 수 있는 방법을 찾아보자. 이미 세상에는 뭐라도

해서 집에서 내 새끼 내 손으로 키우며 돈 벌고 싶어 하던 엄마들이 정말 다양한 방법으로 남편만큼 벌며 활동하고, 애까지 잘 키워내는 엄마들이 넘쳐나고 있다. 특별한 엄마들의 이야기가 아니다. 평범한 엄마들이 아이 키우며 자신의 관심을 재능으로 키워 자신만의 플랫폼을 만들고, 이루어 가는 이야기다. 그렇게 꾸준함으로 자신의 영역을 확장하며 진짜 자신만의 브랜딩을 구축하고 있다.

나 또한 이것에 대해 수없이 고민했던 엄마다. 그래서 스스로에게 적용해 보고, 시도하고 경험하며 느낀 퍼스널 브랜드를 위한 마음가짐이나 방법을 나름 정리해 보려고 한다.

첫째, 원하는 삶을 위해 시도한 일이 있다면 반드시 결과물을 내야 한다. 엄마로 살다 보면 정말 끝까지 나를 위한 무언가를 마무리한다는 것이 쉬운 일이 아니다. 매번 아이와 가정에 우선하다 보니 시도한 일들이 우선순위에서 밀리기 때문이다. 그렇게 흐지부지 멈춰진 일이, 시도조차 어려웠던 일들이 한두 가지가 아니다. 그리고 시간이 지나면서 기억 속에서도 점점 잊혀 간다. 하지만 멈추지만 않으면 된다. 반복의 힘을 믿고 중도에 포기하지 않으면 시도할수록 더 쉬워진다. 나에게 책 읽기와 글쓰기가 그것을 가르쳐 주었다. 10년 동안 멈추지 않고 반복된 책 읽기가 내 안에 잠재된 어떤 재능을 일깨워 준 것 같다. 그래서 작가가 되고자 했던 꿈을 이룰 수 있었다. 글을 쓰면서도 어떻게든 책 한 권으로 만들어질 수 있는 분량을 채워내고야 말겠다는 각오로 썼다. 일단 하고 싶은 한 가지를 찾아 무작정 시도해 보자. 그리고 반드시 그것에 대한 결과물을 가져보는 것, 피드백을 통해 그 결과물에 대한 검증을 받아보는 것, 그것이 엄마가 자신의 꿈을 이루는 변화의 시작이 될 것이라 생각한다.

둘째, 삶의 변화를 꿈꾸고, 원하는 일이 있다면 반드시 다양한 분야의 독서로 세상의 흐름을 읽는 것이 중요하다. 지금 읽고 있는 책이 곧 경쟁력이다. 읽고 있는 책의 수많은 저자들이 멘토가 되어 돕는다고 생각해 보면 독서량이 많아질수록 멘토들은 더욱 늘어난다. 늘 혼자서 아등바등 일하고, 세상에 나가 치열한 경쟁 속에서 싸우고 있는 사람들은 언젠가 방구석에서 아이 키우며 열심히 책 읽는 우리 엄마들을 이겨낼 재간이 없게 될 것이다.

미래를 위한 책들을 찾아 인생의 설계도를 그려보자. 그렇게 자신이 원하는 분야의 책을 준전문가 수준으로 읽다 보면 천직을 찾는 일도 가능해질 것이다. 거창하지 않아도 자신이 원하는 분야에서 자신의 능력을 마음껏 발휘하며 만족스러운 삶을 살아간다면, 그것만큼 좋은 것이 어디 있겠는가? 흔들리는 인생을 극복하기 위해, 그리고 퍼스널 브랜딩을 위해 아침에 일어나 책을 읽으며 엄마인 내 인생과 아이를 위한 인생의 큰 그림을 그려나가는 삶이 행복해진다. 미친 듯이 3년만 고생해 보자. 집이 즐거운 꿈의 놀이터로 만들어질 것이다. 독서를 통해 세상의 흐름을 읽으며 자신만의 큰 그림을 가지고 살아가는 멋진 엄마의 모습을 보여주자.

셋째, 어떤 일이든 마감시간을 정하고 움직여야 한다. 세상에 태어나 남이 시키는 일만 죽어라 하다 갈 것 같은 불안감이 밀려왔던 때가 있었다. 그것이 나의 20대 모습이다. 20대에 죽고 70대에 치를 장례식만 앞둔 20대를 보내고 있는 듯한 절망감이 나를 엄습했었다. 그런데 엄마가 되고 나니 매일매일이 어떻게 지나가는지 모르게 지나갔다. 정말 죽어라 집안일하고, 아이 키우고, 일하면서 그렇게 세월의 흐름에 따라 늙어갈 것 같은 생각이 들었다. 어느 것 하나도 엄마 손이 필요하지 않은 곳이 없고, 특별히 해놓은 일도 없이 매일 똑같은 일상을 보내면서도 하루해는 짧았다. 그래서 어떤 일이든 마감시간을 두기 시작했다.

모든 준비를 일사불란하게 움직여 처리했다. 머리로만 '해야지, 해야 하는데…'라고 생각하지 않고 일단 몸부터 움직였다. 우리 몸은 때론 뇌보다 훨씬 빠르다. 데드라인(deadline)은 원래 넘지 말아야 할 선, 죄수가 넘으면 총살당하는 선, 즉 문자 그대로 죽음의 선이라는 의미다.

무서운 말이다. 넘으면 죽을 수도 있다는 생각으로 엄마에게 주어진 일과 하고 싶은 일들을 해낸다면 세상에 끝내지 못할 일이 무엇이 있겠는가? 원하는 일도, 책 읽기도 기간을 정해 마감시간 안에 움직여보길 권한다.

넷째, 독자에서 저자로 거듭나 자신만의 저서를 가져보는 것이다. 브랜딩에서 중요한 능력 중 하나가 바로 글쓰기다. 요즘은 블로그나 SNS, 심지어 유튜브 영상의 짧은 자막처리에도 글쓰기 기술은 필요하다. 나 또한 글이 쓰고 싶어 블로그에 책 리뷰를 올리며 글쓰기 연습을 해왔다. 그래서 글쓰기는 자신을 브랜딩하는 중요한 능력 중에 하나임을 일찍 깨달았던 것 같다. 세상에 독서와 책 쓰기로 인생을 바꾼 사람들이 정말 많다.

바쁜 직장생활에도, 독박 육아와 살림을 하는 전업주부 생활을 하면서도, 워킹 맘으로 일과 육아를 병행하면서도 치열하게 독서습관을 만들고, 자신만의 저서를 가지기 위해 노력하는 사람들이 점점 많아지고 있다. 그러기 위해서는 관심분야의 자료와 책을 집중적으로 읽어서 자신만의 독특한 것을 뽑아내는 훈련이 필요하다. 이미 많은 사람들이 가진 콘텐츠라도 상관없다. 어떻게 나를 차별화할 것인지가 중요할 뿐이다. 남과 비교하지 말고, 내가 하면 같은 콘텐츠도 다르다는 믿음으로 시작하면 좋겠다. 그것을 책으로 써서 저자가 되면 경쟁력 있는 콘텐츠를 가질 수 있다.

한 분야의 전문가가 되는 것이다. 이것은 현재 하는 일과 관련이 없어도 괜찮다. 점차 협업할 수 있는 방법들도 떠오르기 때문이다. 나는 독서로 인생이 바뀐 이야기를 책으로 썼더니 언제부터인가 '독서전문가'라는 타이틀로 불리며 인터뷰 요청이나 강연 요청을 받곤 한다. 처음에는 참으로 부끄러웠다. '세상에는 나보다 훨씬 많은 양의 독서와 다양한 영역에 깊이 있는 독서를 해오는 고수들이 많을 텐데, 내가 전문가라니…' 하는 생각이 들었기 때문이다. 하지만 그럴 수 있는 이유는 내가 독서습관과 책 이야기를 책으로 써냈기 때문이다. 그래서 자신을 브랜딩하기 위한 자신의 저서를 갖는 일이 쉽지는 않지만, 필요한 일이라고 생각한다.

다섯째, 디지털 구사능력을 갖춰 직장도, 물리적인 어떤 장소도 아닌, 세상으로 출근하는 자신을 꿈꾸어 보길 바란다. 자신을 세상에 보여주기에 더없이 좋은 세상이다. 책을 통해 알게 된 내용들로, 자신의 특별한 일상이나 취미 등으로 자신만의 콘텐츠를 만들어 냈다면 반드시 디지털 구사능력을 갖추어야 한다. 더욱이 코로나는 우리에게 개인의 생존까지 위협하며 디지털 구사능력을 재촉하는 세상으로 만들어 버렸다.

코로나 시대가 끝난다 하더라도 이미 익숙한 생활로 적응해 버린 세상 사람들은 온택트 시대의 매력과 생활에서 벗어나기 어려울 것이다. 그래서 디지털 구사능력이 이제는 꿈을 실현시키는 능력이 되었고, 자신만의 콘텐츠를 가지고 있는 사람들은 오직 실력으로 승부할 수 있는 좋은 세상이 되었다. 아무도 대체할 수 없는 실력을 키워 앞으로 집에서 독립적인 워커로 퍼스널 브랜드를 만들어가며 살아가야 한다.

엄마들에게는 지금이 최고의 퍼스널 브랜드 시대이며, 누구보다 그것을 잘 해낼 수 있는 최적의 위치에 자리하고 있다고 생각한다. 늘 아날로그 삶을 추구하며 소소한 일상에 감사하며 살아온 나에게도 디지털 구사능력은 큰 과제로 남아 있다. 하지만 열심히 공부하고 배워서 내 아이에게 멋진 엄마, 독립적인 엄마의 모습을 보여주고 싶은 마음이다.

Part 5

엄마로 살면서
책 읽기와 글쓰기는
언제나 힘이 되었다

엄마에게 재능을 이기고,
새로운 인생을 살아볼 기회를 준 것

이제 엄마로 살면서 시작된 나의 글쓰기에 대한 이야기, 책 읽기에 대한 이야기를 좀 더 나눠보고 싶다. 다른 누구도 아닌 엄마에게 왜 책 읽기와 글쓰기가 중요했으며, 필요했는지 그 이야기를 해보려 한다. 육아에 지친 나를 위해 무언가 해야겠다고 마음먹고 다시 책을 읽으며 긁적이기 시작했다. 아이를 잘 키우고 싶은 마음에 육아서를 집어 들었고, 늦된 아이를 돕고자 이것저것 파고들며 읽기 시작하다가 아이의 성장만큼 엄마의 성장이 얼마나 중요한지 느끼며 글쓰기를 본격적으로 시작했다. 그리고 결국 엄마의 세계를 넓히는 동안 그 세계 속에서 자라고 있던 내 아이의 세상도 넓어지고 있음을 깨닫게 되었다. 왜일까? 엄마가 아이를 바라보는 시야를 넓혔기 때문이다. 엄마가 세상을 바라보는 시야를 바꿀 수 있었기 때문이다. 그렇게 엄마인 내가 관심분야에 열정을 쏟으며 그것을 재능으로 키워보려 노력 중인 이야기다.

책을 읽다 보면 어느 순간, 내가 마치 저자가 되어 그 삶을 살고 있는 듯한 착각에 빠질 때가 있다. 때론 그것이 착각이 아닌, 진짜 나의 삶이 되기를 간절히 바라기도 했다. 그리고 간절했던 그 마음은 첫 책『하루 10분 아침 독서 습관』을 출간하며 독자에서 저자로 거듭나게 되었다. 책을 읽고, 글을 쓰면서 분명 내 인생이 달라진 것이다. 미래에 대한 불안 속에서도 책과 글쓰기에 대한 나의 간절한 관심이 재능을 이긴 것이라고 생각한다.

미국의 작가 조디 피콜트는 "읽어라, 독서는 앞서 간 작가들처럼 당신도 쓸 수 있게 영감을 줄 것이다."라고 말한다. 그의 말은 옳았다. 나는 새로운 책을 읽을 때마다 새로운 인생을 꿈꿨고, 쓸 수 있는 영감들을 얻었다. 이제 '책 읽기'에서 '글쓰기'로 더욱 풍성한 인생을 꿈꾸고 있다. 사실 나는 "당신은 어떤 재능을 가지고 있는가?"라는 질문에 고민이 참 많았다. 특별히 잘할 수 있는 일들을 찾지 못했기 때문이다. 늘 이것저것 조금씩 해보고, 기웃거려 보다가 얼마 지나지 않아 포기하기 일쑤였다. 그러나 책을 읽기 시작하면서 나는 매일 조금씩 에너지가 충전되고, 꾸준함과 간절한 관심이 재능을 이길 수 있다는 사실을 깨닫기 시작했다.

특별한 재능도 없고, 적성에 맞는 일도 찾지 못했던 삶에서 지금 하고 있는 일과 매일 반복하고 있는 일들에서 가치와 의미를 다시 찾아가기 시작했다. 꽤 긴 시간 동안 멈추지 않고 반복되어 온 나의 책 읽기가 내 안에 잠재되어 있던 어떤 재능들을 일깨우고 있었다.

20세기 첼로의 거장 파블로 카잘스는 이렇게 말했다.

"나는 재능이라곤 눈곱만큼도 없고, 적성에도 맞지 않는 첼리스트였다. 하지만 매일 24시간씩 온 마음을 다해 첼로 연습을 했고, 사람들은 나를 첼로의 거장이라고 말했다. 숨이 다하는 날까지 나는 첼로를 켤 것이다."

파블로 카잘스의 말을 들으며 진정한 재능이라는 것이 무엇인지 다시 한 번 생각해 볼 수 있었다. 나라면 재능이라곤 눈곱만큼도 없고, 적성에도 맞지 않는 일을 24시간 할 수 있을까? 그 일을 하며 거장이라고 불릴 만큼의 자리까지 오를 수 있을까? 온 마음을 다해 죽는 날까지 그 일을 할 수 있을까?

조금만 힘들어도 쉽게 포기했던 나의 지난 과거를 떠올려보면 절대 할 수 없는 일이다. 하지만 나는 이제 꾸준한 독서를 통해 '재능을 이길 수 있는 그 무언가가 있다'라는 사실을 깨닫게 되었다. 그것은 꾸준함과 간절한 관심이다.

자신이 꾸준하게 관심을 갖고 있는 일이 있는가? 아주 오랫동안 관심을 두고 있는 일이 있다면, 그래서 그 일을 꾸준하게 시도하고 있다면, 언젠가 그 간절한 관심과 잠재력이 함께 작용하는 때가 올 것이다. 신은 결코 우리가 전혀 관심 없는 분야에 재능을 함께 주시지는 않는다는 사실을 잊지 말자. 신은 우리가 가장 잘할 수 있는 것, 우리가 간절히 원하는 일을 하며 기쁘게 살기를 원한다. 결코 실수하지 않으시는 하나님은 그래서 각자에게 준 달란트가 모두 다르다. 이것이 자신의 달란트가 아닌 남의 달란트를 부러워하며, 그것을 얻고자 시간과 에너지를 낭비하지 말아야 할 이유다.

자신에 대한 최소한의 가능성을 열어두자. 우리는 하나님께 단 하나뿐인 기적이다. 우리는 그 누구도 갖지 못했고, 앞으로도 갖지 못할 우리만의 재능과 경험과 기회들을 이미 가지고 있는지도 모른다. 마음과 감정을 흔들어대는 그것, 때론 설렘을 주기도 하지만 마음에 한가득 고민으로 채우게 하는 그것, 하지만 여전히 가슴을 태우는 그 어떤 것이 있다면 그것을 선택해 보자. 그것을 소유할 때 재능을 이겨 원하는 일을 하며 살아갈 수 있을 것이다. 간절한 관심이 타고난 재능과 연결되지 않더라도 훈련을 통해 필요한 역량을 갖추어 나가면 된다.

나는 독서를 통해 작가라는 직업에 관심을 갖기 시작했다. 단 한 번도 글을 써보지 않았지만, 책을 읽으면서 '나도 이런 글을 쓸 수 있었으면 좋겠다.'라는 생각을 수없이 했다. 처음에는 그저 부러운 마음으로 시작했고, 시간이 흐르면서 작가라는 직업에 대한 열망은 더욱 커져갔다. 평생 이 일을 하며 살아보고 싶다는 생각이 들만큼 간절한 관심이 생기기 시작했다. 이미 가슴속에 심어진 작가라는 꿈의 씨앗은 나를 흔들어대기 시작했다. 내 심장을 뚫고 나오려고 하는 작가라는 꿈의 씨앗을 더 이상 그냥 묻어두고 싶지 않았다. 더욱 치열하게 책을 읽으며 그 꿈의 씨앗에 내가 줄 수 있는 세상에서 제일 좋은 거름을 주고, 세상에서 가장 찬란한 햇빛을 주며, 내 온몸을 흘러 심장을 관통하는 가장 뜨거운 피를 주고 싶다는 마음이 생겼다. 타고난 재능이 없다면 피나는 노력이 있지 않은가? 노력하는 시늉이 아니라 스스로를 감동시킬 만큼의 노력, 신을 내편으로 만들 만큼의 노력이 있다면 꿈은 반드시 이룰 수 있다고 생각한다.

《글쓰기는 스타일이다》에서 장석주 시인은 작가의 진짜 재능에 대해 이렇게 말한다. "작가가 되려는 사람이라면, 반드시 다음의 두 가지를 실천해야 한다. 많이 읽고, 많이 쓰는 것. 이 두 가지가 글쓰기의 가장 좋은 훈련 방식이자 재능의 증명이다. 그런 훈련을 거듭하면서 글쓰기에 필요한 마음의 근육 역시 키워야 한다. 마음의 근육이란 어떤 절망에도 포기하지 않는 것, 열 번 쓰러지고도 열한 번 일어서는 불굴의 의지로 단련된 직관을 뜻한다.

마음의 근육을 키운 사람만이 영감이 고갈되거나 정신이 바짝 메말라버려도 도중에 포기하는 법이 없다. 이게 바로 글쓰기의 진짜 재능이다." 많이 읽고, 많이 쓰며 마음의 근육을 키우는 훈련이 작가의 진짜 재능이라는 말에 힘이 된다. 만약 삶이 힘들고 외롭다고 느껴진다면 눈을 돌려 지금 관심을 끄는 것들을 생각해 보자. 그리고 움직여야 한다. 그 힘들고 외로운 생각들이 당신을 꼼짝하지 못하도록 만들기 전에 무엇이든 하려고 노력해야 한다. 나는 책 읽기와 글쓰기로 그것들을 잊으려고 했고, 마음을 가라앉혀 생각을 정리했다. 관심이 가면서 나의 마음을 흔드는 것들에 대해 진지하게 생각해 보았다. 설레기도 했지만, 사실 무엇부터 시작해야 될지 구체적으로 알 수도 없었다. 그래서 그런 모든 마음들과 그 모든 것들에 대해 솔직하게 썼다.

지금 내가 무엇에 관심이 있는데 무엇부터 시작해야 될지 모르겠다고… 오직 묵묵히 쓰면서 나의 간절한 관심과 오랫동안 하고 싶은 일들이 종이 위에서 드러나기 시작했다. 그리고 삶의 모든 순간들, 나의 모든 감정과 경험들을 글을 통해 말하리라 결심했다. 그때부터 열심히 글을 쓰며 훈련하고 있다. 게을러지지 않기 위해 노력하고 있다. 마음의 근육을 단단히 키우려 한다. 글을 쓰면서 나는 비로소 정말 나의 간절한 관심과 꿈이 무엇인지 볼 수 있었다. 꿈은 볼 수 있는 사람만이 잡을 수 있다.

만약 그럴 수 없다면 꿈이 아무리 원대하더라도 꿈을 이루기까지 수없이 많은 불리한 상황에 놓이게 될 것이다. 왜일까? 우리는 늘 삶의 바쁨과 생각지 않았던 상황들과 마주하는 그런 삶 속에서 살아가기 때문이다. 그래서 가슴속에 묻힌 꿈들을 쉽게 잊고 살아간다. 자신의 간절한 관심과 꿈을 명확히 볼 수 없는데 어떻게 그것을 평생의 진로로 선택할 수 있겠는가? 사람들은 결코 자신이 잘 알지 못하고, 볼 수 없는 것에 최선을 다하지 않는다. 그래서 재능을 이길 간절한 관심이 생겼다면 글을 쓰면서 그것을 명확히 바라보는 훈련을 해보자. 어떤 고통과 외로움 속에서도 도전하고, 도전하고, 또 도전해 보자. 언젠가는 그 꿈을 이루며 살아가는 자신을 만나게 될 것이다.

사람들은 다시 태어나면 지금처럼 살지는 않겠다고 말한다. 그렇다면 만약 당신 인생에 '새로 고침' 버튼을 눌러 새로운 인생을 살아볼 수 있는 기회가 주어진다면 어떤 인생을 살아보고 싶은가? 적어도 지금처럼은 아닐 거라는 소극적인 대답은 하지 않기를 바란다. 기회가 주어졌는데도 아직도 그런 대답밖에 할 수 없다면 지금의 삶과 별반 다를 것 없는 삶을 리플레이할 뿐이다. 왜일까? 명확하지 않기 때문이다. 간절하지 않기 때문이다.

나는 늘 생각했다. 일을 그만두고 아이 키워놓고 나면 뭔가 새로운 인생을 계획하여 살아보고 싶다고. 그러나 그 생각은 막상 그런 상황이 되었을 때 내가 꿈꾸던 인생을 실행에 옮길 수 없을 것 같다는 생각이 들었다. 고정된 수입이 보장되지 않기에 소비에 대한 위축으로 경제적 부담이 발목을 잡을 것이며, 막연한 꿈이었기에 사실 무엇부터 시작해야 할지 그 방법도 모르기 때문에 금세 포기했을 것 같다. 그래서 일을 그만두었을 때, 아이가 제 앞가림을 할 수 있을 때가 되었을 때 내가 정말로 뛰어들고 싶은 일들, 살아보고 싶고, 경험해 보고 싶은 모든 것들을 일단 적어 보았다. 적으면서 자유로이 꿈꿔 보기로 했다. 지금 내게 주어진 환경에서 당장 벗어날 수 없으니 주어진 현재의 울타리 안에서 마음 한편에 밀쳐둔 가슴속 꿈들을, 아이디어들을 자유롭게 탐색해 보자고 마음을 바꾸었다. 발목을 잡을 만한 금전적, 지리적, 환경적 제약 등 다른 모든 것들에 신경 쓰지 않고 그리고 싶은 인생지도를 그려볼 때 내 안의 잠재적 가능성이 엄격한 현실보다 더욱 많은 일들을 해낼 수 있다고 나를 격려해 주는 듯했다.

나는 미래에 대한 불안에서 벗어나고 싶었다. 그래서 앞이 보이지 않는 그 상황을 빠져나가기 위해 줄곧 방법을 모색해 왔다. 정말 하고 싶고, 되고 싶고, 잘할 수 있는 것들을 찾기 위해 수없이 고민했다. 목표에 근접했나 싶으면 좌절했고, 그런 시도들이 이미 그전에도 거듭되었기에, 다시 무언가를 시도해야 하는 그 자리에 서는 것은 또 다른 모습의 두려움이 늘 함께했다.

때론 우유부단함과 소심함이 발목을 잡았다. 이제 됐다 싶으면 다시금 같은 상황이 반복되며 나를 옥죄어 오는 것 같아 또 한 번 마음이 무너져 내렸다. 그런 많은 시도들 중에, 그러나 끊임없이 스스로를 들볶을지라도 결코 포기할 수 없었던 것은 독서와 글쓰기였다. 어느 정도 시간이 흐르자 나는 이것들에 중독되어 가고 있었다.

그리고 이 두 가지가 늘 집, 육아, 일로 끝나는 내 인생의 걸림돌을 제거하며 망설이고, 주저하고, 머뭇거리던 삶을 충만하고, 즐겁게 채워가고 있었다.

나는 평생 글을 쓰며, 쓰는 순간마다 좌절한다 하더라도 이제 막상 운 좋게 찾은 이것들을, 굴러 들어온 그 행운을, 신이 주신 그 기회를 막고 싶지도, 놓치고 싶지도 않다. 마음도, 주어진 환경도 너무 바쁘고 힘들지만, 글을 쓰는 동안은 너무나 즐겁기 때문에 멈출 수가 없다. 글을 쓰면서 내 인생은 달라지고 있었다.

책을 읽으면서 저자의 삶과 그가 말하는 삶이 과거의 나의 삶과 만나 전혀 상상하지 못했던 나의 미래라는 삶을 만들어 내고 있다. 그리고 나는 그것을 쓴다. 나의 경험과 책 읽기를 재료 삼아 꿈꾸는 미래를 만들어 내는 그 시간이 참 좋다. 이제 나에게 글쓰기는 꿈꾸는 시간이 되었다. 아직 살아보지 못한 미래 속에 진입하여 살아갈 미래 속에 길을 내는 것이다. 물론 그것은 쉬운 일이 아니다. 어쩌면 가장 어려운 일일지도 모른다. 그러나 분명한 것은 책 읽기와 글쓰기가 나의 육체나 정신이 병들지 않도록, 열정이 식지 않도록, 삶에 대한 열망에 굶주리거나 게으르지 않도록, 그렇게 나를 끈질기게 미래라는 삶의 현장으로 밀어 넣고 있다는 것이다.

신이 나에게 '새로 고침' 버튼을 눌러 다시 살아볼 수 있는 인생의 기회를 주신다면, 나는 그때도 글 쓰는 삶을 망설임 없이 택할 것이다. 놓치고 싶지 않은 그 인생의 기회를 위해 명확하게 계획을 세우고, 방법을 모색할 것이다. 스스로 잘할 수 있는 일, 정말 하고 싶은 일을 찾아 나답게 살아보고 싶은 인생을 글로 써보자. 내 인생에 '새로 고침' 버튼은 어쩌면 신이 이미 꿈꾸는 당신에게 넘겨주었는지도 모른다. 그렇다면 가슴속에서 무언가 변화의 신호가 올 때마다 망설이지 말고 글쓰기로 그 버튼을 작동시켜 보면 어떨까? 글을 쓰면서 내 인생이 달라지고 있는 것처럼 누군가의 인생도 달라질 수 있다고 생각된다.

자신만의 삶의 이야기로 엮인 '나라는 책'은 삶에 다양한 기회를 끌어당기는 기적의 자석이 될지도 모른다. 한 번도 살아보지 못한 인생을, 꿈꾸는 그 일을 한 번쯤은 경험할지도 모르니까. 내가 책을 쓴 것이 계기가 되어 군부대 강연이나 저자 강연, 기관 강연을 경험했으니, 그저 평범한 아줌마에게 놀라운 기적이었다.

글을 마치려고 한다. 그저 늦된 아이를 키우며 육아에 지친 엄마가 지금과는 다른 인생을 살고 싶었다. 그러나 재능이라곤 눈곱만큼도 없고, 간절한 꿈도 찾지 못했던 상황에서 내가 할 수 있는 최선의 선택은 책 읽기였다. 그리고 얼마나 많이, 얼마나 오랫동안 읽어야 인생을 바꿀 수 있을까? 생각해 보았다. 정답은 없다. 그러나 분명한 사실은 독서와 글쓰기라는 나의 간절한 관심이 재능을 이겼다. 책 읽기를 재료 삼아 글쓰기를 하면서 나의 삶은 분명 조금씩 바뀌어 가고 있음을 깨닫는다. 주어진 삶의 시간을 소중히 여기며 독서를 통해 끊임없이 마음 근육을 키울 수 있었고, 그것을 글로 쓰면서 삶을 대하는 태도, 미래를 바라보는 자세가 달라졌다. 새로운 인생, 멋진 인생을 꿈꾸는가? 그렇다면 독서와 글쓰기로 인생에 '새로 고침' 버튼을 눌러 살아보고 싶은 인생을 꿈꿔 보자. 글을 쓰면서 나라는 책이 완성되어갈 때 인생은 분명 달라져 있을 것이다.

마흔을 넘겼다. 지금껏 살면서 인생의 큰 굴곡은 없었다. 아니, 어쩌면 굴곡이라고 느낄만한 마음의 여유나 멈춤이 없었는지도 모른다. 하지만 지나온 시간들을 되돌아보니 인생을 축제처럼 살아본 경험도 많지 않다. 늘 큰 숙제를 안고 살아온 시간들이 더 많이 떠오른다.

인생의 한쪽 길은 늘 공사 중이었다. 스스로 보수공사를 시작할 때도 있었지만, 내 의지와 상관없이 공사 중일 때가 더 많았다. 문제는 항상 후자의 경우다. 이런 상황이 되었을 때 좌절하고, 낙담하고, 짜증 섞인 분노의 감정이 소박한 목적지로 향하는 것조차 가로막았다. 다시 일어나 걸을 용기도, 방법도 모르겠다 싶을 때 나는 책과 글쓰기를 만났다. 그리고 책은 내게 한쪽 길이 공사 중이거나 막다른 골목일 때, 다른 쪽 길로 우회하여 갈 수 있음을 안내하며 친절한 이정표, 인생지도가 되어 주었다.

책을 읽으며 끄적였던 메모들, 감상들이 모여 글이 되기 시작하면서 나만의 인생지도를 비로소 그려 나갈 수 있는 용기와 자신감을 얻었다. 책과 글쓰기가 내 마음속에 어느 누구도 침범할 수 없는 나만의 공간을 만들어 주고 있었다. 나만의 마음속 공간으로 들어가 마음껏 문을 걸어 잠글 수 있는 시간을 가졌다. 진짜 나와 만나 삶을 얘기하고, 예측할 수 없는 미래를 생각하며 즐거운 상상놀이를 하기도 했다. 그러고 나면 상처 받은 마음이 치유되고 새로운 항체가 만들어져 다시 세상 밖으로 나올 수 있는 힘이 생겼다.

자신의 문제에 스스로 참여할 수 있는 시간을 갖는다는 것, 그것을 해결할 수 있는 도구를 스스로에게 쥐어줄 수 있다는 것, 그것이 얼마나 멋진 일인가? 글을 쓰는 내 작은 골방, 작은 책장과 책상, 스탠드 하나가 전부인 그 소박하고 비좁은 공간에서 나는 매일 삶을 배운다. 매일 아침 책을 읽고, 글을 쓰는 그 짧은 시간은 나에게 귀한 인생수업 시간이 된다. 그곳은 어느 순간 내가 바라볼 수 있는 가장 넓은 세상이 되고, 가장 배울 게 많은 학교가 된다. 집중하여 잘 배운 학생이 된 날은 하루 종일 기분이 좋은 최고의 날이 된다. 일상에서 오는 여러 가지 일들로 산만하여 집중하지 못한 날에는 공허한 느낌이 들기도 하지만, 매일 모범생일 수는 없으니까 그마저도 좋다. 적어도 내 인생수업 시간에 스스로 삶의 주인공이 되어 세상에 나갈 준비운동을 마친 것만으로도 만족스러운 하루의 시작이 된다. 매일 승리한 듯한 하루가 기대가 된다. 엄마의 인생에 나날이 좋은 날이 시작되는 것 같은 행복감이 밀려온다.

몇 년을 이렇게 놀았다. 돈 한 푼 생기지 않는 일이지만, 매일 하고 싶어서 시간을 쪼개고, 에너지를 비축하며 매일 아침 나만의 놀이를 즐기고 있다. 나의 인생수업 시간표에는 정말 다양한 교과목이 있다. 책 읽기, 글쓰기, 명상, 상상놀이, 블로그, 리뷰 쓰기, 기도하기, 필사하기, 가상 여행하기, 미래 일기 쓰기, 드림보드 만들기 등 수없이 많은 과목들이 매년 늘어나고 있다. 스스로 원해서 이수하고 싶은 과목들이 계속 생겨난다는 것은 살아가면서 참 즐거운 일이다. 혼자서 제대로 놀기를 즐기고 있는 중이다. 그리고 이제 미칠 정도로 빠져 들고 있다. 기왕 노는 거 전문가 수준으로 제대로 놀며, 제대로 배워보자 하는 마음으로 책도 쓰고, 가끔 강연도 하고 있다. 이제 좀 더 다양한 나를 만들어 보려는 소박한 시도와 움직임을 준비 중이다.

혼자서가 아니라 함께 즐길 몇몇 친구들도 찾아 세상이라는 놀이터에서 신나게, 기쁘게 살아볼 놀이 계획도 세우고 있는 중이다. 거창한 듯하지만 하나님이 내게 허락한 이 세상, 거저 살라고 주신 것 같은 이 세상을 누리며 살고 싶은 생각이 든다. 분명 세상은 생존을 위한 치열한 곳이지만, 자신을 어떻게 만들어 가느냐에 따라 즐거운 놀이터가 될 수 있다는 사실을 배워가고 있다. 그리고 취미 이상으로 즐기는 놀이가 인생을 얼마나 바꿔놓을 수 있는지도 알아 가고 있다.

『매일 아침 써봤니?』의 저자 김민식 작가는 "개인이 창의성을 기르는 가장 좋은 방법은 다양한 모습의 나를 만들고, 서로 다른 내가 만나 협업하게 하는 것이다."라고 말하면서 앞으로의 시대는 '일하는 나'와 '노는 나'가 만나 새로운 영역을 만들어 낼 수 있어야 한다고 말한다. 나는 꽤 오랜 시간 꾸준함과 멈춤을 반복하고, 다시 시작함을 시도하면서 스스로 지치지 않고 중독되어 즐길 수 있는 시간들을 가지려고 노력했다. 그 즐기고 있는 영역들을 좁혀가기도 하고, 늘려가기도 하면서 혼자서 노는 시간을 보냈다. 그리고 이제 즐거움을 위해 열심히 놀기만 하는 나를 생업을 위해 열심히 일하는 나와 만나게 하려고 시도하고 있다.

이제 그 새로운 영역이 기대된다. 내가 밟게 될 그 세상의 놀이터를 스스로 만들어 가고 있다는 기대감에 설렌다. 마치 디즈니가 디즈니랜드의 완성을 보지 못하고 세상을 떠났지만, 그가 이미 그의 상상 속에서 지금의 디즈니랜드를 본 것처럼 기대되는 세상이 있다는 것은 참 감사하고 행복한 일이다. 자신만의 색깔을 낼 수 있는, 자신만의 멋진 삶의 기술로 만들어지는 그 영역은 언젠가 재미도 주고, 돈도 되는 행운의 영역으로 안전지대를 제공해 줄지도 모를 일이다. 이미 그런 삶을 살고 있는 사람이 세상에는 너무나도 많으니까.

사업을 시작하고, 결혼을 하고, 아이를 낳고, 육아를 하면서 나의 역할은 점점 늘어만 갔고, 한때 이 모든 상황이 그냥 '지침'으로 다가왔을 때, '사람이 목구멍으로 숨이 제대로 쉬어지지 않을 수도 있구나' 하는 생각이 들 때가 있었다. 깊이 내어 쉬어야 하는 한숨소리가 내 생활공간을 채우기 시작하면서 나는 살기 위해 '새로운 나'를 찾아내고 만들어 내려는 생각의 전환이 필요했다.

'다시 시작함'의 버튼을 누르고 나만의 골방에서 책과 낙서들을 통해 다양한 내 모습들을 만들어 내기 시작했다. '글 쓰는 나', '책 읽는 나', '가르치는 나', '딸 키우는 나', '영어 공부하는 나', '맛집 다니는 나'… 이렇게 쓰면서 만나게 되는 나를 바라보며 어떻게 서로 다른 나를 협업하게 할지 자꾸 생각에 생각이 꼬리를 물고 이어지면서 즐거운 상상놀이는 무한한 가능성과 희망을 품게 했다. 언젠가 완전히 '새로운 나'를 만들어 내며 살아가는 모습이 조금씩 그려지고, 그것들을 글로 쓰면서 가슴이 두근거린다. 분명한 것은 '지금의 나'와는 다른 삶이 기다리고 있음에 감사한 마음이 들기 시작했고, 새로운 기회를 만들어 볼 용기가 다시 생기기 시작했다.

이런 모든 일들이 책을 읽고, 글을 쓰면서 가능했고, 그것이 내게 즐거움과 삶에 잔잔한 감동들을 안겨주어서 감사하다. 나이가 들어도 진로에 대한 고민은 끝나지 않는다. 그래서 아주 열심히 좋아하는 것들을 즐기며 놀면서 고민해 볼 생각이다. 김민식 작가의 충고처럼 전문가 수준으로 놀며 그것을 생업으로 연결해 보려는 시도도 해보려고 한다.

마치 삶의 다음 단계로 들어가기 전에 거쳐야 하는 통과의례처럼, 그런 시간을 가져볼까 한다. 마흔을 넘긴 지금, 내 삶이 내게 끊임없이 말을 걸어온다. 가끔은 안전지대를 벗어나고 있는 순간이 내게 곧 다가오고 있다고 경고의 메시지를 남기면서. 삶이 말을 걸어올 때 피하지 않고 나의 이야기, 나만의 정답으로 답해 보려고 한다. 내가 스스로 대답할 수 있을 때, 그때가 나의 진짜 인생이 시작되는 때라는 각오로 성실히 임하고 싶다.

요즘 그런 시간들을 더 많이 가지려고 한다. 주저하고, 포기하고, 안주하고를 반복하며 삶에서 매 순간 작은 시도를 해보고 있다. 과거와 작별하고 새로운 나를 만나려고 끊임없이 도전하고 단련하고 있다. 그리고 그 순간을 즐기려고 한다. 물론 육아와 일에 지쳐 체력도 안되고, 마음부터 무너질 때도 있지만, 멈출 때마다 다시 시작하면 된다는 생각으로 하고 있다. 더욱 열심히 삶에 감탄하며 몰입할 수 있으면 감사하다는 마음으로 스스로 한 과정씩, 한 단계씩 통과의례 시간을 잘 넘겨보려고 노력 중이다. 이것이 지금은 책을 읽고, 글을 쓰며 무언가 도전해 보며 안전지대를 벗어나 보려는 소박한 시도일지라도, 언젠가 삶이 내게 건네줄 큰 과제가 생겼을 때, 그것을 잘 감당할 수 있도록 훈련의 시간이 되고 있다고 생각하기로 했다. 엄마라는 자리에 쉴 없이 등장하는 방해물들 때문에 어쩌다 떠오른 꽤 괜찮은 아이디어들이 매번 사라질 때면 마음이 착잡했다. 그렇게 엄마로 살면서 시도해 보지 못한 많은 아이디어들이 묻히다 보니 나는 또 그저 '아줌마'로밖에 안 보이는 사람이 되어 있는 듯했다. 그래서 엄마에겐 특히 자신의 일상에서 떠오르는 생각들, 감정들을 기록해 두고, 삶에 적용해 보고, 함께 나눠보는 일이 중요하다. 그것들을 지켜내려는 욕구와 열정이 필요하다.

나에게 책 리뷰 쓰기는 그래서 더욱 소중했다. 블로그에 게시하기 위해 읽고 느낀 것들을 누군가와 공유한다는 사실만으로도 새로운 나를 만들어 가는 기분이었다. 한때 참 전투적으로 임했던 것 같다. 신선함이 부족하다고 느껴질 때는 다른 콘텐츠와 연결해 2차 가공의 방식으로 나만의 방법을 만들어 냈다. 컴퓨터에 대해 아는 것이 없으니 꾸밀 줄도 모르고, 그냥 부족하면 부족한 대로 올렸다. 누군가의 기대에 맞추려 해본 적도 없고, 모든 것이 처음이고 새로우니 서툴 수밖에 없다고 생각하며 가벼운 마음으로 이어갔다. 몇 시간씩 작성한 글을 한순간 날리기도 하고, 중도에 멈추기도 하고, 실망도 하고, 그러면서 겪은 '작은 실패'들이 오히려 자극이 될 때도 있었다. 나에게 더 집중하는 시간이 되기도 했다. 이 모든 경험이 능력을 쌓는 일이라고 생각하면 우리는 못할 것도, 좌절할 것도 없다. 오히려 단단한 맷집이 길러지는 듯 마음이 단단해진다.

내 인생에 나만큼 관심 있는 사람은 없으니, 이것저것 따지지 말고 가능한 한 엄마로 살면서 많은 데이터들을 쌓아보자. 그것들을 응용하여 꽤 괜찮은 나를 만나보자. 새로운 나를 찾을 때마다 지금의 별 볼일 없는 것 같은 나와 협업하게 하여 놀라운 나를 만나보는 것이다.

나는 시원찮은 책 리뷰를 쓰면서도 마치 내가 그 책을 쓴 작가인 것처럼 느껴질 때가 많았다. 착각이었지만 결국 작가가 되게 하는 멋진 착각이었다. 가끔은 엄마의 착각과 작은 실천이 엄청난 결과를 만들어 내며 멋진 인생을 그려가는 엄마들을 만날 때도 있다. 주변의 한 엄마는 아이들에게 탄산음료 대신 시원한 음료를 집에서 만들어 주고 싶다는 생각으로 과일청을 만들기 시작하더니 지금은 수제청, 수제 식초 등 다양한 것들을 만들어 판매까지 하고 있는 엄마가 되었다.

자신만의 브랜드까지 만들어 함께 먹을 쿠키며, 마카롱까지 만들어 내고 있다. 이제 자신의 이런 이야기를 누군가와 공유하고 싶다고 방법을 구상 중인 그녀가 정말 멋지다. 꽤 괜찮은 자신을 만들어 가고 있는 그 엄마는 앞으로 인생에 나날이 좋은 날들을 더 많이 경험하게 될 것이다. 나도 더욱 분발해야겠다. 사실 엄마만큼 많은 역할들을 가지고 있는 사람도 드물 것이다. 그 역할들을 '지금의 나'에서 '새로운 나'로 만드는 일에 이용해 봐도 좋을 것 같다는 생각이 든다.

나는 엄마의 인생에 나날이 좋은 날이 되는 것들을 열심히 찾고 있다. 보물을 찾듯, 간절한 마음으로 찾은 책 읽기가 내겐 기적이었고, 글쓰기가 설렘과 희망을 보게 하더니 이제는 남은 인생에 나날이 좋은 날이 되게 할 멋진 기술을 갖게 해주고 있다. 인생을 좀 더 멋지게 살기 위해 무엇을 하며 놀아볼까? 머릿속엔 온통 놀 궁리로 가득하다. 나만의 놀이가 찾아지면 전문가 수준으로 놀아볼 생각이다. 같은 생각을 하는 사람들이 있다면 그 누군가를 힘껏 응원하며 같이 가자, 친구 하고 싶다. 우리의 나날이 좋은 인생을 위해!

간절함으로
가슴속 목적지에 도달하는 일상

책을 읽다 보면 쓰고 싶은 마음이 간절해질 때가 있다. 무엇이든, 어떤 식으로든 긁적이는 행위 자체를 하지 않고는 견디기 힘들 만큼 마음이 요동칠 때가 있다. 끊임없이 들려오는 내면의 소리가 바짝 말라버린 가슴속에 불을 지피기 시작하며, 마냥 어렵게만 느껴지고, 엄감생심 주제를 알아야지 했던 빈정거림은 어느새 무모한 자신감으로 무장하여 온몸을 휘감는다.

바로 그때다. 민망한 글일지라도 써 내려가야 하는 그 타이밍. 그때가 글쓰기에 가장 좋은 때이다. 책을 읽을 때마다 '어쩜 이렇게 쓸 수 있을까?' 감탄을 하고, '나는 절대 이렇게 쓸 수는 없을 거야.' 절망감도 품고, '이렇게 쓸 수 있다면 얼마나 좋을까?'하는 부러움을 한껏 안은 채, 내 글을 쓰는 것이다. 책을 읽으며 시작된 작가들에 대한 동경이 나의 감탄과 절망감과 부러움을 만나니 욕망이 됨을 경험할 수 있었다. 그 욕망은 그들에 대한 존경심을 바탕으로 했지만, 나는 결국 내 글쓰기를 그들의 기준에 맞추지는 않았다. 좀 더 솔직히 말하면 맞출 수가 없었다. 나의 부족함을 이미 알고 있기에. 그래서 한결 시작하기가 쉬웠는지도 모른다.

내가 어떤 작가처럼 될 수도, 되려고 하지도 않으려는 마음에서 출발하니 오히려 편안한 글쓰기를 시작할 수 있었다. 재능은 눈곱만큼도 없는 내가 스스로 시작하는 나만의 글쓰기. 내 글의 기준은 항상 나라는 사실을 받아들이고 나니, 일단 쓸 수 있었다. 마음대로, 제멋대로 써보자. 이 세상 어느 누구도 내가 하는 일에 크게 관심이 없다. 내가 무엇을 꿈꾸고, 무엇을 이루어 나가려고 하며, 무엇을 쓸지에 대해 관심을 가지고 있는 사람은 오로지 자기 자신뿐이다. 그러니 겁먹지 말고, 눈치 보지 말고 쓰고 싶은 대로, 쓰고 싶은 만큼 써보는 시도를 해보자.

그렇게 내가 쓸 수 있는 글이 완성되어 갈 때 자신감이 생긴다. 자기가 처한 현실과 환경들과 상황들만 놓고 보면 자신이 꿈꾸던 일을 시도하는 것이 불가능해 보일 때가 많다. 특히 엄마는 그렇다. 그 일이 지금 내 삶에, 내 형편에 어울리기나 하나? 하는 생각이 든다. 그런데 꿈에 다른 이름이 있다고 생각해 보면 어떨까? 나는 꿈을 생각할 때 '나의 꿈' 대신 '나의 간절함', '나의 절박함'이라는 새로운 이름을 붙인다. '꿈'이라는 말을 사용할 때는 나의 현실적인 삶에 비추어 이것저것을 생각하며 재기 시작하고, 늘 현실적인 방법들을 생각하기 바빴다. 언제나 아이가 우선되는 엄마의 처지를 생각하다가 우선순위에서 밀려나기 시작했다.

'아직은 아이가 어려서 안돼.', '아직은 경제적 형편이 안돼서 어렵지.' 늘 이런 식이었다. 꿈꾸던 일들을 시도조차 해보지 못하고 머릿속으로 가능, 불가능 여부가 결정되면, 이후엔 포기가 더 쉬웠던 것 같다. 늘 그렇게 '그 꿈이 지금 내 삶에, 내 형편에 어울리기나 하나?' 하는 기준으로 미달되거나 불가능한 것으로 결론짓고 끝냈던 적이 도대체 얼마나 많은가? 아마도 지금껏 꿈꾼 그 꿈의 수만큼 되지 않을까? 그래서 꿈에 다른 이름, '간절함'과 '절박함'을 붙여 '나의 간절함', '나의 절박함'이라는 타이틀을 내 걸기 시작하니 내 삶의 나머지 삶에 얼마나 어울리는지, 내 형편과 상황에 얼마나 가능할지를 따져보는 횟수가 줄었다. 그리고 어느 순간 내 삶의 우선순위에서 더 이상 자리를 뺏기지 않을 수 있었다. 결국 간절함이 기준이 되어야 한다는 사실을 깨닫게 되었다.

'지금의 삶'과 '나의 간절함'이 조화를 이루는 그런 또 다른 삶을 계획하면서 어느 순간 나의 꿈들은 내 삶에 하나씩 나타나기 시작했다. 눈으로 확인되는 결과물들을 마주하면서 나는 희열을 느꼈고, 더 많은 시간과 에너지를 불태워 열정을 만들어 낼 수 있었다. 꿈을 꿈으로만 간직하며 현실과 타협했더라면 나는 워킹 맘으로 살면서 매일 글을 쓸 생각은 엄두조차 내지 못했을 것이다. 글쓰기는 생각보다 많은 시간과 노력이 필요하다. 그러나 아무리 바쁜 일상 속에서도 글쓰기가 나의 간절함, 절박함이 되자 나는 기꺼이 글을 쓸 시간을 의도적으로 만들어 낼 수 있었다. 아니, 만들어 내야만 했다. 오늘 그 일이 나에게 절박한 일이니까. 나의 뇌와 세포들이 나의 절박한 주문에 서서히 세팅되어 가고, 그것을 할 수 있도록 나를 자동으로 움직이는 정도가 될 때까지 나는 멈추지 않기로 마음먹었다. 그러자 삶의 많은 부분들에 에너지와 시간을 최소화하기 시작해서 결국 글 쓰는 시간들을 만들어 내고 있다. 그리고 그 시간은 늘 부족하다고 느껴질 만큼 나에게 기분 좋은 갈증을 느끼게 한다. 행복한 피로감을 남긴다. 그러나 고된 노동이 된 적이 없다.

현실의 삶과 분리되어 또 다른 삶을 만들어 가는 나만의 비밀 무기를 비밀스럽게 만들어 내는 전문가가 된 듯한 기분을 느끼게 한다. 그렇게 마음껏 재능과 형편을 고려하지 않은 나의 간절함과 만나는 시간들을 보내고 나면, 잘 살아내고 싶다는 또 다른 인생의 간절함이 만들어진다. 이것이 글을 쓸 때 오로지 '나 자신'과 '간절함'을 기준으로 해야 하는 나만의 이유가 되었다.

어디선가 '모든 과정과 순간순간이 목적지'라는 글귀를 본 적이 있다. 글을 쓰면서 나는 비로소 이 말의 뜻을 이해할 수 있었다. 나의 간절함으로 시작된 그날의 글쓰기가 목적지가 될 때가 많았다.

아이와 보낸 일상을 쓰다가 아이의 미래를 만나게 되고, 엄마의 일상을 기록하다가 엄마의 미래를 만나는 날이 많아졌다. 어느 순간 글 속에서 가슴속에 도달하고 싶은 목적지에 서 있는 나를 만나게 된다. 글을 쓰는 그 모든 과정을 즐기며 몰입에서 빠져나오는 순간 알 수 없는 기쁨이 솟구친다.

글을 쓰며 떠오르는 순간순간의 생각들, 감정들을 정리하다 보면 내 삶에 작은 목적지에 다다른 기분이 든다. 이렇게 일상에서 즐기며 도달하는 그날그날의 삶의 목적지가 정말 내 전체 인생에 나침반 역할을 해주는 듯하다. 그래서 별것 아닌 듯, 소소한 일상이지만 책을 읽고 글을 쓰는 일은 나에게 오늘 도달할 나의 작은 목적지가 되고, 그 목적지에 자주 도달하는 경험을 통해 나는 좀 더 많은 일들을 자신감 있게 해내는 사람이 되어가고 있다. 매일 만나고, 도달하고, 보게 되는 내 글 속의 풍경들이 힘든 여정에 보람을 느끼게한다. 그 작은 목적지들이 결국 내가 살고자 하는 방향으로 내 삶을 이끄는 나침반 역할을 해주기 때문이다.

나는 매 순간 삶을 즐긴다는 것이 어떤 것인지 지금껏 알지 못한 채 살아왔다. 일상의 소소한 행복과 기쁨, 감사함이 무엇인지 알기까지 참 오래 걸린 듯하다. 하지만 아이를 키우며, 일을 하며, 글을 쓰며 나는 조금씩 나의 하루에 작은 목적지들을 두게 되었다. 아이와 나눌 일상, 글에 쓸 내용들, 일하며 만나는 기쁨들을 정리하다

보니 이제는 그 과정이 조금씩 즐겨진다. 그 여정이 주는 선물 같은
것들에 고됨이 덜하다. 자신의 삶에 작은 감동과 기쁨을 주는 일들
을 보고 느끼면서 성취해 온 사람들은 자신의 목적지에 도달했을
때 행복하다. 간절함으로 시작된 일들의 목적지를 매일 경험할 수
있다면 힘든 일상도 어느 정도 잘 견뎌내 진다.

아이의 언어발달이 느려 의사소통이 힘들었던 그 당시에는 아
이와 보내는 매일매일의 활동과 놀이학습이 지금의 내 아이 모습
이 될 것이라 생각하지 못했다. 하지만 아이와 매일 즐기려고 애썼
고, 작은 성취에도 크게 기뻐하며 지나온 그 시간 속에 엄마의 글쓰
기로 우리는 여러 번의 목적지에 도달하는 경험을 쌓으며 여기까지
왔다. 지칠 대로 지쳐 어떻게 살아왔는지, 어떻게 살아가고 있는지
조차 의식하지 못하고 삶이 허무해질 무렵, 엄마의 간절함으로 책
을 읽기 시작했고, 간단한 리뷰 쓰기로 글쓰기를 시작해 우리의 일
상을 기록하며 책을 출간하고 작가가 되기까지 얼마나 많은 작은
목적지들을 넘어왔는지 모른다. 그 모든 과정들은 오로지 간절함으
로 매 순간 즐기려고 하며 왔기에 가능했던 것 같다.

사람은 누구나 아무도 알지 못하는 비밀스러운 목적지 하나 정
도는 가지고 사는 듯하다. 책을 읽고, 글을 써보니 더욱 그런 생각
이 들 때가 많다. 현실이 녹록지 않아 우회하고 있을 뿐, 먹고사는
막다른 길에서 잠시 멈춰 섰을 뿐, 가슴속 비밀스러운 목적지는 누

구에게나 있다. 단지 '언젠가'라는 말로밖에 아직은 도달하지 못해서 그것을 가슴속에 묻어놓을 뿐이다. 삶이라는 여정 속에서 수없는 방황이 자신을 서서히 멈춰 서게 할 때가 분명 있다. 그때 그 비밀스러운 목적지를 가슴속에 가지고 있는 사람은 그 목적지가 자신도 모르게 또 다른 길을 찾도록 돕는 역할을 하고 있다고 느끼는 순간이 있을 것이다. 내가 워킹 맘으로 살면서 마주하는 많은 상황들이 나를 멈춰 서게 했다고 느꼈을 때 내 가슴속 목적지들이 나를 이끌었던 것처럼. 그래서 사람은 매일 무엇인가 되고 싶고, 하고 싶은 것들을 떠올리며 살아야 한다. 그것은 희망의 불씨다. 가능하면 도달해 보고 싶은 많은 간절함들을 가져보자. 어떤 간절함이 자신의 비밀스러운 목적지로 안내할지 모르기 때문이다.

운이 좋으면 자신의 재능과 만나는 행운도 얻을 수 있다. 세계적인 동기부여가 브라이언 트레이시의 말처럼 무언가 하고자 하는 마음이 내 가슴을 쿵쾅거리게 한다면 그것을 할 수 있는 능력도 이미 내 안에 있음을 명심하면 될 일이다. 방황한다고 길을 잃은 것은 아니다. 잠시 우회했을 뿐이다. 익숙한 길이 아니었을 뿐이다. 낯선 세상에 적응하느라 시간이 좀 걸렸을 뿐이다. 태어나 처음 살아보는 세상 아닌가? 모든 길을 알 수는 없다. 죽는 날까지 내 안에 비밀스러운 목적지가 저장되어 있다면, 그것을 하고자 하는 자신의 간절함과 만나는 순간 결국 원하는 길을 선택해 목적지에 도달할 것이다. 그렇게 찾아가는 것이 어쩌면 삶이 아닐까?

그리고 몇 년의 짧은 경험이지만, 간절함으로 찾은 그 길은 언제나 옳다는 것을 알았다. 내가 옳다고 믿는 길에 스스로 길들여 가는 것이 자신의 길이다. 그 길에 자신의 온 마음이 담겨 기쁨과 설렘이 있다면 그 길은 언제나 옳다. 누군가가 그 길의 방향이 잘못되었다고 말하거든 그들에게는 없는 비밀스러운 자신의 꿈의 나침반을 열어보자. 그리고 마음이 그렇게 하라고 하는 그 방향으로 다시 자신의 길을 가면 된다. 나는 이제 그래 볼까 한다. 엄마로 살면서 어렵게 시도하여 선택한 길이 글쓰기고, 지금껏 나에게 기쁘게 살 이유를 가르쳐준 길이기에, 스스로 길을 내며 가는 여정이 좀 버거워도 언제나 그 길은 옳다는 것을 확신하면서 말이다.

간절함으로 가슴속 목적지에 도달하는 매일의 일상이라니? 생각만으로도 힘이 난다. 나는 계속해서 그 길을 걸을 것이다. 스스로를 응원하면서…

'쓰는 힘'은
인생의 고비마다 힘이 된다

어떤 사람에게든 인생의 고비는 있다. 인생의 고비가 잘난 사람, 못난 사람을 가리며 오지는 않는다. 우리 삶 속으로 어느 날 갑자기 찾아오기도 하고, 서서히 삶의 그림자가 되어 찾아오기도 한다. 그래서 그 순간을 어떤 방향으로 바라보고, 어떤 마음으로 받아들여야 하는지 생각해 보아야 한다. 사실 고통 없이 현실에서 월계관을 차지한다는 것은 불가능한 일이지 않겠는가? 그것 또한 삶의 일부분으로 받아들일 준비가 되어 있다면 우리는 언제든지 다시 깨어나 일어설 수 있다. 그렇다면 우리는 인생의 고비마다 그 위기 상황에 기선을 잡을 방법 하나쯤은 가지고 살아가야 하지 않을까? 삶에서 그 방법을 배우는 것만큼 중요한 일도 없다.

나는 아무것도 놓치고 싶지 않아서 열심히 살아왔다. 남들보다 뒤처지지 않기 위해 분주히 서둘렀다. 그토록 열심히, 분주히 살아오고 서둘렀음에도 모든 것을 놓쳐버린 듯한 기분이 들 때가 있다. 어디로 가고 있는지 방향도 잃었다. 분명 앞만 보며 그 길이 맞다고 생각하며 달려왔는데 길을 잃어버린 것이다. 그때 깨달았다. 어디로 가고 있는지 모를 때에는 앞이 아닌, 옆을 돌아봐야 한다는 사실을. 길을 잃었을 때에는 먼저 가본 누군가에게 그 길을 물어야 한다는 사실을.

잠시 멈춰 서서 다른 사람들의 삶을 엿볼 수 있는 책을 펼쳐 들고 그들의 인생지도를 살펴보기 시작했다. 그리고 나의 인생지도를 차분히 그려보려 했다. 그렇게 허겁지겁 먹어치우는 배고픈 성장기 아이처럼 미친 듯이 책을 읽었고, 소화시키듯 천천히 글을 쓰면서 나는 나의 인생지도를 그려 나갈 수 있었다.

《죽기 전에 답해야 할 101가지 질문》에 살아온 삶이 누구보다 질서 정연하고, 인생 교과서처럼 완벽하게 살아오던 한 여성의 이야기가 나온다. 더 바랄 게 없을 만큼 완벽한 삶을 살던 그녀에게 서른다섯 살이 되던 어느 날 갑자기 우울증이 찾아온다. 갑자기 자신이 만든 세상이 무너져 내린 듯한 느낌이었지만, 그 이유도 모르고, 버틸 힘도 없었다. 그런 그녀는 타인의 기대대로 사는 일이 자신이 감당할 수 있는 것보다 훨씬 더 큰 스트레스였다고 고백한다. 그 감정은 처음에는 약간 슬펐을 뿐이었지만, 점점 생각에 잠기는 시간이 많아졌고, 어느 날부터는 자신의 인생을 스스로 통제하지 못하는 경우가 많아졌다고 한다.

　남편에게 목을 졸라 달라는 요청을 할 만큼 끔찍한 순간에 그녀의 남편이 아내에게 한 말이 참 인상적이었다. "눈을 감고 천천히 가장 밑바닥까지 내려가 봐. 기왕 깊은 바다에 빠졌으니 맨 밑바닥까지 한번 보고 다시 올라와 봐." 그 말을 들은 아내는 발버둥을 멈추고 삶의 밑바닥을 만나게 된다. 걱정했던 것과는 달리 아름다운 모습들을 만난다. 그리고 감정이 가라앉아 다시 수면 위로 올라왔을 때, 남편은 덧붙여 말한다.

　"우리가 끔찍한 우울에서 빠져나오지 못하는 건 바닥까지 내려가서가 아니라 바닥이 발에 닿지 않기 때문이야. 우울은 나쁜 게 아니야. 그건 그냥 살아가면서 한 번쯤 치러야 할 홍역 같은 거지. 홍역을 앓고 나면 면역력이 더욱 강해지듯이, 이제 우울에도 몸과 마음을 온전히 맡겨 봐. 우울의 밑바닥까지 편안하게 내려갔다가 올라오는 연습을 하면, 우울도 나를 강하게 만드는 삶의 요소임을 알게 될 거야."

　현명한 남편 덕분에 그녀는 정상에서 내려오는 방법을 알게 되었고, 마침내 아름다운 바닥을 가진 삶의 주인이 되었다고 고백한다. 당신은 인생의 아름다운 바닥을 보았던 일이 있는가? 아니면 바닥인 줄도 모르고 지나쳐서 어떤 인생을 살고 있는지 알지도 못한 채, 그저 살아내는 인생을 살고 있지는 않은가? 삶의 바닥이라고 생각되는 그 순간은 누구에게나 찾아온다. 그 아름다운 바닥을 경험한 사람은 삶의 진짜 주인으로 살아갈 수 있는 방법을 찾게 된다. 나에게도 지금껏 삶이 내 뜻대로 살아지지 않고, 자꾸 '이건 아닌데…' 하는 생각이 들어 인생에 바닥을 쳤던 시기가 두 번 있었다. 참 우울했던 시간이었다. 내가 처음 인생의 바닥을 쳤을 때는 책을 돌파구로 삼았고, 두 번째는 글쓰기로 극복하려 노력했다. 생각을 정리해서 어떤 형식으로든 기록했다.

글쓰기를 통해 시각화된 모습과 꿈꿔왔던 인생이 점점 현실이 되는 모습을 눈으로 보는 순간 나는 생각했던 것만큼 그렇게 비참하고 형편없는 바닥은 아니었음을 깨닫게 되었다. 넘어진 곳에서 다시 일어서려면 당신을 넘어뜨린 그 바닥을 짚고 일어서야 한다. 그 바닥은 어쩌면 삶에서 가장 아름다운 순간이 될 수도 있다. 나는 내 삶의 바닥이라고 생각되던 그 순간, '돌아서지 않으리라. 나에겐 돌아갈 길이 없다'는 마음으로 수없이 "No turing back."을 주문처럼 외쳤다. 그 주문을 외우며 마음이 차분해질 때까지 종이 위에 썼다. 때론 밖으로 나가 그 주문을 외우며 마음이 가라앉을 때까지 걸었다. 그리고 가장 밑바닥까지 왔다는 생각이 들었을 때, 기왕 바닥 친 거 내 마음대로 원하는 인생 치열하게 한번 살아보자는 오기가 생겼다. 하고 싶고, 되고 싶고, 갖고 싶고, 먹고 싶고, 가고 싶은 모든 것들을 글로 남겼다. 그것들을 바라보면서 이렇게 이루고 싶은 것들이 많은데 어떻게 죽나 하는 생각이 들었고, 미치도록 잘 살고 싶어졌다. 기쁘게 살고 싶어졌다. 쓰지 않았다면 깨닫지 못했을 인생의 아름다운 바닥을 만나는 순간이었다. 이제 나는 마침내 아름다운 바닥을 가진 진짜 내 삶의 주인이 되었다.

로마의 황제 마르쿠스 아우렐리우스는 "천년만년 살 것처럼 행동하지 마라. 죽음은 지금도 다가오고 있다."라는 금언을 남겼다. 자신의 죽음이 다가오는지도 모르고 천년만년 살 것처럼 깨어 있지만 잠든 사람들이 있다. 자신의 시간을 아주 작고 건설적이지 못한 일들을 하며 때론 분주하게 무의미한 일들을 추구하는 사람들도 있고, 때론 산송장이나 다름없는 지경이 되도록 자신의 삶을 내버려두는 사람들도 있다. 과거의 내 이야기다. 뭔가 열심히 하며 정말 분주하게 살아가고 있다고 생각했고, 주변 사람들을 챙기는 일에도 소홀하지 않았다. 그들과 시간을 보내는 일에 기꺼이 함께했다. 나의 이런 모습은 때론 자기 관리가 잘되는 무척이나 매력적인 모습으로 비치기도 했다. 심지어 낯선 사람들에게조차도! 하지만 아이를 키우고, 살림을 하며 일까지 병행하고 있으니, 나 스스로를 챙기는 일에는 너무나도 인색했다.

꿈도 없고, 잘할 수 있는 일도 없고, 무엇을 해야 할지도 모르는 지경에 이르렀을 때 산송장이나 다름없이 삶을 내버려두었던 것 같다. 어설프게 뭔가를 시도하느니 적어도 내 삶을 더 불리하게 만들지 않겠다는 굳은 의지라도 있는 것처럼 아무런 노력도 하지 않았다. 수없이 많은 걱정들이 가슴속을 차곡차곡 채워가고 있을 뿐이었다. 아마 '걱정 치료제'가 있었다면 나는 치사량 이상을 복용했을지도 모른다. 그때 가슴속에서 조용히 입 밖으로 나왔던 한마디를 잊을 수가 없다.

"아, 나는 실패자구나!"

의식 없이 흘러나온 그 한마디에 가슴이 무너졌다. 아무것도 할 수 있는 것이 없다는 생각이 들었다. 삶의 가장 힘든 순간이었고, 인생의 고비였던 그때를 생각하면 지금의 나를 상상할 수가 없다. 그 당시 내 삶은 산송장처럼 깨어있지만 잠들어 있었다. 우울감으로 뭘 해도 의욕이 생기지 않았다. 뒤늦게 산후우울증이라도 찾아온 여자처럼. 그런 나를 깨울 수 있었던 것은 바로 책이었다. 미친 듯이 책을 읽으며 그들의 삶을 닮고 싶었다. 그들이 써놓은 한 문장이 위로가 되기도 하고, 열정을 살려주기도 하고, 가만히 있지 말고 움직이라고 끊임없는 채찍질을 해주기도 했다. 책을 읽으며 필사하고, 내 삶을 되돌아보며 반성문을 쓰기도 했다.

책 속에서 내 삶이 되었으면 하는 아름다운 문장을 만나면 또 글을 썼다. 세상이 내 마음대로 되지 않는 것 같은 좌절감이 들 때도 그것을 글로 썼고, 꿈꾸던 미래를 그리며 또 글을 썼다. 우울하고, 힘들고, 좌절되고, 억울하고, 뭔지 모를 분노가 치밀어 오를 때도 어딘가에 그런 감정들을 끼적였다. 미처 깨닫지도 못한 사이 글쓰기는 나를 다시 깨워 일으켜 세우고 있었다는 생각이 든다. 마음속에 쌓여가던 많은 감정의 쓰레기더미를 조금씩 치워가기 시작하면서 나는 비로소 깨어났다. 정신이 바싹 말라붙고, 가슴이 삶에 대한 의지를 살려낼 수 없는 위기의 순간이 찾아올 때마다 나는 연필과 종이를 챙긴다. 무언가 하고 싶었던 말들을 원 없이 쏟아내고 나면 갑자기 활력이 샘솟는다. 힘든 고비를 또 '쓰는 힘'으로 이겨냈다는 생각이 든다. 삶과의 기선제압에서 승리한 승자가 된다. 자신의 삶이 위기라고 생각되면, 그 순간 아침에 눈을 뜨자마자 글을 써보자. 어둡고, 우울하고, 걱정스러운 감정들은 잠재우고, 잠에서 깨어나듯 멋진 꿈들을 다시 깨워보는 것이다. 어른이 되어서까지 철저히 꿈꾸는 삶을 살면서, 그 꿈을 또 다른 형태로 발전시키며 살아가고자 하는 인생엔 글쓰기가 분명 힘이 될 것이다.

글을 쓰는 동안 나는 오로지 내가 상상하는 모든 일들을 현실로 만들 수 있을 것 같은 힘을 얻었다. 착각이어도 아무 상관이 없었다. 이제 미치고 싶은 삶의 순간들마다 나는 글을 쓰며 미친다. 한바탕 정신 나간 사람처럼 글 속에서 헤매고 나면 외롭고, 우울하고, 복잡했던 감정들이 나를 관통해 어디론가 사라진다. 때때로 출몰해서 나를 괴롭히는 것들도 원하는 결론으로 이야기를 엮어내면 힘을 잃는다. 상상의 힘을 빌려 얼마든지 원하는 상황으로 내 마음의 방향을 변경시킬 수 있기 때문이다. 글쓰기는 이렇듯 원치 않는 감정들이 힘을 잃고 앞으로 나아가게 하는 에너지를 가지고 있다. 자신의 멋진 삶과 만날 수 있는 기회를 준다. 언제라도 다시 글쓰기를 시작하면 그 모든 순간이 새로운 시간이 된다. "모든 작가와 독자들은 글을 잘 쓰는 것이 그들 모두에게 최고의 여행이라는 사실을 알고 있다." 고어 비달의 말이다. 내가 생각하는 글을 잘 쓴다는 것은 자신의 머리와 가슴속에 묻어버린 많은 것들을 종이 위에 올려놓는 것이다. 글쓰기를 통해 자신의 육체를 옭아매고 있던 것들로부터 자유로워질 수 있다면, 그래서 살아가는 것이 천국이라면 그 글이 잘 쓴 글이다.

나의 글이 누군가에게 힘이 된다면 그것은 금상첨화다. 글쓰기로 최고의 여행을 만끽할 준비된 작가다. 즐길 준비만 된다면 글 쓰는 것 자체가 천국이다. 매일매일이 좋은 날이 시작되는 순간이다. 아무리 좋은 것들로 삶을 채우려 해도 가슴속 시린 것들이 나를 관통해 나오지 못하면 몸과 마음이 차갑게 떨린다. 그 떨림과 함께 가슴속 절규가 들린다. 그것을 그냥 지나치지 말고 써야 한다. 가슴과 입술에서 나오는 말속에 형태를 잡아주면 그것은 살아나 나로부터 빠져나올 수 있다.

내 가슴속에 오랫동안 묻혀 있던 우울과 아픈 감정들은 그렇게 세상 밖으로 나와 나를 떠났다. 이것은 다른 어떤 것에 쓸데없이 감정을 빼앗기지 않는 멋진 방법이었다. 살고자 하는 열정이 죽고자 하는 열정을 이겨내는 기적의 순간을 경험할 수 있었다. 그래서 나는 글을 쓴다. 남은 인생 동안 이 사실을 기억하며 계속 글을 쓸 수 있기를 바란다. 글 쓰는 매일매일이 참 좋은 날이 된다.

돌이켜 생각해 보니 '쓰는 힘'은 인생의 힘든 고비를 이겨내게 하는 힘이 있었다. 스스로를 통제하고 자신의 존재를 세상에 알리며 위기상황마다 기선을 잡을 수 있는 방법이었다. 글쓰기는 삶과의 기선제압에서 승리를 돕는다. 깨어있지만 잠든 사람처럼 살지 않기 위해 위기의 순간, 아침에 눈을 뜨자마자 글을 써보자. 글쓰기는 어둡고, 우울하고, 걱정스러운 감정들은 잠재우고 열심히 살아가고자 하는 우리의 인생에 분명 힘이 될 것이다. 인생에 최고의 여행을 선사하여 글 쓰는 매일매일이 좋은 날이 될 것이다. '쓰는 힘'은 인생의 고비마다 힘이 되는 멋진 친구다.

인생은 간절한 것을 되찾는 여행, 인생에 애착을 갖자

책을 읽으며 변화를 꿈꾸던 시간을 지나 이제는 글을 쓰면서 삶의 변화를 경험하고 있다. 워킹 맘으로 살면서 현실에 안주하고, 미래가 도대체 그려지지 않는 그런 삶을 살다가 나는 글을 쓰기 시작하면서 인생 2막을 열었다. 그리고 글쓰기가 어느 순간 나를 살리고 있다는 생각이 들만큼 중독되어 가고 있다. 글쓰기를 통해 가질 수 있었고, 얻을 수 있었고, 경험할 수 있었던 것들은 수없이 많지만 무엇보다 귀중한 것이 있다. 그것은 바로 삶에서 잃어버렸던, 그리고 잊혔던 많은 것들을 되찾아 가고 있다는 것이다.

그동안 나는 가진 것도, 세상에 줄 것도 많지 않다고 생각하며 살았고, 잘할 수 있는 것도, 주어진 환경도 늘 남보다 못하다고 생각하며 살아왔다. 그러나 글을 쓰기 시작하면서 지나온 시간들을 돌아보고, 살아갈 시간들을 그려보니 나의 생각들이 얼마나 잘못되었는지 깨닫고 있는 중이다. 스치듯 지나간 수없이 많은 나의 소중한 인연들은 모두 어디로 갔는지, 온통 가슴속을 가득 채웠던 소녀 같은 감성들은 또 어디로 갔는지, 준비되지 않은 나에게 와서 놓쳐졌던 많은 기회들은 도대체 모두 어디로 사라진 것일까? 늘 어떻게 살아가야 할지 고민하며 새로운 인생을 꿈꿔왔다. 그러나 어쩌면 인생은 새로운 것을 찾아가는 여행이 아니라 간절한 것들을 되찾아가는 여행일지도 모른다는 생각을 하게 되었다. 나이 들어가며 옛날보다 지금이 나은 이유는 수없이 많아지고 있다.

인생의 방향을 잃었을 때, 살아갈 힘을 잃었을 때, 우리에게 가장 필요한 것은 새로운 것을 만들어 내거나 찾는 것이 아니다. 그저 살아온 시간들을 더듬어 내게 남아 있는 자원들이 무엇인지 생각해 보는 것이 더욱 현명할 때가 있다. 어디로 가야 할지 모르고, 무엇을 해야 할지 모를 때는 새로운 것을 찾아 헤매기보다는 잠시 멈춰서서 내가 되찾아야 할 간절함과 내게 남은 자원들을 먼저 생각해 보자. 우리가 그동안 잃어버리고, 놓치고, 잊고 살았던 수없이 많은 것들이 떠오를 것이다. 그것도 끊임없이 떠올라 가슴을 벅차게 할 것이다.

열심히, 분주하게 살아온 시간들 속에 놓친 소중한 것들이 있다면 그중에 하나를 꺼내 보자. 나는 이런 것들을 글로 쓰며 감사와 기쁨을 되찾았다. 사실 뒤돌아보면 아팠던 기억들도 오늘의 나를 살아가게 하는 응원가가 되어 주고 있어 감사했다. 마음을 편안하게 하고 당신의 가슴속에서 떠오르는 잃어버린, 놓쳐버린, 다시 찾고 싶은 그 모든 것들을 떠올려 보자. 글 쓰는 시간을 가지면서 비로소 나는 이것들이 가능해졌다. 나는 추운 겨울날 이불을 둘둘 말고 형제들과 이야기를 나누던 시간들이 떠올려져 용서의 시간을 가졌다. 삶에 바빠 형제들의 삶에 참으로 무심했다. 어느 순간 함께 살아가는 동거인이 되어버린 것 같은 남편을 떠올리며 세상에서 가장 따뜻했던 남편을 되찾았다. 그리고 '고맙다'라는 말을 수도 없이 건네며 살아가고 싶어졌다.

'엄마'라고 불러주는 나의 하나뿐인 천사의 웃음소리에 '사랑한다'는 말을 쉴 새 없이 하게 되었다. 나는 비로소 잃어버렸던 즐거움과 기쁨을 마음 한 가득 돌려받은 기분이다. 그리고 마침내 나는 정말 되찾고 싶었던 잃어버린 나를 되찾았다.

진짜 내 모습과 마주하는 순간, 가슴이 뜨거워졌다. 코끝이 시큰해져 왔다. 나 스스로를 꼭 안아주며 위로하고, 놓치고 싶지 않은 나의 꿈, 나의 인생, 이 모든 것들을 소중히 여기겠노라고 스스로와 약속했다. 결코 잃어버려서도, 놓쳐서도, 잊혀서도 안되는 것들이 내 삶에는 살아갈 감사의 힘으로 남아 있었던 것이다. 글쓰기가 진행되면서 점점 더 인생에서 되찾고 싶은 간절함들은 넓게, 그리고 깊게 파고들었다.

그리고 이제 나는 기억 속에서뿐만 아니라 살아보지 않은 미래의 시간 속에서도 잃어버리고, 놓치고, 잊어서는 안될 것들을 되찾고 있다. 이미 미래의 시간을 현재로 가지고 와서 살아가는 시간들을 살아가고 있다. 글을 쓰며 그런 상상의 시간들, 감사의 시간들을 가지면서 나는 더 행복해졌다. 내가 삶이 살아볼 만한 것이라는 생각을 하게 된 건 글쓰기로 어쩌면 새로운 것들을 찾기 위해 노력하는 것이 아니라 잃어버린 간절한 것들을 되찾아 오는 여행을 시작했기 때문일지도 모른다. 그것이 행복한 인생을 살아가는 지혜가 아닐까? 안달복달하며 소중한 것들을 모두 놓치고서야 후회하는 삶 대신 삶을 충만하게 해 줄 수 있는 것들을 살아온 시간 속에서 되찾는 여행을 시작해 보자.

글쓰기는 당신이 잠시 잃어버렸던 참으로 많은 것들을 되찾아 줄 것이다. 경험해 보니 엄마의 글쓰기는 더욱 그렇다. 결국 인생은 새로운 것을 찾아가는 여행이 아니라 간절했던 것들을 되찾아 가는 여행이라는 사실을 깨닫게 된다. 그렇다면 당신은 무엇을 되찾아 오고 싶은가? 잃어버린 기쁨, 소중했던 건강, 놓쳐서는 안됐을 시간들, 놓치고 싶지 않은 꿈들, 여전히 가슴속에 남아 있는 그 모든 것들을 이제 펜을 잡고 종이 위에 올려놓아 보자. 많은 것들이 찾아지는 즐거운 여행이 시작될 것이다.

이런 시간을 가지면서 내가 글을 쓰고 싶은 진짜 이유가 뭔지 스스로에게 질문을 던졌을 때, 나는 오랜 시간 생각하지 않고도 바로 답을 찾을 수 있었다. 그것은 내 인생에 애착을 가지기 위해서였다. 후회로 가득하고, 아쉬움으로 가득했던 지난날의 시간들에 단 한 번이라도 애착을 가져보고 싶었는지도 모른다. 큰 성공과 대단한 것들을 경험하며 살아온 시간들은 아니었지만, 그래도 뒤돌아보니 살아온 시간들이 감사하고, 잘 살아냈음에 스스로를 칭찬하고 격려할 그런 시간들이 내게 필요했는지 모르겠다. 또 앞으로 살아낼 시간들에 스스로 좀 더 경탄하며 애착을 가지고 살아가고 싶은 욕심이 생겨서 글쓰기를 시작했는지도 모르겠다는 생각이 들었다.

삶이 아무리 바쁘더라도, 사는 것이 아무리 힘들다 하더라도 우리는 어디서든, 어떤 상황에서든 살아내야 할 불타는 생명력을 스스로 만들어 내야 한다. 분노가 치밀어 올라와도, 연민과 자기 비난에 빠져있더라도, 죽음이 등 뒤에서 바짝 쫓아오더라도 우리는 삶이 끝나는 마지막 순간까지 살아있음을 증명하려고 노력해야 한다. 그것이 자신의 삶에 대한 예의다. 그리고 다행인 사실은 우리가 마음만 먹으면 언제든, 어디서든 그것을 증명할 수 있다는 사실이다.

그런데 엄마로 살아가는 시간이 시작되는 그 순간, 나는 분노와 연민과 자기 비난과 급기야 죽고 싶을 만큼 힘든 감정들만 가득 끌어안고 산 시간들이 있었다. 살아있어도 죽은 것 같은 똑같은 일상 속에서 내가 여기 살아있음을 증명하려는 어떤 노력이나 시도가 없었다. 그러나 이젠 아니다. 내 안에서 끌어 오르는 죽고자 하는 열정을 끄집어 내어 아직 내가 죽지 않았음을, 죽을 수 없음을 글쓰기로 시작할 수 있다. 써보면 안다. 스스로가 얼마나 살고 싶은지, 살아야 될, 아니 잘 살아내야 할 이유들이 얼마나 많은지, 그 순간 죽고자 하는 열정은 살고자 하는 열정을 이길 수 없다는 사실을 확실히 깨달았다. 정말 죽고 싶은 사람은 없다는 사실을. 다만 죽고 싶을 만큼 힘들 뿐이다. 그러나 기억해야 한다. 우리는 분명 힘들었던 그 시간들이 있었기에 아무 일도 없던 사람들보다 더 강해지고 있다는 사실을. 그리고 글쓰기는 자신의 인생에 대해 애착을 가질 수 있는 좋은 친구라는 사실을.

내가 글을 쓰는 이유는 아마도 내 인생에 가장 평화로운 방법으로 가장 아늑한 안전지대를 찾아내어 애착을 가지고 살기 위해서일지도 모른다. 분명 삶에 애착을 가지기 위해서다. 정말 그렇다. 언제 어디서든 쓰고 싶은 말이 있을 땐 노트를 꺼내어 쓰기 시작한다. 가장 강렬한 삶의 욕구가 느껴질 때까지 쓴다. 내 인생을 위해 무언가 최선을 다해 주고 싶은 것이 있을 때도 쓴다. 적어도 그 순간만큼은 오로지 내 인생에 최선을 다하는 것 같다. 자신의 삶에 스스로 감동할 만큼 열심히 살아온 기억들이 있다면 그것에 대해서도 써보자. 지금껏 살아온 인생이 허무하게 느껴진다면 그것에 대해서도 써보자. 결코 헛된 삶이 아니었음을 당신은 곧 깨닫게 될 것이다.

늦된 아이 엄마로 고군분투했던 그 시간은 죽을 만큼 괴롭고 답답한 시간이었지만, 이제 나에게 더 괜찮은 엄마가 될 수 있도록 스스로 노력했던 엄마의 시간으로 기억된다. 겁이 날 수도 있다. 진실을 말해야 할 테니… 그러나 글쓰기를 통해 끊임없이 자신의 삶을 돌이켜보며 인생을 완성해 가는 사람들은 자신이 말한 진실 앞에서 진짜 자유함을 얻을 수 있다. 한동안 늦된 아이가 엄마 탓인 것 같아 죄책감에 빠져 애 하나도 제대로 못 키우는 부끄러운 엄마라는 생각에, 육아 얘기만 나오면 위축이 되었던 때도 있었다. 그런데 이제는 아니다. 글로 쓰며 그 시간들을 되돌아보니 부족한 엄마의 육아의 시간 속에도 엄마와 아이가 함께 성장하려는 수없는 몸부림과 노력들이 고스란히 녹여져 있었다.

우리는 서로의 세계를 더디지만 계속 넓혀가고 있었음을 알게 되었다. 그래서 누구나 언제든 진실을 쓸 수 있는 글쓰기는 세상에서 가장 평등하고 자유함을 주는 멋진 일이다. 자신의 삶에 대해 쓰는 글에 어느 정도 미화된 모습은 그려질 수 있지만, 거짓을 말하는 글쓰기는 있을 수 없다. 그것은 곧 구역질을 일으켜 토해내야 할 테니 말이다. 글을 쓴다는 것은 자유와 진실로 삶의 조각들이 또렷하게 가슴에 와닿아 소중한 일부가 되게 하는 일이다. 쓰는 순간 삶에 무한한 애착을 가질 수 있도록 말이다. 삶에 애착을 갖게 되는 이것이 진짜 글을 써야 하는 이유라고 생각한다. 내가 그랬던 것처럼. 글을 쓰는 많은 사람들이 그랬던 것처럼.

글쓰기가 삶의 상황들을 바꿀 수 있다는 생각들을 하며 정리해 보니, 꿈꾸는 삶을 산다는 것은 결국 아주 작은 것들이었다. 살아온 시간들을 되짚어 되찾아 오고 싶었던 순간들, 감사한 것들을 찾아 자신의 인생에 애착을 갖는 것이었다. 그 시간 속에 남아 있는 에너지, 희망, 자원들을 긁어모아 다시 살아갈 힘으로 만들어 내는 것이었다. 우리는 어쩌면 정말 원하는 것이 무엇인지 정확히 모르기 때문에 힘을 소진하고 있는지도 모른다. 적어도 나에겐 그랬다. 그리고 글쓰기는 나의 관심과 에너지를 원하는 곳으로 집중할 수 있도록 기꺼이 도와주었다.

시인이자 소설가인 헤르만 헤세는 말한다. "삶은 어디서나 우리를 기다리고, 미래는 어디서나 꽃을 피운다. 그러나 우리는 아주 작은 부분만 보고 주로 그곳에만 발을 디딘다." 그의 말을 다시 생각해 보면, 이제 우리는 바라보는 아주 작은 부분, 그곳에서 발을 떼어 원하는 곳으로 자리를 옮겨야 한다.

삶은 어디서나 우리를 기다리고 있고, 미래는 어디서나 꽃을 피우며, 인생은 그 자체로 멋진 향연이니까. 원하는 인생을 글로 쓰며 살아온 시간들을 되돌아 보자. 나에게는 지금껏 살아온 시간들이 기적이었고, 나 자신도 기적처럼 느껴졌다. 당신도 이미 기적이다. 글을 쓰며 인생의 애착을 가지고 절대 실패하지 않을 것처럼 인생의 간절한 것들을 되찾으며 살아가길 응원한다.

아이에게 가치 있는
유산을 남긴다는 마음으로 쓰자

'육아'라는 롤러코스터에 올라타 마음껏 내달려왔다. 그 악명 높은 기구에 오르면서 어떤 준비도 없었다. 그런데도 누군가 '인생은 숨 쉰 횟수로 재는 게 아니라 압도되고 매료된 순간들로 잰다.'라고 말한다면, 나는 지난 10년이 내 인생에 가장 압도되고 매료된 순간들이라고 자신 있게 말하고 싶다. 아이가 없었더라면 결코 느껴보지 못했을 그 순간들. 나의 '육아'라는 롤러코스터가 출발하기 시작할 때의 그 설렘과 두려움을 기억한다. 그리고 이제는 엄마의 육아 시간이 그리 길지 않다는 것도 조금씩 느끼며 곧 닿게 될 종착점을 향해 가고 있다. 언젠가 끝난다는 것, 그리고 그 속도가 무척 빠르다는 것을 느끼며 지난 시간들을 자꾸 돌아보게 되고, 아이와 보내는 시간이 더 소중하게 다가온다.

어지럽고 좌우 분간이 안 되어서, 제대로 눈을 뜨고 세상을 바라보는 것조차 버겁고 사치처럼 느껴질 만큼 정신이 없었지만, 정말 짜릿한 순간들도 많았다. 목이 뒤로 젖혀질 만큼 속이 터져서 허공을 향해 목에 걸릴 것 같은 숨을 내쉴 때가 하루 이틀이 아니었던 순간들. 여러 면에서 발달이 늦된 아이를 어떻게든 또래 아이들과 맞춰 갈 수 있도록 도우려고 안간힘을 썼던 그 시간들. 육아라는 롤러코스터는 내게 그랬다. 아이를 안고 떨어지면 죽을지도 모른다는 생각으로 젖 먹던 힘을 다해 매달려야 하는 그런 짜릿한 놀이기구였다. 너무 신나고, 행복하고, 감사해서 내 인생이 꽉 채워지는 듯한 느낌이 들면서도 동시에 죽을 만큼 힘들고 겁도 났던 시간들이었다. 그 육아의 여정에 금방 승차한 것 같은데, 아이가 어느새 훌쩍 자라 어느덧 내려야 할 것 같은 생각이 든다.

끝날 것 같지 않았던 그 여정을 돌아보며 나는 아이에게 어떤 엄마로 기억되고, 어떤 엄마로 남아줘야 될까 생각해 본다. 내 아이에게 정말 가치 있는 유산을 남겨주고 싶은 마음이다. 그래서 나는 글을 쓴다. 엄마의 젊은 날의 기록이 내 아이가 살아가는 시간에 거울이 될 수 있도록 열심히 글을 쓰려고 한다. 어른이 된 아이가 자신과 같은 나이의 엄마를 바라보았을 때, 그 안에서 힘을 얻기를 바라는 마음으로 쓰려한다. 그 생각을 할 때마다 나는 더 열심히, 아름답게 살고 싶은 엄마가 된다. 좀 더 삶에 열정을 갖고 살고 싶어진다. 워킹 맘으로 아이를 키우면서 나는 아이의 욕구를 채워주지 못하는 순간들이 참 많았다. 많은 순간들을, 기회들을 늘 '언젠가', '형편이 되면', '가능하다면'이라는 말들로 아쉽게 보낸 것 같아 후회되는 순간들이 많다.

그때 아이와 해보지 못한 것들, 아이와 함께 있어 주지 못한 시간들을 지금이라도 열심히 채워주려 하지만, 아이는 점점 엄마가 아닌 친구들과 함께하고 싶은 것들이 많아지고 있다. 또래와 어울리는 힘이 조금씩 길러지는 것 같아 반가우면서도 미안하고, 잘 자라고 있는 것 같아 고마우면서도 아이를 바라보는 엄마의 마음은 애잔하다.

아이와 함께하는 육아의 시간에 느껴지는 마음과 생각과 감정들을 나는 아이에게 어떻게 전해 줄까 생각하게 된다. 그리고 칼 W. 뷰크너(Carl W. Buechner)가 한 말이 떠올랐다. "사람들은 당신이 한 말은 잊기도 하지만, 어떤 기분이 들었는지는 잊지 않는다." 나는 아이가 엄마가 자신에게 해주었던 말들은 잊을지라도 그때 자신이 느꼈던 기분은 잊지 않을 거라고 생각되어 아이의 마음과 감정에 더욱 마음을 쓰는 엄마가 되고 싶었다. 하지만 아이를 키우다 보면 가장 힘든 것이 또한 감정조절이다.

엄마의 마음이 그게 아님을 알아주기에는 아이가 너무 어리니, 그런 엄마의 마음을 이렇게 글로 전하려고 한다. 그리고 다시 느껴지는 엄마의 사랑을 아이가 기억해 준다면 정말 감사할 일이다.

아이에게 가치 있는 유산을 남기고 싶은 또 다른 이유는 바로 삶에 열정을 다한 엄마의 흔적을 만나게 해주고 싶어서이다. 모래성처럼 삶의 파도에 휩쓸려 내려가 언젠가는 어디에서도 엄마의 흔적을 찾지 못할 아이를 떠올려본다. 그때 아이가 느낄 쓸쓸함이 내게 전해진다. 내가 내 아버지를 떠나보낸 후, 아버지의 흔적이 더 이상 찾아지지 않았을 때 느끼며 살아왔던 그 쓸쓸함과 허전함처럼. 그래서 아이에게 엄마의 이름이 아니라 영향력을 남겨주고 싶다.

엄마의 삶에 대한 열정, 그 엄마의 열정이 아이의 삶에 스며들어가 자신의 삶에 변화를 줄 수 있는 기회들을 만들어 가는 아이가 될 수 있으면 좋겠다. 그래서 나는 삶을 소중히 가꾸고 돌보는 엄마로 살려고 노력 중이다. 세계적인 조각가 미켈란젤로에게 사람들이 어떻게 다비드 상을 조각했느냐고 묻자, 그는 다비드로 보이지 않는 모든 것들을 깎아내 버렸을 뿐이라고 대답했다. 나 또한 내가 아닌 모든 것들을 살면서 깎아내고 싶다. 누군가에게 보여주고 싶어 하는 욕망, 겉치레, 삶을 망치는 관계들, 세월을 낭비하는 삶의 방식, 내 안에 남아 스스로를 괴롭히는 감정의 쓰레기들, '나'로 보이지 않는 모든 것들을 깎아내 버리려고 노력한 열정적인 엄마의 삶을 남겨주고 싶다.

그렇다면 열정적으로 산다는 것이 어떤 것일까? 언젠가 책을 읽으면서 이런 문구를 본 기억이 난다. "열정으로 인생은 인생이 된다." 책에서는 그런 열정을 유지하기 위한 네 가지 요소로 사랑, 성실, 용서, 정열을 얘기했다. 그 글을 읽는 순간, 꼭 그렇게 살다가 삶을 마무리할 때 내 아이에게 엄마의 열정적인 삶을 가치 있는 유산으로 남겨주고 싶다는 생각이 들었던 적이 있다.

열정을 구성하는 첫 번째 요소는 사랑이다. 사랑은 열정적이고 목적의식으로 가득 찬 인생의 기초이기에 삶을 살아가는 연료라고 한다. 특히 결혼생활과 육아에서는 가장 기본이 되는 연료가 사랑이니, 엄마에게도 첫 번째 열정은 뜨겁게 사랑하는 마음이다.

두 번째 열정적인 삶의 핵심은 성실이다. 그리고 그 성실(integrity)이라는 것은 한마디로 우리가 믿는다고 말하는 바를 삶으로 엮어내는 것이라고 말한다. 성실이 결여되어 가정이 파괴되고, 버림받고 아픔을 겪는 아이들이 얼마나 많은가? 엄마의 역할을, 부모의 역할을 성실히 일관된 삶으로 보여주고 있는 것만으로도 충분히 열정을 가지고 살아가는 것이라는 생각에 감사한 마음이 든다.

열정을 유지하는 다음 요소는 용서다. 우리는 해결되지 않은 갈등을 가지고 있을 때 온전한 삶을, 온전한 하루를 열정을 다해 살아갈 수 없다. 남편과 아이와 또는 다른 누군가와 마음의 갈등을 가지고 있다고 생각해 보자. 갈등만큼 감정을 갉아먹고 삶에 구멍을 내는 일도 없을 것이다. 그런 갈등은 분노를 만들고, 분노는 열정을 죽인다. 성경에도 나오지 않는가? "미련한 사람은 자기의 분노 때문에 죽고, 어리석은 사람은 자기의 질투 때문에 죽는 법이다."(욥 5:2) 엄마의 마음이 평안해야 가정과 아이의 마음이 평온해진다. 적극적으로 용서하는 법을 배워서 엄마가 삶의 열정을 되찾아야 하는 이유가 여기에 있다. 하지만 이런 용서를 배운다는 것이, 용서의 마음을 품는다는 것이 참 쉽지가 않다. 그럴 때마다 나는 십자가에서 예수님이 하신 말씀을 떠올리며 용서의 방법을 배웠다. "아버지, 저 사람들을 용서하여 주십시오. 저 사람들은 자기네가 무슨 일을 하는지 알지 못합니다."(눅 23:34) 나에게 무슨 일을 하는지도 모르는 사람들로 인해 감정을 망치는 하루, 상처 받는 하루, 그로 인해 삶을 망치는 일은 없어야겠다. 그런 삶은 정리해야 한다. 나만 손해다. 나는 분노에 차오를 때마다 이 말씀을 떠올리며 다시 삶의 열정을 회복하려 노력한다.

마지막으로 열정적인 삶을 위해서는 정열이 필요하다고 한다. 매일매일 마치 마지막 날인 것처럼 살아가는 마음이 정열이다. 매일 아이와 보내는 똑같은 일상 속에서도, 소소한 일들 가운데에서도 아이와 함께하는 그 시간에 마음을 다하는 정열이 필요하다. 그런 정열은 엄마가 원하는 일들을 조금씩, 하나씩 만들어 가는 삶 속에서 움직이는 모습을 통해 보여주는 것이 중요하다. 삶의 초점을 제대로 맞추고만 있다면 치열한 삶 가운데에도 평온함이 있고, 반복되는 지루한 일상에서도 정열은 가질 수 있다. 바쁘게 살다 보면 책 몇 장, 글 몇 줄 쓰는 것으로 마무리되는 날도 많지만, 그래도 좋다. 날 위해 무언가를 했고, 내 아이와 함께 머무는 우리의 소중한 공간을 위해 오늘도 열심히 내 손길이 닿았으니…

엄마의 삶이 아주 심하게 덜컹거리기 시작하던 '육아'라는 롤러코스터, 그 악명 높은 놀이기구에 겁도 없이 올라탔다가 그 짜릿함에 놀라 엄청 겁을 먹고 잠시 내려왔다. 그동안 너무 꽉 붙들고 있었던 탓에 온몸의 근육이 굳어있다. 너무 힘들고 어지러워서 속에 있는 것들을 모두 쏟아내야 했다. 한번 이렇게 게워내고 나니 오히려 개운해진다. 이젠 제대로 즐기기 위해 다시 올라타려 한다. 두려워 고개도 들지 못했고, 눈도 제대로 뜰 수 없었다면, 이번에는 마음껏 세찬 바람을 맞을지라도 고개 들고, 비명도 지르고, 손도 높이 들어 흔들며 그 짜릿함을 즐겨보려고 한다. 그리고 다시 그 시간을 글쓰기로 남길 것이다.

아이와 함께하는 엄마의 육아시간 동안 아이에게 가치 있는 유산을 남겨주고 싶어 기록을 시작했다. 때마다 느껴졌던 감정들, 아이에게 전하지 못한 마음들을 전하고 싶은 마음과 열정을 다한 삶을 통해 아이의 거울이 되겠노라 약속하기 위해 글을 쓰기 시작했다. 그리고 우리는 어디 내세울 것 하나 없는 평범한 엄마와 아이의 삶을 살고 있지만, 우리의 이야기가 누군가에게 조금이라도 도움이 되면 좋겠다는 마음이다.

엄마인 나의 육아는 이제부터 시작이다. 그래서 매일 새로운 마음으로 채워져 갈 것이다. 그리고 언제나 그랬던 것처럼 수많은 책들과 글쓰기는 엄마의 육아시간에 늘 힘이 되었다. 마음의 정화와 함께 마음 챙김이 무엇보다 중요한 엄마의 시간에 큰 힘이 되어 준 책 읽기와 글쓰기로 나는 내 아이에게 남길 가치 있는 유산을 만들어 갈 것이다. 스스로를 돌보며, 아이를 돌보며 살아가는 것이 얼마나 의미 있는 일인지, 그것이 얼마나 존경받을 일인지 세상의 모든 엄마들과 서로 공감하고, 다독여주고, 응원하며 글을 마치고 싶다.